彼が狼だった日

北方謙三

目次

本書は一九九五年六月、集英社より刊行されました。

第一章　波濤はるかなり

気に食わないやつらばかりだった。

そういうやつらの言いなりになって飛び回っている俺《おれ》は、自分をもっと気に食わないと思っていた。

1

夜中の二時間ほどの間、俺は死んでいた。死んでいると思えば、大抵のことはできてしまうのだ。貰《もら》えるチップがもうちょっと多ければ、俺は四時間は死んでいられる。

電話が鳴った。俺は少しだけスピードを落とし、アームレストの上の受話器を取った。

「アンジェラから拾ってこい。客は店で待っているから、一緒にドリームに運べ」

長沢の声は、それだけだった。

俺はアンジェラへ車を回し、ひとりで出てきた女の子を拾いあげると、店へ行った。客は女の子の馴染《なじ》みで、車に乗りこむなりキスを交わしたりしている。俺のことなどお構いなしなのは、当然と言えば当然だった。車を汚すようなことをやらないかぎり、俺はなにも言わない。

ドリームが、一番遠いモーテルだった。自分の車を使う客が少ないのは、このところ取締が厳しいからだ。警察は、飲酒運転で点数を稼ごうとしている。

ドリームで二人を降ろした。貰ったチップは千円だった。舐《な》めるなよ。言いそうになったが、黙っていた。チップなしの時もあるのだ。

店へ戻った。まだ、客がひとり飲んでいた。

「一杯やるか、シゲ？」

「帰ります」

俺は、クラウンのキーをカウンターに置いた。今夜も、あぶれた女の子はいない。客がひとり、あぶれているだけだ。

「おい、坊主」

出て行こうとした俺に、その客が声をかけてきた。

「商売繁盛じゃねえか」

あぶれた客の絡みになど、付き合っていたくなかった。長沢を見たが、無表情にグラスを磨いているだけだ。

「ここへ座んな。一杯奢《おご》ってやる」

「俺、運転しますから」

「マスターが、一杯やるかって訊《き》いてたじゃねえか」

「ソフトドリンクですよ」

「じゃ、ソフトドリンクを奢ってやるから、ここへ座んな」

「のどは渇いてません」

男の左手の小指の先が、欠けていた。俺はちょっと肩を竦《すく》めた。ここのところは、逆わない方がよさそうだ。

長沢が、俺の前にコーラの瓶を置いた。瓶だけだ。せっかく磨いたグラスを出すことはない、とでも考えたのだろう。

「名前は？」

「シゲって呼ばれてます」

「名前を訊いてんだ、どう呼ばれてるか、訊いてるわけじゃねえ」

「野田繁樹《のだしげき》」

「そうか、野田ってんだな。この爺《じい》さんの、孫みてえな歳だな」

なにか質問されたわけではないので、俺はコーラの瓶に口をつけた。その気になれば、やくざのひとりぐらいに負けるとは思わない。ただ、長沢の立場もあるだろう。

「この爺さんがよ、フィリピンやタイの女の子を使ってよ、荒稼ぎしてんだよ」

男の喋《しゃべ》り方はゆったりとしていたが、酔っているわけではなさそうだった。俺は半分飲んだコーラを、カウンターに置いた。

「世の中にゃよ、ひとり占めしたがるやつが時々いるが、どうなるか知ってるか？」

「さあ」

「この爺さんのことだよ、坊主。なんでもひとり占めにすりゃいいってもんじゃねえ。そのとこを、教えてやりてえんだがな」

俺は黙っていた。男の目当てがなにかは、ほぼ見当がついたが、俺がどうこうすることではなかった。

「教え方ってのも、いろいろある。言って聞かせることもありゃ、躰《からだ》に教えてやるってこともできる。いまのところ、この爺さんは言って聞かせても駄目なんだな。躰に教えるったって、そのとたん死なれちゃ、こっちも困る。それでな、おまえの躰に教えてみようかと思ってよ」

「いいですよ、俺は」

「なにがいいんだよ。教えてもいいって言ってんのか？」

「教えられたくないです」

俺は、ちょっと長沢に眼をくれた。長沢が、小さく頷《うなず》いた。

俺はコーラの瓶を摑《つか》み、親指で押さえて栓をすると、五、六度振った。男が覗《のぞ》きこむ。

コーラが、男の顔に噴き出した。

叫び声をあげ、男が眼を掌《て》で押さえた。瓶を、男のこめかみに叩《たた》きこむ。男はカウンターに伏せた恰好《かっこう》になり、それからスツールを落ちて、滑るように床に倒れた。四十をいくつか超えたというところだろう。底が磨り減って、くたびれた靴を履いていた。

俺は、倒れた男の股間《こかん》を、四度続けて蹴《け》りつけた。飛び出しそうなほど眼を見開いた男は、すぐにぐったりと動かなくなった。

「どこかに捨ててこい、シゲ」

俺は頷き、男の躰を引き摺って外へ出た。

臨時収入だ。こういうやつをひとり片付ければ、一万円の手当てが貰える。

男を後部座席に押しこみ、十分ほど突っ走ったところで松林に車を突っこんだ。男を引き摺り出した。砂浜に転がした時、男は低い呻《うめ》きをあげた。俺はもう一度男の股間を蹴りあげた。月の光があるが、表情はよくわからなかった。

五万円で買ったサニーは、プラグを交換しただけで、実によく走るようになった。七万キロ走っていて、リアのサスペンションがちょっと頼りないが、エンジンは元気だ。

俺が長沢の仕事をするのは、金のためもあるが、長沢が好きだったからだ。勤めていた工場が潰《つぶ》れて困っていた時、なにも言わずバーテンに雇《やと》ってくれたのが長沢だった。十一時までで、それから俺は女の子と客をモーテルに送りはじめる。それで二時間。一時には仕事を終るのだ。

長沢は、要するに売春婦の元締だった。働きはじめて二日目には、そのことがわかった。別に、なんとも思わなかった。そういう店が、この街にいくつもあることは知っていた。

外国人の女が稼ごうと思うと、そういう仕事しかないのだ。女たちも、それが目的でこの国へやってくる。

長沢は、女の子たちに無理強《じ》いをしているわけでもなく、搾《しぼ》り取っているわけでもなかった。よそでひどい目に遭《あ》うなら、自分が引き受けてやった方がいい、と考えただけだった。なぜそうするかということを、ある夜、長沢は俺に喋ってくれた。かなり酔った時だ。長沢が俺ぐらいの歳のころというから、もう五十年も前の話だが、戦争でマレーシアやフィリピンに行ったという。そこで日本軍がどれほどひどいことをしたかという話を、泣きながらしたのだ。五十年前のことだとは思わない、と長沢は言った。たとえ五十年経《た》とうと、ひどいことをしたという事実は消えたりはしない。兵隊たちはみんなやったことだと、言い逃れをする気もない。いま、その国の女の子たちが、日本に働きに来ている。それなら、助けてやるのが当然ではないか。

長沢が泣くのを見たのは、あれ一度きりだった。死んだ祖父《じい》さんの友だちで、俺は中学生のころから長沢を知っているが、戦争に行った話を聞くのも、はじめてだった。

戦争でどういうひどいことをしたのかは、およそ見当がついた。村に入って若い娘を強姦したり、食料を奪ったりということだろう、と俺は思った。娘の眼の前で、その父親の首を斬《き》った、と長沢が言いはじめた時は、さすがにびっくりした。長沢は、まるで転がっている首を拾いあげるように動かした手を、はげしくふるわせていた。

アパートへ着いた。

俺の部屋は六畳で、台所もその中にあり、ユニットバスがついていた。俺には、お似合いだろう。少なくとも、高校を卒業して入った工場の寮よりは自由だった。

シャワーを使い、ウイスキーを一杯ひっかけると、すぐに蒲団《ふとん》に潜りこんだ。眠れる時に眠る。それが、いまの俺の習慣のようなものだ。

酒が回ってきた。大して酒に強くないことを、酒を飲みはじめてから知った。酔っ払ってわけがわからなくなる前に、気持が悪くなってくるのだ。ストレートで四、五杯が適量だと、いまはわかる。

眠った。電話ですぐに起こされた。

「一時半ごろ電話したんだけど、いなかったみたい」

「悪かった。遅くなった」

あのやくざの男の相手をしていた分だけ、いつもより遅くなった。里美《さとみ》は、いつものように電話をしたのだろう。里美とは、もう四ヵ月になる。一時半前後におやすみの電話をする習慣ができたのは、二ヵ月ほど前からだ。ふだんは里美が電話をし、遅くなる時は俺が外から電話をする。

やくざなどを相手にしていて、自分で思っている以上に興奮していたのかもしれない。

「悪かったな。バタバタしていて、電話をする暇もなかった。もう眠っちまったんじゃないかと思って、かけられずにいたんだ」

こんな嘘《うそ》は、四ヵ月の間に結構積み重なった。

「いいの。なにかあったんじゃないかと思って、ドキドキしちゃったわ。車の事故とかね。ちゃんと帰ってくれたらいいわ」

それから俺と里美は、しばらく今日あったことを話し、おやすみと言い合って電話を切った。

2

入ってきた客を見て、長沢の表情がちょっと動いた。この間やくざをぶちのめしたが、それは大丈夫だと長沢が判断したからやったことだった。長沢は街にある組の本部にいくらか出していて、やくざとのトラブルは起きないはずなのだ。この間のやくざは、ただ遊びに来て、あぶれただけだろう。小指の先が欠けた男に、長沢も女の子を付けるのをためらったに違いなかった。

「どうかね。景気はよさそうじゃないか」

客は二人で、歳上の方がカウンターに腰を降ろして言った。もうひとりは、俺と同じくらいの歳だ。

「通りかかったもんでね、寄らせて貰った」

長沢は、時々頭を下げながら応対している。

「なんにしましょうか？」

カウンターの中から、俺は訊いた。二人の眼が、同時に俺にむいた。たじろぐような視線だった。やはり、やくざかもしれない。

二人とも、註文はコーラだった。一杯五百円で、二人合わせても千円の勘定だ。

「空手《からて》、やってんのかい？」

俺の拳《こぶし》のタコを見て、若い方が言った。

「高校時代にね。初段ですけど」

それきり、二人の視線は俺からそれた。長沢は、相変らず頭を下げながら、丁寧に応対している。刑事らしいということに、俺はようやく気づいた。長沢との会話の中には、俺の知らない名前がいくつも出ている。

三十分ほどで、二人は帰った。

「今夜は、看板で女の子たちをあがらせるぞ。おまえもだ、シゲ」

「いやな野郎ですね。刑事なら、もっと悪どいやつらをパクりゃいいのに、楽して点数だけ稼ごうとしてやがる」

「でもないさ。取締に注意しろと、言外に教えてくれた。それを教えに来たようなもんだろう」

「そうなんですか」

それでも、気に食わなかった。刑事だからだ。刑事とか教師とかは、信用しない方がいい。俺は高校を卒業して就職する時、教師の強引な勧めで、この街の電器部品工場に入った。求人難の時で、俺はその気になれば東京の工場にも就職できたのだ。

その教師は、俺が二度停学処分を受けていることを問題にした。まるで、前科者の扱いだった。世間とはそんなものだろう、と俺はなんとなく考えた。四度停学処分を受けたやつが、東京の大会社の工場に入ったのを知ったのは、俺が就職を決めたあとだ。その相部屋の、暗い独身寮しかなく、おまけに俺が入って八ヵ月後に、工場は潰れた。その工場にひとり送りこむごとにいくらと、教師が礼金を受け取っていたことを知ったのは、潰れたあとだ。

世間とは、そんなものだった。

取締があるという噂《うわさ》でも流れたのか、客は少なく、十一時半に女の子たちは四人とも帰り、十二時には俺は掃除も終えていた。

「久しぶりに、どこかで飲むか、シゲ？」

長沢が言った。いつも派手なブレザーにアスコットという恰好で、キザな爺さんだと客たちにはからかわれている。白髪で、顔の皺《しわ》は深いが、後姿だけを見るとずっと若い感じがした。身ぎれいな方だろう。死んだ俺の祖父さんは、俺が憶えているかぎり、ずっと汚ない老人だった。

「今夜は、ちょっと」

「そうか。まあ、若いんだ。やりたいことはいろいろあるだろうしな」

長沢は六十九歳で、独り暮しだった。三十ぐらいの女を連れて歩いていた、と客からからかわれていたが、俺はそれを見たことがない。

「飲みに行くんですか？」

「たまには、客になるのも悪くないと思ってな。どうせ、あと何年かしか生きられはしないんだ。若い女の子がいる店へでも行ってみる」

「惜しいことしちまったな。俺、友だちと約束しちまったんですよ」

「若い者同士で、勝手にやれ」

「運転、気をつけてくださいね、マスター。時々、信号を見落とすんだから」

「飲む時は、タクシーだ。おまえがいないと、いつもそうしているんだぞ」

「じゃ、俺なら捕まってもいいってことじゃないですか」

「若いからな、おまえは」

「関係ないですよ。同じ罰金取られるんだから」

「若い時は、いろんな目に遭っておくもんだ。まあ、私と一緒の時だったら、罰金ぐらいは払ってやるがな」

「どうかな。ざまあ見ろ、なんて言われそうな気がするな」

「もういい。帰れ。友だちと約束だろう」

俺は頷き、ジャンパーを着こんで外へ出た。この間まで、Tシャツ一枚で充分だったのに、夜になると上着が欲しくなるほど肌寒くなっていた。

俺はサニーを転がして、里美のアパートへ行った。

「待ってたんだあ、シゲ」

里美が、俺の首に抱きついてくる。のびあがるようにしなければ、俺の首には届かない。並んで立つと、俺の肩ほどの背丈しかないのだ。

里美は、一時から五時までスーパーのレジをやり、六時から十一時までレストランのウェイトレスをしていた。だから逢える時間は午前中が多く、どこへ行っても奇妙な気分になったりしてしまうのだ。三日に一度、俺は夜中から朝までの仕事をしているので、いつ逢っても、しばらくするとどちらかが仕事に出かけることになる。今夜もそうだが、仕事に行かなければならないのは、俺の方だった。

「ごはん、作ったの。あまり時間がなかったから、簡単なものだけど」

食事を作りたがったり、洗濯をしたがったりということが、俺はあまり好きではなかった。自分のことは、自分でやる方が、俺にはむいている。

俺は、里美が作ったカレーライスをかきこむと、すぐにベッドに押し倒した。時間は、あまりない。里美もそれがわかっているので、キスをしながら、ブラウスのボタンをはずしていた。

女は、里美で三人目だった。あとは、金を払って寝た女ばかりだ。二人の女とは、あまり長続きしなかった。俺はディスコなどあまり好きではなく、金も高級な車もなかった。それより、女を喜ばせる方法を知らなかった。なんとなく、荒っぽい扱いしかできないのだ。

里美は、それがいやではないらしい。長続きするかもしれない、という予感はあった。ただ、結婚しようなどと思ったことはない。それはまだ、遠い先に考えればいいことのような気がする。

親父とおふくろは、離婚していた。俺がまだ三つか四つのガキの時分だ。おふくろはそのまま再婚し、カナダへ行ったという話だった。だから、おふくろというのがどんなものなのか、俺は知らない。つまり、女にどんなふうに甘えればいいのか、わからないのだ。

里美の躰は小さかったが、腕の中に抱きしめていると、逆に俺が抱かれているような気分になれた。それは恥しくなるような、しかし甘い感じのするものだった。

セックスが終っても、俺はいつも里美を抱きしめ続けている。時にはそのまま眠ってしまうこともあり、眼を醒《さま》すと、里美はじっと俺を見ていたりするのだった。

最初に会ったのは、街はずれのマリーナだった。めずらしそうに船を見ていたので、俺は繋留《けいりゅう》されたヨットに乗せてやった。大して揺れもしないのに、それだけで里美は気持が悪くなったようだ。列車で一時間ほどの、山の中の街から出てきて働いていることを、俺はその時に知った。

何度も乗れば平気になる、という俺の誘いに乗って、次の週もマリーナにやってきたが、やはり繋留されたままのヨットで、気持が悪くなった。三度目は、乗ろうとしなかった。ヨットを眺めにやってきただけだ。淋《さび》しいのだ、ということをその時にはっきり感じた。なにかが、惹《ひ》き合った。俺は、自分が淋しいと感じたことはなかったが、それは感じまいとしているだけなのかもしれなかった。祖父さんが死んでからは、ずっと独り暮しだったし、親父といえば東京にいて、祖父さんの葬式に帰ってきただけだった。一応電話番号を教えられたので、卒業して就職するという時に電話をしたが、親父はただ迷惑そうな応対をした。

それきり、一度も電話はしていない。

「ねえ、シゲ、今夜は仕事を休めない？」

いつものように小さな躰を抱きしめていると、里美がそう言った。

「無理だよ、それは」

「だよね。うんと働かなくちゃならないんだものね」

「悪いか？」

「そういうシゲが、好きになったんだから」

好きという言葉を聞くと、背中にツンとなにかが走ったようになる。それから腕に力が入り、いつも馬鹿力と里美に笑われるのだった。

二時半に近づいたころから、俺は時間を気にしはじめた。二時三十五分に、里美を抱いていた腕を解いた。

「頑張らなくちゃね。ヨット買うんだもんね」

俺の夢に、里美はついてこれない。俺がヨットを買っても、乗れはしないのだ。そんなものだろう、という気もする。いつだって、男の夢に女はついてはこれないに違いないのだ。

キスをして舌を絡ませると、俺は起きあがり、服を着て部屋を飛び出した。

3

三時ぎりぎりに、車庫に着いた。トラックが六台並んだ車庫だ。

哲夫《てつお》はもう来ていて、トラックのそばでしゃがみこんでいた。村岡から、キーを受け取り、俺はすぐにエンジンをかけた。杉山の工場まで、五分というところだ。哲夫が、助手席に乗りこんでくる。

杉山の工場に着くと、三人で製品を積みこむ。段ボール箱だが、大して重たくはない。

十五分で、投げるように放りこんでしまう。

「行くぞ」

言って、俺は運転席に跳《と》び乗り、杉山に片手をあげると、トラックを出した。

東京の倉庫へ行き、荷を降ろして戻ってくる。それを三時間でやるのだ。

まともにトラックを雇えば、半日仕事で十万円近くかかるらしい。運送会社の車庫の管理人の村岡を抱きこみ、俺に一万払えば、それだけで済んでしまうのだ。村岡には、現物で払っているという。トラックは無断借用という恰好なので、燃料代しかかからず、数万の節約になる。

杉山は鞄《かばん》工場をやっていて、革製のハンドバッグからスーツケースまで、八種類のものを作っている。村岡は、俺がトラックに乗るのを黙認するだけで、毎回ハンドバッグをひとつ貰っているという。女に配りまくっているのだ。それでも余った分は、ひとつ三千円とか四千円で売るらしい。

「突っ走るぞ。このトラックだって、その気になりゃ、百五十キロは出るんだ」

哲夫に言った。俺にとっては、三時間で一万円というのは、悪いアルバイトではない。週に二度で二万。ひと月で八万だ。その半分で俺は部屋代も払える。

哲夫も、同じアルバイトをやりたがっていた。いまは、見習いというわけだ。俺の仕事が半分に減ることになるが、哲夫が免許を取れる歳になるまで、まだ八ヵ月あった。

それに、俺と同じ夢を持っている。いつかヨットを買いたいと思いながら、マリーナでアルバイトをしていた夏に出会ったのだ。哲夫がやっていたのは、陸揚げした船を洗う仕事だった。

やり方がなっていないので、教えてやった。喧嘩《けんか》になるかもしれないと思ったが、哲夫は意外に素直で、俺が言った通りにやり直した。船には、塩が溜《たま》りやすいところがあり、そこに念入りに放水しなければならないのだ。

「なんだよ、哲夫。おまえ、眠たいのか？」

「起きてるよ、ちゃんと」

哲夫は、沈みこんでいた。週に一度助手席に乗って、すでに四回目だ。

「ぶっ飛ばすのがこわいと、やっとわかりはじめたか」

「そんなこと。シゲさんが出すの、せいぜい百五十キロじゃないか」

「俺は、もっと出したいさ。このトラックが、いくら踏んでも百五十キロなの」

「そうだよね」

「白けてやがるな、おまえ」

高速道路に入った。俺は思いきり踏みこみ、シフトアップしていった。それでも、百五十キロに達するまでには、かなりの時間がかかる。

燃費を気にした走り方など、できなかった。六時半までに、車庫にトラックを戻さなければならないのだ。七時半になると、運送会社の運転手たちが出てくる。一時間の余裕は、なにかあった時の保険のようなものだ。

「今日は一軒だけだからな。仕事は簡単だ」

ようやく百五十キロになったので、俺は煙草に火をつけて言った。

日によって、行先が二軒か三軒の時がある。その時は、ちょっと焦《あせ》る。道でも間違えようものなら、絶対に六時半までには戻れないのだ。信号ひとつでも気になり、まわりに車がいない時は、赤信号でもパスしてしまう。

「哲夫、なんだってさっきから落ちこんでんだ？」

「別に、落ちこんでないよ」

「いつもと違う。喋らねえしな」

横風を食らうと、ハンドルを取られる。幌《ほろ》をかけたトラックは、サニーなどとは比較にならないほど、強い風圧を受けるのだ。

「煙草、消してくれ」

哲夫の手がのびてきて、俺がくわえた煙草を取った。そのまま、窓の外に投げ捨てる。誰《だれ》かが乗ったという痕跡を、トラックに残してはならないのだ。

「シゲさん」

「なんだよ？」

次の言葉を待ったが、哲夫はなにも言おうとしなかった。

「このバイト、やっぱり自信がないか？」

「そんなんじゃないよ」

「じゃ、なんだ？」

哲夫は、なにも言わなかった。

俺は、根気よく待ち続けた。一時間ちょっとは、走らなければならない。根較べにはちょうどいい、という気もする。

しかし俺は、三分と待てなかった。じっくり待つなど、柄ではないのだ。

「おい、哲夫。いい加減にしろよ。黙りこんで、なにも言わねえってのは、こんな時にひでえと思わねえのか。俺は、ハンドルを握ってんだぜ」

哲夫が、口を開きかけた。しかし、また黙りこむ。カーブが多い場所になったので、俺も運転に集中した。また、哲夫がなにか言いそうになった。それだけだ。いつまでも、哲夫の口は開きそうもなかった。

「ちょっと停めて、てめえをぶちのめしてやろうか」

「シゲさん。俺、この次は助手席に乗れないかもしれない」

「なんだよ。結局、このバイトに自信がねえってことじゃねえか」

「違うよ」

「どう違う。次は乗れねえんだろうが」

「俺、リンチされるかもしれないんだ」

「なんだよ、そのリンチってのは？」

「俺、夏からシゲさんと付き合うようになって、それまでの仲間がつまんなく思えてきてさ。だけど、高校を卒業するまで、仲間から抜けないって、約束したんだよね」

「なんだ、おまえ。仲間から抜けると、リンチされるってことかよ。それじゃまるで、やくざじゃねえかよ」

「予備軍だよ。やくざの道に入るやつ、五人にひとりなんだからさ」

「リンチって、つまり袋叩きにされるってことだろう？」

「殺されたやつもいる。俺は見てないけどね、殺したって自慢してるんだ。海に沈めちまったってね」

「誰が？」

「大西ってやつ。俺たちの頭《あたま》でさ。みんな気に食わねえって思ってても、誰も逆わねえよ。やり合ったってかなわねえからな」

「いくつなんだ、そいつ？」

「二十二」

「大学生か？」

「まさか。あぶれ者《もん》だよ。働いちゃ、やめるってのをくり返してる。そう遠くない日に、あいつやくざだね」

どういう組織か、ほぼ見当はついた。高校生の不良グループを、チンピラがいいように扱っているというやつだ。俺が高校生のころも、そういうグループはいた。臆病な不良が集まったグループで、結局喧嘩になるとそういうチンピラに頼ってしまうのだ。

後ろから、パッシングを浴びた。車高の低い車だ。俺は左車線に移って、道をあけた。肚《はら》に響くような排気音を残して、そいつは追越して行った。赤い車体がヘッドライトの中に見えたのは、ほんの一瞬だった。

「すげえな。二百以上出してやがるぜ」

「ポルシェだよ、あれ。二百五十は出るんだと思う」

「おまえ、車も好きなのか?」

「知ってるだけだよ。船の方が好きさ。どこかの船のクルーにして貰って、レースに出たい。前にも言っただろう。シゲさんみたいに、海に出られりゃいいというのと違うんだから」

確かに、俺はレースに出たいという気はなかった。競走する必要はないだろうと思えたし、チームというものに自分が必ずしも合うとは考えていなかったのだ。できることなら、ひとりの方がいい。それが無理なら、あまりうるさくないオーナーのクルーをやっていたい。

俺がいまクルーをしている『サブリナ』は、理想的と言ってよかった。三十フィートほどの外洋クルーザーで、スピードより居住性を重視してある。食料と水さえ積んでおけば、三、四週間はどこにも寄港せずに航海できるだろう。それに、ひとりで動かすのに手ごろな大きさだった。

「海に出たいだけじゃなく、シゲさん、海の上で暮したいんだよな。話を聞いた時、それもいいなと思った。でも、自分の船がいるだろう。ちょっとやそっとで買えやしねえし」

「俺は買うよ。もう、百五十万は貯めた。あと二年か三年で、俺は買うよ」

三十フィートの中古のヨットなら、うまくすれば四、五百万で見つかるかもしれない。新しいかどうかは、問題ではない。どれだけ手入れをきちんとしてやるかで、船というやつは決まるのだ。艤装《ぎそう》にいくらかかけるとしても、六百万貯めればなんとかなる。正確には、貯金は百六十二万だ。

船を置いておく場所のことなど、俺は考えていなかった。二ヵ月あれば、俺はその船をほかのどんな船よりちゃんとしたものに仕上げる自信がある。

操船は、『サブリナ』で経験している。そのうち、外国まで航走《はし》る経験もできるだろう。『サブリナ』のオーナーは、俺にとっては理想的で、メンテナンスや保管から、風の強い日の操船まで、任せっきりにしてくれるのだ。普通のクルー以上に手間をかけさせているったということで、毎月二万俺の口座に振り込んでくれてもいる。

十キロほど先の街の歯科医で、五十五を超えてすっかりものぐさになったヨットマンだった。

「さっきのリンチの話だけどな、哲夫」

「いいんだよ。仕方ねえよ。しばらく、シゲさんの助手席には乗れないかもしれないけど、俺は自分でちゃんとやってくるから」

程度ということを、知らない連中だった。下手《へた》をすると、哲夫はヨットに乗れないような躰にされかねない。

「いつ、どこに呼び出されてるのか、俺に教えとけよ」

「駄目だよ、シゲさんが来ちゃ。なにも、二人で怪我《けが》することはないんだから」

「出て行きはしないさ。放り出されたおまえが動けなかったら、病院に運んでやるやつがいるだろう」

哲夫が、うつむいて黙った。ひどくこわがっている。それはわかった。それを、克服しようともしている。

俺は、アクセルを踏む足に力を入れた。スピードはまったく変らない。どこか頼りなげに、横風に煽《あお》られただけだった。

4

浜辺に、八人集まってきた。車が二台とバイクが三台だ。

八人は、哲夫を取り囲むと、なにか言った。哲夫が、いきなり砂の上に土下座をした。その頭に、男がひとり足をかけ、哲夫の顔を砂に押しこんだ。ピンで留められた昆虫のように、哲夫が手足をバタつかせる。

月の光が、海面を銀色に照らし出していた。男たちの声も哲夫の声も、波の音に消されて聞えはしない。

哲夫が、顔の砂を払ってまた土下座をはじめた。仰むけに、蹴り倒された。跳《は》ね起きた哲夫が土下座をする。頭を押さえて、砂に顔を突っこませる。やっているのは、ひとりだけだった。俺は、かっとする気持を、なんとか抑えた。哲夫にかっとしているのか、土下座している人間を押さえつけたり蹴ったりするやつにかっとしているのか、自分でもよくわからなかった。

哲夫が引き起こされ、道路の方へ連れていかれた。バイク。一台にエンジンがかけられ、跨《また》がった男と背中合わせに、哲夫はロープで縛りつけられた。バイクが発進する。

このリンチは、聞いたことがある。暴走族《ゾク》がよくやるやつだ。後ろむきで跨がらされ、カーブごとに左右に振られると、大抵は失禁して気を失うという。

派手にカーブに切りこみながら、バイクは消えていった。海沿いの道は、ほとんどカーブばかりだ。しばらくして、バイクが戻ってきた。哲夫は気を失ってはおらず、両足で車体を挟みこんで、自分の躰を支えていた。

「もっとだ。スピードをあげろ。こいつはまだ死んでねえぞ」

喋っているのはひとり。ほかは全員黙って見ていた。エンジン音が、肚に響いた。バイクが発進する。

「死ぬまで、帰ってくんなよ」

男が叫んでいた。バイクの音が聞えなくなり、それから近づいてきた。哲夫は、両手両脚をダラリとさせ、完全に気を失っていた。

「海に放りこめ」

ひとりで喋り、命令をしているのが、大西という男なのだろう。

哲夫の躰が、海に放りこまれた。月の光の中で、哲夫の躰が人形のように舞いあがるのが見えた。水に落ちた哲夫は、びっくりしたように立ちあがり、波打際まで駈けあがってくると、また土下座した。

これで終りだろう、と俺は思った。哲夫は、よく頑張ったと言っていい。

しかし、大西は哲夫の躰を、蹴りはじめた。猫が鼠をいたぶっているような感じだ。しかも、急所を狙《ねら》っている。土下座したままの哲夫の躰から、一発ごとに力が抜けていくのがわかった。

「やめろ」

気づいた時、俺は砂浜に飛び出していた。

「なんのつもりだ、おまえら。そいつは死んじまうぞ」

闇《やみ》を透《すか》すようにして、大西が俺の方を見た。眼が、月の光を照り返して白く光った。

「関係ねえやつは、消えな」

「そうはいかないね。やられてるのは、高校生だろう。やくざのリンチみてえなことは、やめときなよ」

「なんだよ。邪魔しようってのかよ」

「止めてるだけだ」

助けに出てきた、という恰好にはならない方がいいだろう、と俺はとっさに計算した。通りがかりで、止めに入った。その方が、後々《あとあと》いいような気がする。

「おまえらのために、止めてるんだ。な、人殺しになんかなりたくねえだろう」

「いま、みんなで殺そうとしてんのさ」

「あんただけ、いい大人だね。ほかの連中は、高校生だ。高校生を殺人の共犯にして、一生縛っちまう気かよ」

うずくまっていた哲夫が、ちょっと躰を動かした。

「いい大人が、考えたらどうなんだ」

「おまえな」

大西が、俺の方に二、三歩踏み出してきた。ほかの連中は、遠巻きのまま見ている。

「俺たちがおっかなくはねえのかよ？」

「別に」

「ほう。余計なことをするんなら、おまえを先に殺したっていいんだぜ」

「よしてくれよ。警察に捕まるぞ」

「死んじまえば、警察にゃ駈けこめないの」

大西が、さらに俺の方へ近づいてきた。俺は、三歩ばかり退《さ》がった。それに勢いづいたように、大西がさらに踏みこんでくる。

「やめろよ。やめてくれ」

「ここでこわがるなら、はじめから余計なことを言わなきゃいいんだよ」

「止めただけだろう。でなけりゃ、そいつ死んじまうよ」

「それが、余計なことなの」

大西の手が、俺の胸ぐらにのびてきた。二、三発は殴ろうというのだろう。それで哲夫へのリンチも終るなら、黙って殴られてやってもいいと俺は思った。終るという保証はない。そう思った瞬間に、大西の拳が飛んできていた。躰。意志とは関係なく、反応していた。拳をよけ、腰をひねりながら、肘《ひじ》を大西の顎《あご》に打ちこんだ。大西の膝《ひざ》が折れる。

「てめえ、この野郎」

「偶然だよ、偶然」

言いながら俺は退がり、大西は踏み出してきた。足がふらついているのを、俺は見逃さなかった。

「てめえを、先に殺してやらあ」

「よせよ。殴り合いをやってどうなる」

大西が、摑みかかってきた。そう見せながら、飛んできたのは足だ。喧嘩には馴《な》れている。馴れているだけで、それほど強くはない。脇腹《わきばら》に来た蹴りは、躰の芯《しん》にまでこたえるものではなかった。それでも俺は前屈みになり躰を起こす拍子に、膝を突きあげた。大西が、両手で腹を抱えるようにした。さすがに、うずくまりはしない。

「仕方ないね。殺すと言われりゃ、俺も自分を守るしかない」

俺は構えた。なんとか、大西との一対一の勝負に持ちこめたようだ。

大西がなにか言おうとした時、俺は踏みこんだ。拳。蹴り。両方とも、ぎりぎりでかわした。腰をひねる。肘。体重が乗ったまま、大西の顔の真中に当たった。のけ反《ぞ》った大西の腹を、横から蹴りつける。躰をくの字にしながら、吹っ飛び、這《は》いつくばった大西の脇腹を、俺はラグビーのゴールキックのように蹴りつけた。大西が、口から盛大に吐瀉物《としゃぶつ》を噴き出した。

高校生たちは、立ち竦んだまま、成行を見つめている。

大西の躰を、蹴り続けた。頭や顔は蹴らず、腰のあたりだけを狙って蹴る。十五、六発同じ場所を蹴り続けると、大西は躰をのたうたせながら、いやな叫び声をあげた。

「土下座できるか」

「土下座します。もう蹴らないでください」

「土下座してもやめねえ。それをおまえはさっきやってたばかりじゃないか。俺は、生き返ったおまえに殺されたくないんでね。ここで、おまえを殺すぜ」

「待ってください」

言いかけた大西の言葉が、途中で途切れた。腹、股間。続けざまに蹴りつけたのだ。しばらく躰をのたうたせていた大西が、言葉にならない唸《うな》り声をあげた。

残酷な気分に、俺は襲われていた。死んでもいい。殺してもいい。喧嘩の時は、よくそういう気分になったものだが、それともちょっと違った。眼の前で、動けずに倒れたままの大西が、なぜかただ憎かった。

「死ねよ」

胸を蹴りつけた。大西が泣いていることに、俺は気づいた。白けるどころか、いっそう憎くなった。もう一度蹴りつけた時、月の光の中に呆然と立っている哲夫の姿が眼に入った。

　そこで、俺はやっと自分を取り戻したようだった。砂に唾を吐き、額の汗を掌で拭《ぬぐ》った。

「おまえら、みんな帰れ」

　俺は、高校生たちに言った。

「こいつは、車か？」

　ひとりが頷いた。

「じゃ、車を残しておけ。いくらかでも根性が残ってるなら、こいつはひとりで帰るさ。やられてた高校生は、俺が連れていく」

　手で追い払う仕草をすると、高校生たちは松林の中に駈けこんでいった。しばらくして、エンジン音が交錯した。

　哲夫が、まだ月の光の中に立ち尽している。

　俺は哲夫の腕を摑み、サニーを駐めてある方へ連れて行った。途中で、哲夫は俺の手を払って引き返そうとした。

「おまえを、殺そうとしてたんだぞ、あの野郎」

「でも」

「おまえがああなっていたはずなんだ。よく見ておけ」

「残酷だよ、シゲさん。あんなになるまでやるのは、残酷だよ」

自分がやられかけていたくせに、という言葉を俺は途中で呑《の》みこんだ。哲夫とは、そういうやつだ。そういうやつだと思っていたから、俺もここまで来たのだ。

「あそこまでやらなきゃ、ほかの連中まで俺にかかってきた。中途半端じゃ、俺がやられちまったよ」

「そうか。そうだよな」

「大西のことは、放っとけ。みんな逃げちまってるんだからな」

ようやく、サニーのところまで哲夫を連れて行った。

「我慢しようと思ってた。どんなことになっても、俺は我慢するつもりだったんだよ」

ずぶ濡れになり、砂にまみれた哲夫が、サニーのルーフに手をついて泣きはじめた。

俺は煙草に火をつけた。一本喫う間、哲夫が泣くのにまかせていた。それから、まだ泣きじゃくっている哲夫を助手席に押しこみ、エンジンをかけた。

「殴り合うしかねえって時はある。土下座してるおまえを見てて、俺はそう思ったよ。やっぱり男にゃ、死ぬ気で殴り合わなきゃならねえ時があるってな」

車を出した。

哲夫は、まだ泣きじゃくっている。

5

陸に揚げられている船が、多くなっていた。

台風の季節はまだ続いていて、マリーナも保管に神経をとがらせている。

俺は、午後になると毎日のようにマリーナに出かけ、『サブリナ』の艤装をいじった。

オーナーの谷川が、ウインドベンを付けることを思いついたのだ。風によって舵《かじ》の方向を一定に保つという装置で、それがあればひとりで長期間のクルージングも可能になる。ついでにレーダーも付けることにしたので、俺はコックピットまわりの整理をしていた。今度の日曜日、谷川がやってきた時に、業者がウインドベンを取り付けることになっている。

午後、二時間ばかり『サブリナ』をいじると、俺はマリーナをひとまわりする。いろいろな船が、繋《つな》がれたり陸置《りくおき》されたりしているのを見るのが、好きなのだ。どの船がどこにあるか、眼をつぶっていてもわかるが、それでも毎日見て回る。いつまでも、飽きることはないのだ。

陸置の船のカバーがはずれたり、繋留の船に異状があったりすると、その場で直してしまう。マリーナの職員より俺の方が、すべてについて詳しかった。

強風の日に出て行ったヨットが、戻っても接岸できずに困っていると、俺は船外機付きのボートで行って乗り移り、代りに接岸してやったりもする。無茶なディンギーやモーターボートを助けてやることなど、毎度のことだった。

マリーナでは、俺を正式な職員として雇おうとしたが、俺は断った。それでもしつこく頼まれ、谷川にも勧められたので、一応アルバイトの資格で手伝うことになった。月に三万振込まれているが、それはアルバイトの時給に換算すると、ひどく安かった。文句はない。船で金を稼ごうなどと、考えたこともないのだ。

哲夫がやってきたのは、俺が船首《バウ》のアンカーをいじっている時だった。

哲夫がここでアルバイトをしていたのは、夏休みの間だけで、それも陸上での洗艇が仕事だった。

俺はアンカーのロープをきちんと巻き直すまで、哲夫を無視していた。ロープの巻き方がおかしいと、アンカーを打った時、ロープが団子になってひっかかったりするのだ。哲夫は、桟橋《さんばし》に立って、じっと俺の作業を見つめていた。

「おまえ、レース艇に一度乗ったことがあるんだろう？」

「一番下っ端だったけど」

「こいつはさ、居住性が大事にしてある。人間が三人、なんとか暮していけるな」

「ねえ、シゲさん。スタンになにか付けるの？」

「ウインドベンさ。それからレーダーとレーダーゲイト。五十馬力の補助機関を持ってるからよ。発電機も動かせるんだよ。まあ、レース艇には、どっちも無駄なもんだよな」

哲夫は、うっとりするような眼で、船体を眺め回した。

「乗っていい？」

「まあ、いいや。繋留中は、俺に任されてる船だしな」

哲夫が笑って、乗りこんできた。

「手伝うよ、俺。なんかやることあるだろう？」

「この船に関しちゃ、なんもねえな。とにかく、俺が毎日手入れしてんだよ。どこを捜したって、ほかの人間が触れるところなんてねえよ」

俺は煙草に火をつけ、前甲板《ぜんかんぱん》に腰を降ろした。

「明日あたり、出してみるかな」

「勝手に出せるの、シゲさん？」

「機関のテストをやらなくっちゃな。オーナーが割りと神経質で、特に補助機関の不調をいやがるんだ。機関を調子よくするにゃ、動かすのが一番さ」

「俺、なんでもやるからさ。乗せてよ」

「二時間ぐらいのもんだぜ。前帆《ジブ》だけ張って、機関を全開にするんだよ。それだけだ」

「いいよお。ほんとにいい。俺、なんでもやるからさ」

先週も、先々週も、谷川は乗りに来なかった。放っておけば、バッテリーもあがってしまう。動かしておいてくれとは、前から言われていることだった。そういうことに関しては、俺は谷川に信用されている。

「それより、おまえ、あれからどうした？」

「なんとなく、シゲさんがおっかなくてさ。報告するのが遅れちまったけど、すべて問題なしだね。いい方で、片付いちまった。グループなんてなくなっちまったよ。なにしろ大西がいないんだから、みんなそれぞれ勝手をやりはじめた」

「大西は？」

「肋骨《ろっこつ》が三本も折れてたって話だよ。癒《なお》っても、もうグループなんてねえさ。抜けたのが、俺ひとりってわけじゃなくなった。正直なところみんな喜んでいて、俺にそう言ったやつも二人いる」

「つまんねえことだったな。大西がちょっと喧嘩馴れしてるってだけで、何人もいても手を出せなかったなんてよ」

「いまから考えると、情なかったと思う。だけど、あの時はおっかなかった。みんなそうだったんだ」

「おまえ、さっき俺がおっかなかったって言ってたな」

「大西とは違うけどね。なんでも徹底的にやるって感じで、そこのとこがどうしてもこわかったよ。今日、ここへ来るのも、ちょっと勇気が必要だったね」

「やる時は、徹底的にやる。それが男とガキの違いだぜ」

「そうだね。そんな気もする。こうして船の上にいると、シゲさんちっともおっかなくねえよ」

「当たり前だ。おまえと喧嘩してるわけじゃねえんだぞ」

「俺、シゲさんの弟分になる。でなかったら、シゲさんがいつか買う予定のヨットの、第一号のクルー」

「俺の船は、誰も乗せねえんだよ」

言ってみたが、あまり悪い気はしていなかった。

「シゲさんさ、どうしてひとりで航走《はし》ろうと思ってるわけ？」

「なんとなくさ」

「俺なんか、仲間がいた方がいい、と思うな。つらいことだって、あるじゃない。そんな時だって、仲間と一緒だったら耐えられる、と俺は思うけどね」

「それは多分な、考え方の違いじゃなくて、人間の違いなんだ。おまえは不良で、グループを作ってた。俺も不良だったが、誰とも組みはしなかった。俺は、人が苦しい思いをしてると、自分まで苦しくなるんだよ。ひとりなら、大抵のことは我慢できる」

「そういうもんか」

「俺が、そうだってだけのことさ」

軽いエンジン音を響かせながら、ヨットが一艘《そう》戻ってきた。東京の連中が、グループで所有している三十八フィートの船だ。風もあまりないので、なんとか接岸はできるだろう。

「ひとりで、海へ出て行くわけね」

「俺はよ、船をマリーナに繋いでおくようなことはしねえよ。繋がれてばかりいる船を見てると、航走りたいと言ってる声が聞えるんだ。俺は、思う存分航走らせてやるね。考えてもみろよ。何日も何日も、ひとりだけで航走るんだ。いや、ひとりじゃねえ。船と二人さ。朝起きても、見えるのは海だけで、荒れる日もあれば静かな日もある。そしていつか、陸が見えてくる。港に入る。人がいて、俺は多分、たまらなく懐しくなると思う」

「じゃ、人が嫌いなわけじゃねえんだ」

「人は好きさ。港へ入って、はじめて出会うような人はな。そうやって、俺は人と出会いたいんだよ。つまらねえことで、うじうじ考えたくはねえし」

「いいかもしんねえな」

「おまえは、レースをやりゃいいさ。それぞれに、やり方ってやつはある」

「そうだね」

「俺はよく、夢を見るぜ。どっちをむいても水平線しかない海を航走《はし》ってる夢だ。泣きたくなるね。夢の中で、泣いてることだってあらあ。嬉しくって、泣いてんだよ。だけど、眼を醒すと、蒲団の中なんだな」

「いいよ。いいと思うよ。俺にゃ、やろうって勇気は出ねえだろうけど」

いつかは、実現できる夢だ。夢で終らない夢だ。それを考えると、叫び声をあげたくなる。

哲夫が、甲板を歩き回りはじめた。乗りこんできた時から、裸足《はだし》だ。俺はまた、煙草に火をつけた。哲夫が歩き回るたびに、ゆるやかに船体が動いた。『サブリナ』が、早く航走りたいと言っている。

「いいな。ちくしょう、ほんとにいいな」

キャビンを覗きこんで、哲夫が呟《つぶや》くように言っている。

クラブハウスの方から、五、六人が歩いてきた。

間抜けなパワーボートのオーナーが、真中で赤い顔をしてなにか言いたてている。陸電をとる設備のないボートだった。繋留したまま、エンジンルームのビルジポンプをバッテリーを電源にしてかけていた。何ヵ月もだ。バッテリーは三日であがり、ビルジポンプは止まった。大雨の時、エンジンルームに水が入り、エンジンが水没してしまったのだ。

間抜けな、馬鹿野郎だった。バッテリーが永久にもつと考えているほど、無知なのだ。おまけに、マリーナの管理が悪いと言いたてている。陸電の装置をつけていれば、なんの問題もなくビルジポンプは動いていたはずだ。それがいやなら、陸に揚げて排水孔の栓を抜いておけばよかったのだ。

船は生きている。そしてあのパワーボートは、間抜けな持主を持ったために、死んだ。

そんなふうに船を扱うやつを見ると、俺は殴ってしまいたくなる。その集団から、眼をそむけた。

「シゲさん、この船は陸に揚げないの？」

キャビンの入口のところから、哲夫が言った。

「揚げない。冬のはじめの、ちょっと荒れた海に出るのが、好きなオーナーでね。夏の終りに一度揚げて、船底からセンターボードまで、徹底的に手入れはしてあるんだ」

「いい船だよ。なんとなく、俺にもわかるよ。船が、泣いてねえもんな。早く航走りたい、と言ってるもんな」

哲夫が、また俺のそばに来て腰を降ろした。

脇に置いた俺の煙草に手を出し、一本とって火をつけた。

「これ、はじめに言わなきゃなんなかったんだけどさ」

哲夫が煙を吐く。あまり似合ってはいなかった。

「シゲさんが来てくれて、助かったよ。というより、嬉しかった。友だちがいるんだって気持になれた。それなのに、おっかないなって言っちまったんだ。照れ臭かったんだよ」

「いいよ、もう」

俺は携帯用の灰皿で煙草を消した。吸殻は、決して海に捨てない。

「だけど、男はやっぱり、やらなきゃいけねえ時があると思うぜ。俺はそう思う。死んだって、やらなきゃいけねえことがあるはずだよ」

「それも、言われると思ってた」

哲夫が、煙を吐き続けている。『サブリナ』の揺れは止まっていた。

6

里美の勤めているレストランの定休日は木曜で、その日はスーパーのパートも休みだった。

俺は、水曜の夜中から、里美の部屋に泊る。夕方、店へ出て行くまでいられるのだ。ほとんど、ベッドの中で戯れていた。俺の部屋と似たようなものだが、ベッドがあるので豪華な感じがする。

里美は、大抵同じことを喋っている。自分が育った山の中の小さな街のことだ。家族や、そこに住んでいる人や、山の様子を、何度もくり返し喋るのだった。

俺は、行ったこともないその街の様子を、細かく思い浮かべることができるようになった。

里美の躰に触りながら、山にも季節はあるのだと、俺はなんとなく考えたりした。当たり前のことだが、紅葉とか新緑とかで里美は季節を表現するのではなく、空気の匂《にお》いや重さで表現したりするのだった。

海で季節を感じるのは、気温や風などではなかった。海水《みず》の匂いと重さ。船を航走《はし》らせれば、それがすぐわかるのだ。

話に出てくれば、里美の家族の顔はすぐに思い浮かぶ。勿論会ったことはないが、一度写真を見せられたのだ。

「ねえ、シゲ。一度、あたしの生まれた街へ行ってみない？」

「そうだな。車を飛ばせば、大した時間はかからないだろうし」

「その時は、ネクタイしてなきゃ駄目よ、ネクタイ。あたしが、似合うのを選んでプレゼントしてあげるから」

俺はただ、なんとなく調子を合わせているだけだが、里美は本気で言っているのかもしれない。考えると、もの悲しい気分になった。里美は、淋しいのだ。そしてその淋しさのすべてを、俺は癒《いや》していない。ほんの一部分、あるいはほんのひと時、俺は里美の淋しさを癒しているだけだろう。

「シゲは背が高いから、きっとじいちゃんは感心するわ」

「俺は、ちゃんと胸を張ってるからよ」

「シゲは、いつだって胸を張ってる。あたしは、そんなとこが好きなんだ」

胸など張ってはいなかった。背中を丸めると、そのまま押し潰されそうな気がするので、肩を怒《いか》らしているだけなのだ。

胸の中は夢で一杯だが、それは里美と共有できるものではなかった。俺は、ひとりきりで海へ出たいのだ。

「抱かれると、あたしはすっぽりシゲの胸に入ってしまう。ごつごつしてるんだよね。骨じゃなく筋肉が。そういうのも、好き」

「おまえは、やわらかいよ」

他愛ないものだ、と思う。男と女はこんなふうでいいのだ、とも思う。どうせ、いつまでもこんなことを続けていられるはずはないのだ。

たとえば、俺か里美のどちらかが、結婚したいと考える。するとその瞬間から、すべてが他愛ないでは済まなくなってしまうのだ。だからいまは、できるだけ他愛なく振舞っていた方がいい。

「こうやって、ずっと裸でいるって、気持いいね」

「俺も、言おうと思ってたとこさ」

「毎日、こうしていられるといいな」

「時々だからいいんだ。多分、そうだぜ」

「かもね」

「毎日こうしていられればいいと思いながら、時々しか時間を持てない。だからその時々が、もっとよくなるんだと思う」

「理屈っぽいんだから、シゲは」

「男が、そうなんだ」

里美は、俺の腕の中でくっくっと笑い声をあげた。

「ねえ、ちょっと力を入れてみて」

掌《て》を胸に当てて、里美が言う。俺は両腕を脇に引きつけて力を入れる。

「固い。鉄みたいだ」

「もういいか。こうしてると、くたびれるんだぜ」

「駄目。やわらかい筋肉なんて、シゲらしくない」

「無理言うなよ。力を入れた時だけ、筋肉は固くなるんだからな」

「大丈夫よ。これもトレーニングだと思えばいい」

「なんのトレーニングだよ？」

「筋肉の」

「そんなもの、とっくに卒業しちまったよ。ふだんはやわらかい筋肉の方が、ずっと強いんだからな」

俺は、腕と胸筋から力を抜いた。乳首の上のところに、かすかな痛みを感じた。里美が噛《か》みついている。

「痛てえよ。やめろ」

「噛まれたくなかったら、もっと力を入れてごらん」

「痛てえけど、気持もいい」

「また噛むぞ」

「俺もやるからな」

「いやだ。シゲが噛むと、痕《あと》になるんだ」

里美の乳房は小さかったが、いいかたちをしていた。俺が触っていると、乳首が気取った女の鼻のように、つんとなる。それを口に含んで、舐めているのも好きだった。里美は眼を閉じ、背骨を反らせ、それから低い声をあげはじめるのだ。

不意に、いとおしさがこみあげてきて、俺は腕に力を入れた。

「痛い、馬鹿力」

里美が言う。それが、さらに俺を刺激した。俺たちは、ひとつになった。その状態でじっとしたまま、何度目だろうと俺は考えていた。

外で、バイクの走る音が聞えた。

いつの間にか俺は眠っていて、里美は腕の中にいなかった。ぼんやりと、天井を見ていた。十分ほどして、スーパーの袋をぶらさげて里美が戻ってきた。俺が眠っていると思っているのか、そのまま料理をはじめる。

午後三時を回ったところだった。腹が減っていた。いい匂いが、食欲を刺激する。

「お風呂に入ってて、シゲ。その間に、ごはん作っちゃうから」

ベッドから躰を起こすと、里美が言った。

俺は素っ裸のままバスルームに行き、バスタブに全身を浸した。

風呂になど入らず、躰を拭くだけで何日もいられる。この間、台風が来た時、俺は店とマリーナを往復する生活を、四日続けた。防潮堤を越え、繋留バースの中まで波が入ってきて、浮き桟橋にいくらか被害が出たのだ。舫《もや》いが解けてしまったり、シートが吹き飛ばされた船もいた。

その修理が四日かかった。『サブリナ』には、被害はまったくなかった。谷川も、台風の翌日にやってきたが、完璧な状態の船を見て、俺と握手をして帰っていった。

被害など、出るはずがない。俺は台風が通りすぎるまで、ずっと『サブリナ』と一緒にいたのだ。

それでも四日風呂に入らないと、長沢にいやな顔をされたものだ。俺はこれでも、客商売だった。

髭《ひげ》を当たる。里美の部屋には、いつからか俺用の剃刀《かみそり》と歯ブラシが置かれているようになっていた。

髭を当たるたびに、奇妙な気分になる。髭が剃れていく感触が、はっきりとあるのだ。ついこの間までは、剃刀を使っても、髭が剃れているのかどうか、よくわからなかった。

それほど髭は少なく、産毛《うぶげ》のように細く頼りなかったのだ。それがいつの間にか、一日で顎に触れるとザラザラする感じになっている。

大人の男になった。ただし、髭だけだ。

風呂を出ると、バスタオルを腰に巻いただけで、俺はビールを飲み、里美が作った料理を食った。おままごと、という感じがある。これが毎日のことになると、おままごとではなく、男と女の生活になってしまうのだろう。結婚というのは、一生おままごとを続けることなのかもしれない。

「シゲは、いつもおいしそうに食べてくれるから、嬉しい。あたし、まだ料理が下手なのに」

「だって、うまいもんな。心がこもってるもんな」

こめられたその心が、負担に思える時もある。それは言わなかった。言うべきことではない。俺の心のどこかが歪《ゆが》んでいて、そんなことを感じてしまうのだ。

里美の部屋を出たのは、五時を回った時だった。

俺は自分の部屋へは帰らず、店へ直行した。

冷蔵庫から烏賊《いか》を出し、短冊に切り、ボールの中にタラコを絞り出して、それと和《あ》える。今夜の突き出しなのだ。なににするかは長沢が決めるので、俺はなにも考えずに作るだけだ。

クリーニングに出して店に置いてあるワイシャツに着替え、ボータイを締め、赤いベストを着こむ。

六時ぴったりに、看板に灯を入れた。

すぐにドアが開いた。

入ってきたのは、この間の二人組の刑事だった。

カウンターに腰を降ろし、二人して俺の顔をじっと見つめてくる。若い方は、俺と同じぐらいだと思ったが、よく見ると五つ六つ上という感じだ。歳上の方は、もう三十五を超えているだろう。

「マスターが出てくるの、八時から九時の間ってとこですけどね」

「長沢の爺さんみたいな小悪党は、いつだって挙《あ》げられる」

「そうですか。御註文は？」

「ビールだな」

俺はグラスを二つ置いてビールを注ぎ、作ったばかりの突き出しを出した。

「派手に暴れ回ってるのか、野田？」

若い方が言った。

「なんのことでしょう？」

実際、なんのことかわからなかった。やくざをのしたことか。それとも、大西に怪我をさせたことか。どちらにしても、刑事が来るには遅すぎる。

「まあ、勝手に暴れてなよ。世の中ってやつは、おまえが考えてるほど甘くない」

「たっぷりと、塩辛い思いをしてますけどね、俺は」

いきなり手がのびてきて、胸ぐらを摑まれた。洗濯したてのワイシャツが皺になる、と俺は思った。

「俺たちは、おまえを挙げちまおうかって気になってんだよ。せいぜい注意しろよ。これはな、最初で最後の警告だからな。おまえももう二十歳《はたち》で、少年法がどうのという歳じゃない」

「放してくれませんか、ワイシャツ」

穏やかに、俺は言った。

頭の中ではいろいろと考えたが、あと思いつくのは、運送会社のトラックを三日に一度無断借用していることと、夜中に客をモーテルに送り届けることをしているぐらいだ。

刑事はもう、俺の方は見ず、チビチビとビールを飲みながら、別の話をしていた。

7

哲夫から、電話が入った。

東京の倉庫に製品を届ける予定だったが、一日延期するという、杉山の伝言だった。

このところ、哲夫は杉山の工場の社員のようなことをしていた。自分から、そうしたいと言い出したのだ。だから俺のトラックの助手席に乗るのも、見習いではなく、社員の付き添いという感じになっている。杉山のいろいろな指示も、哲夫が受けてくるのだ。

卒業したら、本気で杉山に雇って貰う気かもしれない。悪いことではなかった。杉山の工場はまだ小さいが、いずれは大きくなりそうな気がする。

哲夫は、母親と二人暮しだった。この街で生まれた母親と、この街で一緒に暮し続けようと考えていることは、訊かなくてもなんとなくわかった。この街のいい就職口といえば、大企業の工場で、成績のいいやつはほとんどそこへ入って行く。でなければ、東京の企業だ。成績が悪かったり、不良だったりしたやつらが、結局昔からあるこの街の企業を支えていることになる。

哲夫は、勝手に俺の弟分になっていた。

午後、マリーナにいると、呼びもしないのに哲夫はやってきて、俺の手伝いをする。ほんとうに、船が好きなのだ。このマリーナにも、外洋レースに出るヨットが何艘かいるが、正式のクルーにはして貰えないようだった。経験が少ないのと、高校生だという理由によるようだ。

だから俺が、『サブリナ』を出す時は、午後の授業を放り出してやってくる。

谷川は、ものぐさなくせに要心深い男で、新しい艤装や装備については、必ず俺に試運転をさせる。セイルやステイが交換の時期に入っていて、試運転に出ることはいつもより多かった。場合によっては、哲夫を助手に連れて行ってもいい、という許可も貰っている。

「いいな、ちくしょう」

甲板作業をしながら、哲夫はいつもそう呟いていた。赤とブルーの新しいスピネーカーのテストをした時など、船首で巨大なパラシュートのように開くそれに見とれて、俺に怒鳴られたほどだった。

そういう哲夫も、杉山のことを訊くと黙りこむ。甘えた仕事ができると思って自分を売りこんだら、厳しくやられたというところなのだろう。

杉山は、甘い男ではない。それは、俺がよく知っている。

杉山と最初に会ったのは、勤めた工場が潰れてぶらぶらしている時だった。

面白くないことが、多すぎた。酒を飲み、喧嘩沙汰《ざた》というのもめずらしくなかった。

あれは、俺の方から売った喧嘩のようなものだ。駅裏の、小さな呑屋《のみや》ばかりが並んでいる一帯で、中年の酔っ払いと喧嘩をしていた俺を、杉山が止めたのだ。その時、俺は相手を中年の酔っ払いから杉山に、勝手に変えたのだった。

あんなぶちのめされ方をしたのは、はじめてだった。

俺の突きも蹴りもすべてはずされ、気づいた時は、顔の真中に一発食らっていた。立ちあがったが、同じことのくり返しだった。四回目に立った時、俺はやり方を変えて組みついた。投げ飛ばされた。その時にはもう、足が思う通り動かなくなっていたのだ。

顔のかたちがなくなるまで、殴りつけられた。殺されるかもしれない、と俺はぼんやり考えていた。悲しむ人間が誰もいないというのが、やりきれないような気分だった。同時に、死んでもいいと自分を投げ出すような気分もあった。

さすがに、杉山は激しく呼吸を乱していた。パンチも、途中から流れるようになった。そのあと、どうなったのか憶えていない。気づくと、路地に入りこんでうずくまっていた。すぐには立ちあがれず、明け方になってようやく、俺は自分の部屋に這うようにして戻ったのだった。

三日、起きあがれず、水だけ飲んで寝ていた。四日目には外を歩き、五日目には走っていた。

次に杉山と会ったのは二週間後で、ようやく俺の顔の痣《あざ》が消えたところだった。俺はちょっと酔っていたが、もう一度喧嘩を売ろうとはせず、避けようともしなかった。

いい面構《つらがま》えをしてるじゃないか。杉山の方から声をかけてきた。その面構えが小憎らしくて、この間は必要以上に殴っちまった。そして杉山は、俺を酒に誘った。乗ったのは、さりげなく、どうでもいいような感じで誘ってきたからだ。

三杯飲んだだけで俺は気分が悪くなり、自分の勘定は自分で払うと言いながら、吐いていた。

杉山とは、あの時からだ。

杉山は鞄工場をやっていて、スーツケースから小銭入れまで、新しい製品を作りはじめた時だった。東京への輸送費を節約するための仕事を、俺はそれほどの抵抗もなくはじめていた。

哲夫が、楽をしようと思って杉山の会社に入るのなら、すぐに音をあげるに決まっていた。杉山は、会社を大きくしはじめたばかりで、身を粉《こ》にして働いてくれる人間しか求めていないはずだ。

俺はいつものように女の子たちと客をモーテルへ送り、一時半には部屋へ戻った。

里美からの電話。おやすみとだけ言った。

シャワーを使って、すぐに寝た。明後日《あさって》に予定していた補助機関のテストを、明日にしてもいいと思ったからだ。谷川は、冬を前にして、機関の故障などを神経質なほど気にしている。俺という人間がいて、自分でいじる必要がないので、神経質なところは倍ぐらいに増えたのかもしれない。気にしているだけでいいのだ。

十一時に起きて、すぐに外へ出ようとした。

ドアのところに、哲夫がしゃがみこんでいる。

「なんだ、おまえ。用事があるなら、起こせばよかったじゃねえか」

「夜中まで仕事をしてる人だから。もしかすると、機関のテスト、今日にくりあげたんじゃねえかと思って、待ってたんだ。明け方、東京まで走らなきゃなんないけど、今日やっちまった方がいいと思うな」

「まあな。そう思って、十一時に起きた。天候は、どうなんだよ？」

「そりゃもう、これ以上はないというクルージング日和《びより》だよ。機関じゃなく、セイルのテストだったらよかったのにな」

「よし、行こう。三時間で終らせる」

哲夫が、とび跳《は》ねた。

俺はサニーを走らせてマリーナへ行き、すぐに『サブリナ』に乗りこんだ。いつでも航《は》走《し》れるように、準備はできている。

栈橋を離れ、マリーナを出た。

全開のテストに入った。この間は、ちょっと不調だったのだ。エンジンを回していないせいだ、と俺は判断していた。この間三時間回し、今日三時間回す。それで、ほぼ夏と同じ調子を取り戻すだろう。

舵を、哲夫と代った。

交代で、スーパーで買ってきたサンドイッチを口に押し込んでいるのだ。

「エンジンオイルは、いつ替えたの、シゲさん？」

「この前のテストの前だ。だいぶ劣化していたが、あと一年はもつはずだよ」

やはり、エンジンはどこか頼りない。俺はエンジンの出す音に耳を傾けていた。

「俺、杉山さんとこの仕事、やめようかと思ってさ」

「なに言ってやがる。しごかれたぐらいで音をあげてたんじゃ、どこへ行っても勤まりゃしねえぞ」

「別に、音はあげてねえよ」

「あげてるよ」

「あげてねえ」

「じゃ、続けろ。俺は、杉山さんは好きだよ。あんな大人はめずらしい。ちょっといかがわしいことをやりすぎるとこはあるが、俺たちだって、まっとうな高校生ってわけじゃなかった」

哲夫がうつむいた。やはりつらいのだろう。それ以上、俺はなにも言わないことにした。

エンジンルームのカバーを取り、首を突っこむ。

しばらく、そうしていた。耳のそばでエンジンが回っていると、頭の中でドラでも叩かれているような気分になる。

一時間ほど航走った時、不意にエンジンの音が変った。軽快で、リズム感のある音になったのだ。

「抜けたな」

「ほんとだ。馬力もちょっとあがってきたみたいな気がする」

要するに、夏から黙らせ続けていたのだ。これで、調子は戻ったはずだ。なにもせず、回しただけのことだった。

「いいね」

「なにが？」

「彼女が調子出してくれるとさ」

「まったくだ。頼りない音で、マリーナに帰りたくはねえもんな」

「この船のオーナー、幸せだよね」

「オーナーがじゃない。彼女が幸せだ、と言えよ」

「俺、なんとなくいいように思えてきたよ。ひとりで海に出て、何日も何日も航走るってのが。ひとりきりで、海と船のことだけ考えて、あとは風まかせなんだ。そんなふうにして生きられる場所が、地面の上にゃねえって気もする」

「あるさ、きっと」

「だけど、シゲさんだって、ひとりで海に出たがってるじゃねえかよ」

「それとこれは、別だって気がするな」

「どう別なんだよ」

言われても、答えられはしなかった。地面の上で風まかせで生きていたら、どこに流されるかわかったものではない。おかしな風が吹きすぎる、とはいつも思っていることだった。

「いいよな、ひとりで」

哲夫は、杉山の会社でのつらい仕事を考えて、憂鬱《ゆううつ》になっているのだろうと、俺は思った。それは、自分で解決するしかないことだ。

「ひとりか」

「一緒にできねえってことだぜ、哲夫」

「俺も、ヨットを買うもんね。そりゃ、シゲさんより時間はかかるかもしれないけど」

コンパスを覗きこみ、俺は右に変針した。セイリングなら、タックする場所だ。

「いい風だよな、哲夫。帆を張って走りたくなってくる」

「自分の船だったら、いつも好きなようにできるよ。『サブリナ』もいい船だけど、オーナーがいるってのが気に食わねえ。金持に囲われた女に手を出すって、こんな気持じゃねえのかな」

「女、知ってんのか、哲夫？」

「知らない」

言って、哲夫は風にむかって眼を細めた。

荷物の行先が増えた。量はむしろ減ったぐらいだが、行先は四カ所から五カ所になったのだ。杉山が販路を拡張したのだろう、と俺は思った。それ以上は、深く考えなかった。決められた時間までに帰れるかどうか、俺は懸命になって運転をしなければならなかったからだ。保険にとってあった一時間の、半分以上も使ってしまうことが二度続いた。俺が車庫に戻ると、村岡はすぐにエンジンルームを開けて、風を入れていた。エンジンがかなり暖まっていると、会社の運転手に気づかせないために、早く冷やそうというのだ。

「俺は、仕事をさぼってるわけじゃねえんだ。物理的に無理だよ、杉山さん。助手席に乗ってくる哲夫にゃ、それが一番よくわかってるはずだけど」

「限界か。だろうな。哲夫はもっと早い段階から、限界だと俺に報告してた」

「別の方法を考えた方がいい、と俺は思うね。ちゃんと戻ってこれたのは、運がよかったからだよ」

マリーナの近くの喫茶店だった。

杉山の姿をマリーナで見かけることはなかったが、この喫茶店の駐車場にはよく車が駐めてあった。甲虫《ビートル》などに乗っているから、車は目立つのだ。

「根本的に、方法を考え直そう。それについちゃ、やっぱりおまえに相談に乗って貰わなくちゃならんな。ただ、すぐに運ばなけりゃならない品物もある。運びながら、方法を考えるしかないんだよ」

「わかったよ、杉山さん。とにかく、いまの方法は限界なんだ。おたくでトラックを買ってそれで運ぶ。そういう方法もあると思う」

「数万の節約をしている俺に、トラックを買えって言うのか。量が飛躍的に増えることはない。自前のトラックを買っても、遊ばせてる時間の方が長くなるんだ」

「まあ、そのあたりは、経営者の問題だろうとは思うよ。俺が、つべこべ言う筋合いでもないしね」

「うちも、いまが踏ん張りどころでな。輸送費も含めて、できるかぎりコストを抑えておきたいんだ。そうすることで、底力をつける。あと一年は、底力をつけることに専念したいんだ。競争力ってのは、底力の上に乗っかってるもんだからな」

杉山は、まだ三十二だった。

以前になにをやっていたかは知らないが、鞄工場の社長というのは立派なものだ。工場が大きくなれば、一端《いっぱし》の実業家というやつだろう。

髪は短く刈りあげ、顎の張った精悍《せいかん》な顔で、骨格はがっしりしている。大学時代にラグビーをやっていたというが、チームプレーが似合うタイプとも思えなかった。格闘技と考えた方が、ぴったり来る。

「哲夫のやつ、ものになるかな？」

「そんなことより、自分のことを考えろ、シゲ。おまえは、哲夫と大して変りはないガキなんだぜ」

「あいつより三年長く生きてて、その三年間でいろんな体験をしたよ。大人ってやつは信用しない方がいいとか、金を稼ごうって気になったら、少々悪どいこともやらなきゃならないんだとか」

「どういう意味で、俺に言ってる？」

「一応、わかっておいて貰おうと思ったんだ。いつまでも、俺を安く使おうとは思わねえでくれ。いまのところ、俺は助走してるようなもんさ。跳ぶ時ゃ、跳ぶ。その時は、俺は安くねえよ」

「売れるものを、なにか持ってるかどうかだな。いまのところ、おまえには時間ぐらいしかない。それは大して高いもんじゃないんだよ。わかるか、シゲ。時間を持て余してるガキどもは、いくらでもいる。哲夫だって、結局はそうだろう」

「いまの俺が、なんぼのもんかはわかってら。いつか、あんたが頭を下げて頼まなきゃならねえ男になってやるさ」

「口に出して言うところが、まだガキだな。まあ、おまえも哲夫も、安く使ってる気はない。ぎりぎりのところで協力して貰ってると思ってるよ。その礼は、いずれする」

「当てにはしてねえ。いまはいまさ。いまやってることに、不満はねえよ。もう限界だってことを教えてるだけでね」

「わかった。とにかく、あと二、三回は頑張ってみてくれ。俺も手を回して、届け先をできるだけ少なくする」

「やるよ。やるが、決められた時間に戻れるって保証もできねえ」

「仕方ないさ。なんだって賭《か》けてみなきゃ、ほんとの結果というやつは出てこないんだからな」

「あと二、三回だね、杉山さん」

杉山が頷いた。

それから俺は、しばらく杉山の話を聞いた。杉山は、俺がなぜ長沢の店で働いているのか、かなり真剣に知りたがった。

説明できる理由はなかった。困っている時に、助けられた。それだけのことなのだ。長沢はもう老いぼれていて、俺がいろいろとやらなければ、いまのような商売は続けられないかもしれない、という気は多少ある。しかしそれは、言うべきことでもなかった。

「あの爺さん、女で派手に商売してるって話だがな」

「別に、悪くはないと俺は思ってるよ。誰に迷惑をかけてるわけでもねえし」

「まあな。ただ、おまえが従順な使用人をやってるのに、俺は首を傾《かし》げてるだけさ」

「それなりに、いいところがあるってことにしておこうか」

長沢は俺を顎で使い、説教をし、時には怒鳴りつけたりもする。正直なのだ、と思っていた。俺はドジもやる。ドジをやった時は、怒鳴られた方が気持がいい。

「ま、おまえの祖父さんみたいなもんか」

「いや、あの人は俺の雇主《やといぬし》さ。祖父さんは、別にちゃんといた」

長沢に助けられはしたが、甘えているつもりはなかった。給料はほかの店並みで、もうひとつの仕事の分と合わせると、そこそこの額にはなる。

「いい人なんだろうな、多分」

「頑固な年寄だよ」

「そっちはそっちで、頑張ろうってんだな。仕方がないかな」

杉山は、俺を別なことに使う気があるのかもしれない。俺は、先のことをまだなにも考えていなかった。考えないまま、ヨットを買う金だけは貯めはじめたのだ。

「哲夫がのしあがれるかどうかは、あいつ次第だよ。俺は、小さいがチャンスはやれる」

「それでいいよ。チャンスなんて、最後は自分で摑むもんだしな」

俺は、自分の分のコーヒー代を払って、店を出た。杉山には、奢って貰おうという気にはならない。一度、いやというほどぶちのめされたからだろうか。

店からマリーナまで、車で三分ほどだ。

棧橋に腰を降ろして、哲夫が『サブリナ』を見ていた。俺が乗っていいと言わないかぎり、絶対に乗ろうとはしない。そのあたりは、妙に律義だった。

「杉山さんと、話をしてきたよ」

俺は『サブリナ』に乗りこみ、哲夫を手招きした。靴を脱いで、哲夫が乗りこんでくる。

「品物を運ぶ方法は、できるだけ早く考えるそうだ。最低のコストで済まそうなんて考えてるからな。ほんとは、いまのままが一番いいらしいんだが」

「シゲさん、杉山さんとは友だちだよね」

「まあな。杉山さんが頑張るんなら、俺もできるだけ付き合おうとは思ってる」

哲夫は、新しく張り替えたステイを摑み、うつむいている。

どこか、根性がなかった。ヨットの操船でも、いつも早目にタックだ。大西に土下座していた姿が、眼に浮かんできた。

「とにかく働け、おまえ。働くのはてめえで、俺にゃなにもできねえからな」

「シゲさんに、頼ろうとは思ってないよ。俺は俺で働く。早いとこ免許を取りたいし」

「それで、ほんとに働けるもんな」

「俺が取るの、小型船舶の一級免許だよ。二十万はかかると思うんだ」

仕事の役には立たない免許だ。車の運転免許の方が、ずっと使い道がある。

「シゲさん、怒るだろうけど、俺は免許だけは持っていたいんだよ。夢のとっかかりみたいなもんだからね。シゲさんだって、そうだっただろう？」

「俺は、運転免許の方が先だった」

言ったが、哲夫の気持はわかった。夢のとっかかり。少なくともそれだけは、いつも身につけておきたい。

「セイルを点検するぞ。スピネーカーを使えるようにしておくんだ。明日、オーナーが乗りに来る」

パワーボートが一艘、出て行くのが見えた。四十フィート以上ありそうな、でかいやつだ。その図体が起こした波で、『サブリナ』はかすかに揺れた。

「スピン張るのか。いいな」

「適当な風があればさ」

ロープワークは、ほとんどコックピットでできるようになっていた。俺なら、ひとりでもスピネーカーを張れる、と思った。谷川は、大騒ぎをして張るだろう。二人だけでは無理だ、と言うかもしれない。

「俺、やっぱりしぼませちまうだろうな」

「大した経験もなくて、スピンを扱おうとする方が間違ってるんだ。おまえなんか、まだヨットマンの卵だからな」

「わかってるさ。俺がシゲさんの歳になりゃ、きっといい腕だよ」

哲夫は、やはりどこか元気がなかった。

「一時間で終るな。めしでも食いに行こうか」

「シゲさん、奢ってくれるの？」

「たまにゃな」

哲夫が、ちょっとだけ嬉しそうな顔をした。

五時には、店へ行かなければならない。土曜日は、ウイークデーよりも混むことが多いのだ。

「焼肉がいいかな」

「だね。いまそう言おうと思ってた」

哲夫が笑った。

いい風が吹いている。天気図を見たかぎりでは、明日も晴天だろう。秋の終りの、クルージング日和だった。

「ちくしょう。いいよな」

帆走していた船が、マリーナの入口でメインセイルを降ろしていた。補助機関をかける音が聞えてくる。

哲夫は、しばらくそれに見とれていた。

9

長沢が、逮捕された。

容疑はよくわからないが、女の子に関することのようだった。女の子たちは、四人とも店に姿を見せなかった。

いつものように店を開くべきなのかどうか、俺はちょっと迷った。すぐに釈放されて、来てみて店が閉っていたら、長沢は俺を怒鳴るだろう。

看板に、灯を入れた。

客が入ってくるかどうかわからなかったので、長沢に言われていた突き出しは作らず、ピーナッツだけを出すことにした。

八時過ぎまで、ひとりの客も入ってこなかった。ドアが開いたのは八時半を回ったころで、俺はちょっと身構えた。例の、二人組の刑事だったのだ。

「どういう気だ、おまえ。客が来るとでも思ってるのか？」

若い方だった。こいつは、俺に突っかかるようなことばかり言う。胸ぐらを摑んだのも、こいつだった。

「マスターから、休むとは言われてませんのでね。店をきちんと開くのが、俺の仕事なんですよ」

「給料を貰えるから、仕事だろう。もう、給料は貰えないんだぜ」

「明日にでも、釈放されるかもしれないでしょう」

二人が、同時に鼻で笑った。

「大して悪いこともしていない年寄を逮捕して、面白いですか？」

「なに言ってんだ、おまえは。どこかずれてるぞ」

「もっと悪どいやつが、ほかにいるだろうと言ってんだよ」

「まあ、いるだろうな。だけど、長沢の爺さんも、捕まるべくして捕まったんだと思うよ。詳しいことは知らないがね」

「あんたたちが、逮捕したんじゃないんですか。適当に点数を稼ごうなんて思って」

「おい、なんか誤解してないか。明りがついてたんで、どうしたんだろうと思って入ってきただけだよ。勿論、長沢が逮捕されたのを知ってたからだが、俺たちが逮捕するわけもないだろう」

「なぜ？」

かっと頭に血が昇りそうになるのを、俺はなんとか抑えていた。

「なぜって、売春は俺たちの仕事じゃない。長沢を挙げたのは、所轄署だよ」

「あんたたちは？」

「俺たちは、県警本部だよ。おまえ、知らなかったのか？」

「ふうん。それで、なんの捜査をしてるんです？」

刑事が二人、一瞬顔を見合わせた。

「とぼけるんなら、勝手にとぼけていいんだが」

歳上の刑事が言った。

俺は煙草に火をつけた。なぜこの二人がうろついているのか、考えてみてもわからなかった。

「マスターは？」

「二年ぐらいは、食らいこむだろう。前科《まえ》もあることだしな」

初耳だった。前科があるからなんだというのだ、と俺は思い直した。

「あれだけ、女たちから搾ればな。やっぱりかなり悪質ってことになる」

「搾っちゃいませんよ、マスターは」

「二割しか、女の子たちに金を渡していなかった。これは搾ったってことじゃないか」

「二割って、それだけ取ってたってことでしょう。やくざと話をつけたり、いろいろしなけりゃならないことが、マスターにもあるんですよ」

「八割搾ってたってことは、長沢も認めてるらしいよ。俺たちが調べてるわけじゃないが、かなりの悪どさだって、所轄署でも驚いていたからな」

刑事が嘘をついている、としか思えなかった。なにか罠《わな》を仕掛けているのかもしれない。

俺は喋るまいと思った。

「娘も、逮捕されるだろうな。女の子たちを管理してたのが、娘だからな。高校生を頭に、三人も子供がいるってのに」

歳上の刑事が喋りはじめた。

長沢に家族はいない。長沢自身の口から、俺はそれを聞いた。

「かなり儲《もう》けて、貯めこんでるだろうな。二年で出られたら、ゆっくり余生を送れるぐらい貯めたんじゃないか。考えてみりゃ、羨《うらやま》しい話だ」

「家族は、いないんですよ、マスターには。それに、悪い人じゃない」

「ほう」

二人の刑事の眼が見つめてきたので、俺は煙草を続けざまに喫い、灰皿で消した。

「長沢は、なにをやったと思ってるんだ？」

罠はこれかもしれない。俺は口を噤《つぐ》んだ。刑事には余計なことは言うべきではなかった。

「売春は、俺たちとはあまり関係ないんで言ってしまうが、警察としても無理矢理挙げようとはしていないんだよ。自由恋愛のかたちをとってくれれば、いいんじゃないかな。四人の女の子たちの、滞在ビザも切れていなかったというし。まあ、個人的な意見だが、売春行為そのものには、被害者もいないわけだしな。長沢は、そこのところをうまくやらなかった。四人の女の子たちは、客観的に見ると被害者だ。裁判所も、そういう判断を下すだろうね」

俺は口を噤み続けた。歳上の刑事が、俺を見てちょっと口もとを綻《ほころ》ばせた。

「十二年前、俺が県警本部に戻ったころに、長沢を知ってね。長沢もちょうど、詐欺で服役して、出所《で》てきたばかりの時だった」

刑事が、煙草をくわえて、ジッポで火をつけた。使い古したジッポだった。

「なんとなく、憎めないところはあったよな。戦争にも行ってないのに、泣きながら戦争の話をするのが得意だった。昔、羽振りのいい生活をしてたって話も、好きだったな。せっかく酒場を持てたんだ。それだけで満足していればよかったのに、と俺は思うよ」

俺は黙り続けていた。ただ、刑事が言っていることは、全部頭に入っていた。

「店を開けているのは勝手だが、長沢は当分戻ってこないよ。いずれこの店も、処分するだろう。娘の亭主がいるからね」

それだけ言うと、刑事は煙草を消し、立ちあがった。俺は身構えたが、刑事は片手を挙げると出て行った。

十時半まで看板に明りを入れていたが、客は来なかった。ドアを開けて覗いた男はいたが、俺しかいない店内を見回すと、すぐに姿を消した。

看板の明りは消したが、十二時まで俺は店にいた。

「つまらねえな、なにか」

呟いた。ほんとうのことがなにか、知ろうという気も起きなかった。

部屋へ帰り、ぼんやりしていると電話が鳴った。一時半だった。

「髪を洗ったの」

里美が言う。俺は煙草に火をつけた。

「ドライヤーの音、聞える？」

「二つのことを、同時にやるなよ」

「ドライヤーを使ってる間に、一時半になっちゃったの」

「声は聞えるから、いいか」

「元気がないな、シゲは」

「疲れてるみたいだな」

「違うな。また海のことを考えてたでしょう。いつまで経っても、自分のヨットが買えないなんてことを。それでため息でもついてたんだ」

「海ね」

「あたしの夢は、山の方なんだから。海はいいと思うけど、見ていればってことで、船で出てみたいなんて考えたことないんだから。あたしと喋ってる時は、海のこと考えてないでよ」

「言われて、考えはじめたんだぜ」

「また、嘘を言う」

嘘という言葉で、俺の肩がぴくりと動いた。そういう自分が、俺はいやだった。

「会おうか」

「なに言ってるの、こんな時間に」

「おまえのところまで、車を飛ばせば十五分ってとこだぜ」

「本気？」

「会いたくなった」

「なにか、あったのね」

「友だちを、ひとりなくした」

そう言うのがぴったりだと、言ってから俺は感じた。長沢は、雇主というよりも、俺にとっては友だちみたいな感じだった。そういう感情を持ったのは、酔って泣きながら戦争の話をした時からだろう。

「ほんとに、来る？」

「いいのかよ」

「あたしは、来てくれたら嬉しい」

逃げてるんだぞ、と俺は自分に言い聞かせた。それでも俺は里美の部屋へ行く気になっていて、ズボンのポケットの車のキーを探っていた。

10

マリーナの手前で、トラックと擦《す》れ違った。

気になったのは、二人の男に挟まれるようにして乗っている、哲夫の姿が見えたからだ。幌をかけた、中型のトラックだった。

しかし、まだ午前中だ。哲夫がマリーナに現われる時間ではない。人違いだったかもしれない、と俺は思いはじめていた。

逮捕されて三日経ったが、長沢が釈放される気配はなかった。それどころか、きのうの夜は、長沢の娘の亭主という男がやってきて、俺を店から追い出した。

マリーナへ行くと、俺は『サブリナ』を一度点検し、すぐに修理工場へ行った。

そこで、レース艇の改造をやっているのだ。

人数が足りないのはわかったので、俺は手伝いを申し入れていた。三人しかいないのだ。しかし、俺にいくら払えばいいのか考えて、ためらったようだ。俺ははじめ断られたと思ったが、金のことだとマリーナの職員が教えてくれたので、無料でいいともう一度言いに行った。

そして、今日から手伝うことになったのだ。

外洋レース艇で、改造は内部にかぎられていた。余計なものを取りはずし、かいこ棚をいくつか取りつけ、船全体の重量を軽くする改造だった。

俺は、言われた仕事を、黙々とやった。速く航走《はし》るために、軽くする。俺にとってはどうでもいいことだったが、ヨットをいじっているという実感はあって、その間はほかのことを忘れていられるのだった。

内装のほとんどが、取りはずされていた。つまり、市販のクルーザーを、レース用に改造してしまおうとしているのだ。

速く航走ることに、それほどの意味があるとは思えなかった。それは、俺がそう感じるだけで、レースに出ようという連中にとっては大事なことに違いなかった。船の重量でクラスも決定されてしまい、それは何日もかけて航走るレースの、順位も左右してしまいかねないものだった。

俺にあてがわれたのは、余分な壁材を剥《は》がす作業だった。壁材を張るのには技術がいるだろうが、剝がすのは力さえあれば充分だった。

それはすぐに終り、船首《バウ》の方に仕切りを入れる作業に入った。ロープとセイルの収納庫を二つに分けて、取り出しやすいようにするためらしい。汗が滲《にじ》み出してきた。仕切りの板は、薄いプラスティックだ。二時間ほどかかって、なんとかはめこんだ。清水の貯水槽も取りはずされた。レースの時は、一リットルずつ容器に入ったミネラルウォーターを持っていくのだろう。そうすれば、貯水槽の重さだけ軽くできる。

「レギュレーションをパスするのは、市販の船体じゃ難しくてね」

そばで作業していたひとりが言った。もういい歳だった。重いものをすべて取りはずし、クルーの持物まで制限してレースに臨むのだという。

「ヨット、好きなのかね？」

「海がね」

「じゃ、ヨットも好きなわけだ。経験は？」

俺をクルー志願者と勘違いしたらしい。

「レースに、関心はないんだよ。ただ、レース艇ってのがどんなものか、見てみたくて」

哲夫がいたら、喜んだだろう。それでも、クルーに採用されることはなさそうだ。やっぱり、若すぎる。

どこまでのレースかも、俺は訊かなかった。

工場の中で明りがあるので、いつ暗くなったかわからなかった。握りめしの弁当が拡げられ、俺も勧められた。

「このマリーナで働いてるんだろう？」

「まあね。下働きだけど」

長沢が逮捕されてバーテンの職がなくなった以上、ここで働いているというのは一番まともなことのような気がした。

「ヨット、よく知ってるじゃない。一緒に作業してみればわかるんだよな」

いやなやつではなかった。だから俺を騙《だま》さない、とは言えない。

「ほんとに、クルー志望じゃないんだね？」

「たまたま、今日暇だった。人手が足りないように見えたんでね」

「人手も、金も足りない」

男が笑い、肩を竦めた。

「エントリーする艇の中でも、問題外の扱われ方をしている。それでも、ちょっとは意地があるからね。完走はする。できれば上位に食いこむ」

男の眼は真剣だった。こういう真剣さが、俺は苦手だった。どんなふうに扱えばいいのかわからないのだ。哲夫なら、眼を輝かしているところだろう。そして、ちくしょう、いいな、の連発だ。

「明日は、手伝って貰えないのか？」

「無理だと思う」

「まあ、一日だけでも助かったよ。あさってにゃ、三浦半島まで回航しなきゃなんないんでね」

「いい船になるといいね。思った通りに動いてくれるような」

男が、真剣な表情のまま頷いた。

握りめしを二つずつ食うと、すぐに作業だった。俺は、ギャレーの棚をとりはずしにかかった。食料庫は、貯水槽のあった場所になるらしい。

徹夜で作業するらしい連中と握手して、俺がマリーナを出たのは九時半を回っていた。連中は、俺の行為を、単純な応援と思ったようだ。頑張るから、と三人が一様に言った。

車を転がして、部屋へ帰った。

ドアの鍵がかかっていなかった。俺の部屋に、泥棒など入るはずはない。それでも、百六十万以上入っている通帳があるのだ。

俺は、入口のスイッチを手で探った。

明り。敷きっ放しだった俺の蒲団に横たわっている哲夫の姿が、照らし出された。哲夫は時々この部屋に泊ることがあったので、スペアキーの隠し場所は教えてあった。それを使ったのだろう。

「どうしたんだ、おまえ？」

言ってから、俺は哲夫の様子が普通ではないことに気づいた。

そばにしゃがみこんで、覗きこんだ。怪我をしているようには、見えない。病気という感じでもない。一番適当な表現は、屍体《したい》にしか見えなかったということだ。

頰《ほお》に触れると、哲夫は眼を開きかけ、眩しそうに眉《まゆ》の根を寄せた。死んでいない、と俺ははじめて思った。

「兄貴」

　哲夫が、呟くように言う。兄貴などとは、絶対に呼ばせなかった。弟とは多分こんなものだろうと、時々思うことはあったが、哲夫とは友だちだった。

「病院に連れて行くぞ、哲夫。おまえは普通じゃない」

　顔には傷はないが、服は擦り切れていることに俺は気づいた。病気ではなくて、怪我だ。いやな予感がした。

「よしてくれよな」

「苦しいんだろう？」

「もう通り越しちまったみたいだ。俺はまだ、死んでねえよな、兄貴？」

「俺と喋ってるじゃないか」

　哲夫が、眼を閉じそうになった。慌てて、俺は哲夫の頬を叩いた。

「頼みたいことがある」

「なんだよ」

「俺を、『サブリナ』へ連れて行ってくれ」

「なんで？」

「夢を見た。『サブリナ』の上で、死ぬんだ。いいな、と思いながら、俺は死んでゆく」

「おまえは、死んでない」

「だからさ。夢の通り、『サブリナ』の上で死ねるじゃねえか」

「病院だ」

「同じだね」

また眼を閉じそうになり、哲夫は片眼だけ開いた。

「わかるよ。躰の中が破裂して、こわれていく。じっとしてても、そうなんだ」

「救急車」

「笑わせんなよ。俺はもう、半分死んでる」

どうすればいいのか、わからなかった。確かに、哲夫は半分死んでいる。

「頼むよ」

「死ぬ、と思う」

「だからさ。早くしてくれ。間に合わなかったら、兄貴を恨む」

決めた。俺の中でなにかが切れ、切れたことですべてが決まっていた。

哲夫の躰に、毛布を巻きつけた。抱きあげる。そのままなんとか階段を降りきって、車に辿《たど》り着いた。

「わかってるね。『サブリナ』だよ、兄貴」

車を出した。

走っている間、哲夫は死んだように動かなかった。鼾《いびき》のような息遣いが聞えなかったら、ほんとうに死んだと思っただろう。

哲夫の躰を抱いて浮き桟橋を歩き、『サブリナ』まで運んだ。

コックピットのベンチシートに横たえる。

それからどうしていいかわからず、俺は周囲を見回した。陸置場の照明。修理工場では、まだ連中が改造を続けているのだろう。窓から明りが洩《も》れている。月も星も見えず、風もほとんどなかった。

「揺らしてくれ、兄貴」

哲夫に言われるまま、俺は躰を上下させた。それでも『サブリナ』は揺れる。

「いいよな。『サブリナ』だ。俺は、ここでいい。もういいよ」

「誰にやられたんだ、哲」

「N商会のやつらさ。兄貴にゃ関係ねえ」

やはり、マリーナのそばで出会ったトラックに乗っていたのは、哲夫だったのだ。トラックのボディに、N商会と書かれていたのを、俺ははっきりと憶えていた。この街で、運送業をやっている会社だ。なにを運んでいるかは、知らない。名前を知っている程度だ。

「だけど、杉山は兄貴になんかする気はないみたいだ。それはよかった」

「杉山さんが、どうしたって？」

「俺、何度も言おうと思ったんだけど、兄貴は知ってんのかもしれないし、それに告げ口は一番嫌いだ、と言ったこともあるもんな」

なにが一番嫌か、と訊かれて、すぐには思いつかず、告げ口と言った。適当に言ったのだが、哲夫は気にしていたらしい。

哲夫が、また眠りかけていた。苦しそうではなく、疲れたという感じだ。闇の中で、表情がはっきり見えないのが、俺には救いになっていた。

「抱いててくれよ、兄貴」

眼を閉じたまま、哲夫が言う。

「俺が嫌いなもの、言ってないよね」

「ああ」

「ひとり」

俺がひとりで海に出たがっている。それを知っているから、言いにくかったのかもしれない。

「兄貴が、ひとりが好きなわけ、わかった。ひとりがいやだと、足もと見られる」

哲夫の言葉が、もつれた。疲れきって、そうなったような感じだ。

「おふくろにゃ、知らせるな」

俺の腕を摑んだ哲夫の手に、ちょっと力がこめられた。

「いつか俺が帰ってくる。そう思ってりゃ、おふくろは生きていける」

手がふるえた。俺の腕の中で、哲夫の全身もふるえた。それはすぐに、ふるえるなどというものではなくなった。痙攣《けいれん》。わなわなと動く哲夫の躰は、一瞬だけしっかりと生きた。なにか、言いそうになった。そして躰から、生きているという感じだけが、抜けていった。哲夫の躰を抱いたまま、俺はじっとしていた。『サブリナ』が、かすかに揺れている。どうすればいいか、わからなかった。俺は二十歳だ。人の死など、二十歳には重すぎる。気づくと、全身が濡れていた。俺の代りに、空が泣いていると思った。

明け方まで、俺と哲夫は雨に濡れていた。薄明るくなった時、俺は『サブリナ』を降り、陸置場へ行って、放置されている錆びた錨《いかり》を一本担いできた。哲夫を眠らせる場所は、海以外に思いつかなかったのだ。

11

事務所へ入っていった男に、見憶えがあった。

哲夫を挟んで、トラックに乗っていた二人のうちのひとりだ。N商会の事務所は街のはずれのプレハブで、脇にトラックが二台駐められた露天の駐車場があった。

車の中で、俺は待ち続けた。

いろんなことが、頭に浮かんだ。

俺が、哲夫になにかをしたのか。俺が哲夫に出会わなければ、死ぬこともなかったのではないのか。『サブリナ』の手入れだけ手伝わせて、杉山の仕事に誘いこんだりしなければ、死ななくて済んだのではないのか。

N商会の事務所は、五時まではやっているだろう、と俺は思った。車の中でじっと考えこむのが、耐えられなくなってきていた。

どう考えても、俺が引っ張りこんだ場所で、哲夫は死んだのだというところにしか行きつかない。

俺は、車を出した。

銀行で百六十万おろし、スーパーへ行き、車に入るだけミネラルウォーターを買いこんだ。それはマリーナの『サブリナ』へ、すべて運びこんだ。

次にもう一度、スーパーへ行き、缶詰と米を買いこんだ。それも『サブリナ』へ運びこんだ。段ボール箱で四つあった。

それでも、金は大して減らなかった。

午後二時半。俺は『サブリナ』の点検をはじめたが、気づくと哲夫が横たわっていたベンチシートを、ぼんやり見つめていた。

四時に、N商会の事務所へ行った。

車の中で、じっと待った。人の出入りは、あまりない事務所だ。どんな仕事をやっているかも、見当がつかない。駐車場の二台のトラックは、そのままだった。

余計なことは、考えないようにした。

口笛を吹く。哲夫が好きだった童謡だ。『月の沙漠』という曲だったはずだ。甲板作業をやらせると、よく吹いていた。俺には、好きな曲はない。

五時をちょっと回ったころ、ジャンパーを着こみながらあの男が出てきた。トラックに乗りこんでゆく。ひとりだけだった。

俺は、エンジンをかけた。五十メートルほど離れて、トラックに付いて行く。トラックは海岸沿いの道に出、それから港の方へむかった。五万トンの貨物船も接岸できる港だ。倉庫の立ち並んだ地域に入ったので、俺はトラックとの距離を百メートルほどあけた。ほかに車はいない。遠くで、コンテナ用のクレーンが動いているのが見えるだけだ。

トラックは、ひとつの倉庫の前で停まり、男が降りてくるとシャッターをあげ、また乗りこむとバックでトラックを倉庫に入れた。

俺は倉庫を通りすぎたところで、車を停めた。男は、荷台に荷を積みこんでいるようだった。歩いて、倉庫へ戻った。しばらく様子を窺《うかが》ったが、男はひとりだけだ。

倉庫に入った俺に、男は気づかなかった。俺は、シャッターを降ろした。男がびっくりして飛んでくる。三十ぐらいだろう。靴だけきれいに磨きあげられている。

「なんだ、おまえ？」

倉庫の中は、壁の上の方の窓から入ってくる光だけで、薄暗かった。木箱がいくつかと、

二、三十個の段ボール箱が積みあげられている。
「なんのつもりだって、訊いてんだよ」

俺は、男の方に歩み寄った。

「ここを、どこだと思ってやがんだ」

俺は、床のコンクリートを蹴った。男が、姿勢を低くする。膝。とっさに出ていた。腰を沈めた男の、額のあたりに当たった。男は仰むけに倒れたが、俺も勢いがつきすぎていて、段ボール箱にぶつかった。

男が立っていた。匕首《ドス》を抜いている。薄暗い中で、刃の光だけが鮮やかだった。死んでもいい、と俺は自分に言い聞かせた。そう思っていれば、刃物もこわくない。俺が歩み寄っていくと、男は匕首を構えたまま二、三歩退がった。

「なんのつもりなんだ、てめえは。こんな真似して、ただで済むと思ってんのか。それとも、人違いでもしたか」

口数が多い。なんとなく、そう思った。俺は足を止めなかった。

男が、床を蹴った。白い光。突き出された刃物を、腰をひねりながら俺はかろうじてかわしていた。左腕で、男の右腕を抱きかかえる。肘で男の顔を弾《はじ》く。同時にやった。男の首が、一瞬後ろにのけ反った。体重の全部を左腕にかけるようにして、俺は思いきり倒れこんだ。俺の左の腋の下のところで、木が折れるような鈍い音がした。呻き。俺は立ちあがって身構えた。男は立たず、逆に曲がっておかしな恰好をした右腕を床に投げ出し、歪めた口から呻きを洩らし続けた。

まだ匕首を握ったままの、男の右手を踏みつけた。もう一方の足で肘の関節のところを踏むと、男は悲鳴をあげて躰をのたうたせた。匕首は男の手から放れている。

俺はそれを拾いあげ、落ちていた鞘《さや》に収めた。

「おまえを、殺しに来た」

言って、俺は男の股間を続けざまに蹴りつけた。男は、海老《えび》のように背を丸めたが、右腕は床に投げ出したままだった。肘が折れただけではなく、肩の関節もはずれたのかもしれない。

「これぐらいで、やめておいてもいい。俺の質問に答えてくれりゃな」

男のそばにしゃがみこんだ。男の額には、汗の粒が浮いている。

俺は煙草をくわえて、ジッポで火をつけた。それを喫い終える間、黙っていた。短くなった煙草を消し、吸殻はポケットに放りこんだ。

「喋れるか？」

男は返事をしなかった。顔をしかめながらも、時々薄眼を開いて俺を見ている。

俺は、男の右肘に膝を乗せ、少しずつ体重をかけていった。男の躰がぴくりと動き、それからいやな呻きをあげはじめた。俺は膝をどけなかった。

「喋れるよな」

呻きながら、男が大きく首を縦に振った。

俺は体重を少しずつ戻していったが、膝は肘に乗せたままにしていた。

「哲夫を、殺したな」

「あれは」

「言い訳はいい。訊いたことにだけ答えろ」

「殺そうとした」

「確かに、その場で殺そうとはしなかったんだろうな。人間の言葉ってやつは、都合がいいもんだ」

「いつまでも、喋ろうとしないんだ。それでやりすぎた。事故で死んだように見せようとしたんだ。自殺だっていい。倉庫の屋上から、落とした」

「倉庫といえば、ここか？」

「そうだ。マリーナにいたところを捕まえて、ここに連れてきた。やりすぎたんだ。仕方なく、殺そうとした。屋上から落とした時、まだ死んでいなかったが、動けるとも思っていなかった」

「ちゃんと歩いて、俺のとこへ来たのさ」

「血の小便をしてた。だから、すぐに死ぬだろうと思った」

どこまで、男がほんとうのことを言っているのか、わからなかった。いまさらわかったところで、どうしようもない。

俺は、また膝に体重をかけた。男は叫び声をあげたが、俺は体重をかけ続けた。

「なぜ、哲夫を殺したんだ？」

俺は立ちあがったが、男は喘《あえ》いでいて喋れる状態ではなかった。しばらく待って、もう一度質問をくり返した。

「杉山に、使われていた。だから、訊きたいことがあったんだ」

「なにを、訊こうとした？」

「荷物を、どうやって運んでいるのか」

「荷物？」

「ああ。この街から、東京に運ばれていた」

それは、俺が運んでいた荷物のことではないのか。そのために、哲夫が殺されたのか。

「荷物というのは、鞄じゃないのか？」

「工場で作った、偽ブランド品のバッグなんかだ」

俺がしゃがみこむと、男は明らかに怯《おび》え、質問をしなくても喋りはじめた。

「バッグなんかと一緒に、あいつは密輸品も運んでいた。だいぶ前から、やっていたらしい。貴金属やなんかだ。ここのところ、それに医薬品が混じるようになった。保険のきかない医薬品で、高く売れる。そういうのを捌《さば》く業者がいるんだ」

俺が動くと、男はまた怯えて喋り続けた。

「杉山は、鞄工場を買収して、偽ブランド品でケチに儲けてる男だと、長い間思ってた。頭のいい男なんだ。偽ブランド品で、まわりの眼をくらませていた。逮捕されたところで、大したことはない。ほんとうは、密輸品で儲けていたんだ。必死で調べて、それがわかった。貴金属だけならいいが、医薬品が入ると俺たちの死活問題だから」

「そんなに、儲かるのか？」

「保険はきかないが、いい薬らしい。医者も利鞘《りざや》を稼ぎたがる。それで密輸が成り立つんだ。麻薬や貴金属とかより、足もつきにくい」

「じゃ、なぜ杉山を殺さなかった？」

「運ぶルートが問題だ。別の組織ができたということだから。貨物船から受け取る。税関検査が入る前に、海上で受け取るんだ。俺たちは漁船を使うが、杉山はマリーナのクルーザーを使っているようだった。マリーナにゃ、哲夫ってガキがしょっちゅう出入りしていた。だけど、東京へのルートがわからない。それで、哲夫を締めあげることにした」

「なぜ、杉山を直接締めあげなかった？」

「ルートが、問題なんだ。麻薬よりずっと安全に扱えるものだから、杉山を消してもすぐに新しいものができる。それがわかるまで、杉山は泳がせることになった。急いでた。杉山がやりすぎるんで、県警の刑事が二人、嗅《か》ぎ回りはじめた。捜査もしにくいんだ。社会に害を及ぼしてるわけじゃないし、医者は安く仕入れたことを決して言わないから。杉山が派手にやらなければ、眼もつけられなかっただろう」

俺は唾を吐いた。どこもかしこも、腐りきっている。

そしてこの俺自身が、N商会がなんとか突きとめようとしていた、ルートそのものだったのだ。明け方の、三時間だけのルート。使うのも、運送会社のトラックで、朝になればなんでもないものに戻ってしまう。何日かおきの三時間を除けば、あとは幻でしかないルートだ。

「哲夫は、どこまで喋った？」

「なにも」

「脅かせば、喋っただろう、あいつ」

「なにも、喋らない。だから、やりすぎてしまった。告げ口になるから言えない、とだけ言った」

「告げ口、と言ったのか」

「そうだ。それだけだ」

馬鹿野郎が。いくら思ってみても、もうどうしようもなかった。

「俺を殺すと言ったよな。ここまで喋ったんだ。殺しはしないよな」

男が、俺を見あげていた。

俺は、男の頭を蹴りつけた。男が悲鳴をあげる。四度、五度と、渾身《こんしん》の力で蹴りつけた。こめかみをまともに蹴りつけた瞬間、男の首がひどく長くのびたように見えた。それから、男の全身に痙攣が走った。

白く眼を剝《む》き、男は死んでいた。

俺はしばらく、男のそばに立っていた。人を殺したという実感は、あまりなかった。眼の前に転がっている男の躰も、屍体には見えなかった。まだ生きていた時の哲夫の方が、俺にとってはずっと生々《なまなま》しい屍体だった。

外は暗くなっているようだ。

壁にひとつ電球があることに、俺ははじめて気づいた。スイッチを切ると、男の屍体もトラックも闇に包まれた。

俺は、躰を通せるだけシャッターをあげ、外に出るとまた降ろした。

それから煙草をくわえ、火をつけた。

12

部屋へ戻った。

大きなソフトバッグに、入るだけ衣類をつめこんだ。哲夫を抱きかかえて出た時のままの部屋で、俺は血のしみが拡がったシーツをできるだけ見ないようにしていた。

この部屋でも、哲夫は血の小便を流し続けていたのだ。

電話に眼がいった。

里美と話したい、と一瞬だけ思ったが、すぐに打ち消した。

里美はまだ仕事で部屋にいない、というようなことではない。山の夢と海の夢。そんな違いではない、どうにもならない違いが、すでに里美との間にはある。

俺は、電話すらもすべきではなかった。

部屋に、未練はなにもなかった。

俺はバッグを担いで部屋を出た。降ってはやむことをくり返していた雨が、また強く降りはじめていた。

あの男の屍体は、まだ見つかっていないのだろう。街にパトカーが走り回っているようなことはなかった。

俺は心当たりを四ヵ所ほど回り、どこにも甲虫《ビートル》の姿がないことを確かめると、さらに二ヵ所に電話をした。そこにも、杉山はいなかった。

腹が減っていた。朝から、なにも口にしていない。スーパーで買ったものは、全部『サブリナ』に運びこんでしまったのだ。

なにかのために、運びこんだというのではなかった。いたたまれなくて、買物をしたのだ。使い道は、あとから考えるつもりだった。

レストランの看板が見えた。『サブリナ』へ一度戻ることを考えていたが、思い直して車を停めた。

金なら、まだたっぷりとある。

俺はスープとステーキを頼み、運ばれてくると、あっという間に平らげた。生きているのは浅ましいものだ、と食ったあとに考えた。ステーキを食っている間、一度も哲夫のことが思い浮かばなかったのだ。

車に戻ると、シートに棒が落ちた。あの男の匕首《ドス》をベルトに差したまま、忘れていたのだ。俺はそれを、もう一度ベルトに差し直した。

九時半をすぎていた。

ワイパーを動かす。ぼやけていたものが、不意にはっきりとした。煙草に火をつけ、俺は車を出した。

十分ほど雨の中を走り、停めた。

エンジンはかけたままで、ワイパーも動かしていた。ラジオ。けたたましいＤＪの声が、なにかの当選発表をやっていた。名前が呼びあげられている。俺の耳は、哲夫と里美の名前を聞きとろうとしていた。十四、五名の名前で終った。ＣＤのプレゼントらしい。

音楽。うるさいだけだ。波の音が音楽だ、と思うようになったのは、いつのころからだっただろう。

友だちは、できなかった。波や風の音を、友だちだと思うようになった。哲夫は、俺の友だちだったのだろうか。

裏切られるのがこわくて、友だちを作らなかったような気がする。大人は裏切らない、と思っていた時期があった。理由はない。大人は、大人だから裏切らない。十年近くも前のことだろうか。

大人だから裏切る、といまは思う。人間だから裏切る、と言ってもいいのかもしれない。告げ口か。俺は、声に出してそう呟いた。

裏切らない人間も、いないわけではない。

哲夫は、友だちだった。そうとしか思えなくなっている。その友だちを、俺はおかしなところに引っ張りこみ、死なせた。

女を知らずに、死んだ。不意に、そう思った。涙がこみあげてきそうになる。死んだ時は、涙は出なかった。女を知らなかったということを思い出した時、涙が出そうになるのも奇妙な感じだった。

なんとか、涙がこぼれ落ちるのはこらえた。傘をさした男と女が、車のそばを通ったから、こらえられたようなものだった。

煙草を、何本か喫った。

里美の顔や躰が浮かんできて、消しようもなくなった。勃起《ぼっき》してくる。こんな時にと思うより、体表に滲み出してきた情欲は強かった。

ズボンの中に、手を入れそうになった。それがこらえられたのも、やはりまた通行人が来たからだった。十時。

十時半を回ったころから、通行人はまったくいなくなった。

ラジオのニュースでは、変ったことはなにもやらない。

車から降りて立小便をした以外、俺はハンドルに手をかけてじっとしていた。エンジンは、切ったりかけたりしている。熱を持ちすぎるとまずい、と三十分ほどで思いはじめたのだ。

雨は、時々強くなるだけで、うっとうしい降り方をしていた。激しい雨にはなりそうもない。しかし、やみそうでもなかった。

車。ワイパーを動かしてみる。タクシーだった。百メートルほど先のマンションの前で停まり、女がひとり降りた。それだけだった。車も、ほとんどやってこない。

十二時を回った。

俺はヘッドレストに頭を押しつけ、眼を閉じた。考えてみると、昨夜から眠ってもいない。

海図の印。『サブリナ』の海図には、哲夫を沈めた場所が書きこんである。なんとなく、それを思い出した。海の墓場のようなものだ。そして、誰もがそこへ入れるとはかぎらない。

谷川は、海図を集めるのに熱中したことがあって、日本近海の海図は大抵『サブリナ』に揃っていた。俺は、それを見るのが好きだった。世界じゅうの海図があればいいのに、とよく考えたものだ。

ラジオでは、やはり特別なニュースはやらなかった。

一時をいくらか過ぎたころ、ルームミラーにヘッドライトの光が見えた。リアウインド越しのヘッドライトは、滲んだようにぼんやりとしていた。

俺はラジオを消した。

首を二、三度動かし、雨の中に降り立った。ヘッドライトだけで車種の区別はつかないが、それがなぜか甲虫《ビートル》のものだと、俺は確信していた。

ヘッドライトが、雨の条《すじ》を照らし出す。ひどくはないが、本降りだった。俺は、ヘッドライトの中に、全身を晒《さら》した。

やはり、甲虫だった。

マンションの前に停まる。俺のサニーより、二十メートルほど後方だ。

ヘッドライトが消え、闇が深くなった。

濡れたまま、俺は立っていた。甲虫のドアが開き、人影がひとつ降りてきた。俺に気づいている。マンションへは入らず、人影は俺に近づいてきた。俺は、ポケットに突っこんでいた両手を出した。

13

雨を避けるように、建物際を駈け寄ってきた人影が、二、三メートル手前で立ち止まった。

「なにが、あった？」

杉山が言った。紺のトレンチの襟を立てている。

「今朝から、哲夫に連絡がとれないんだ」

哲夫がマリーナから連れていかれたのは、きのうの午前中だ。この男は、連絡がつかないとだけ考えていたのだろうか。

「仕事があるぞ。急ぎの仕事だ。おまえ、躰はあいてるよな。長沢さんは捕まって、店は売りに出ちまったんだからな」

杉山は、短い髪が濡れるのを気にしていた。

「とにかく、俺の部屋に入れ。こんなところで濡れて突っ立っているのもなんだから」

俺は、杉山を見つめていた。

好きでもなかったが、嫌いでもなかった。そういう、数少ない大人のひとりだった。

顔のかたちがなくなるまで、殴られた。それがかえって、俺の気持のどこかを開かせたのかもしれない。大人は、本気で子供を殴ったりは、なかなかしないものだ。信用する。すると預けてしまう。俺はそうだった。長沢にも、杉山にも預けた。なにを預け、なにを失ったということになるのか。

二歩、杉山に近づいた。

「哲夫に、なにかあったのか？」

俺は、姿勢を低くした。

構える。いつでも蹴りを出せる構え。顔のかたちがなくなるまで、殴り続けられた時とは違う。あれは、ただの喧嘩だった。

「なんだ。ぶすっとしたまま、俺に喧嘩を売ろうってのか。一度で懲《こ》りたわけじゃないか。やっぱり、鈍いんだ」

喋りながら、杉山はゆっくりとコートを脱いだ。

うさん臭いことも、それほど疑わずにやった。信用して、預けたからだ。ガキのころから、考えるのは苦手だった。それは大人がやってくれればいいと思っていた。

「荷物のことを、哲夫が喋ったのか？」

脱いだコートを、杉山は右手に持っていた。雨は相変らずだ。

「哲夫は、怯えていたからな。おまえとは違う。男じゃなく、ガキなんだ」

告げ口。それをしないために、命を賭けた。俺より、ずっと立派な男だった。

「おまえにゃ、いつか全部話そうと思ってた。そうすりゃ、いい相棒になれるってな。このところちょっと派手に動きすぎたんで、しばらくじっとしているつもりだった。そうなりゃ、おまえにも喋れると思ってたよ」

預ける。預けられる。喋ることで、それは決まるわけではない。人に預けた。俺が大きな間違いをしただけのことだ。

「やめな、シゲ。おまえが、俺に勝てると思ってるのか」

踏み出した。ただの喧嘩とは違う。必ず殺す。それを思っているだけで、喧嘩とは違うものになる。

両手を、眼の高さにまであげた。

踏み出す。蹴り。同時にやった。紺のコートが、雨の中に舞った。突き。蹴り。杉山が退がる。踏みこんだ。俺の蹴りは杉山の脇腹をとらえたが、同時に灼《や》けるような痛みが腿《もも》に拡がっていた。

ナイフ。杉山の右手だ。俺は苦笑した。素手で踏みこんだ、自分の人の好さを笑った。

「本気だな。殺す気でいる。よくわかるよ。前にぶちのめしてやった時とは、まるで別人だな。しかし、なぜなんだ、シゲ。密輸品を運ぶのに使われたから、怒っているだけなのか」

杉山は、ナイフを構えたまま喋っていた。

腿の痛み。いまはひどいが、一瞬後には消えてしまうという気もする。

「のしあがるチャンスが、近づいてきてる。こんなところで、おまえに殺されてやるわけにはいかないんだな。これ以上やるというんなら、俺はおまえを殺すよ」

一歩。踏みこむのに、かなりの力が必要だった。傷のせいではない。ナイフを構えた杉山には、俺を押し潰してきそうな威圧感がある。

告げ口。そう思われたくないというだけのことで、男は死ねる。死んだ男が、いる。

「なぜだ、シゲ。俺はなんで、おまえを殺さなきゃならん。二人して、のしあがろうじゃないか。おまえがいてくれることで、俺も助かるんだ。片腕になれる男だ、と前から思ってたもんさ」

踏みこんだ。白い光。雨。顔を掠《かす》める風。

またむかい合っていた。どう動いたのか、自分ではわからなかった。杉山は、肩で息をしている。俺の呼吸も乱れていた。

一歩。次に横に跳んだ。足。白い光。交錯した。それから、躰がぶつかった。杉山の右の手首。俺は摑んだ。押してくる。俺の右手も、杉山に摑まれていた。それをふり払い、肘を打ちこもうとする。しかし、押された。退がりながら、俺は右手を摑んだ杉山の手を振りきろうとした。杉山の方が、力が強い。

倒れ、立ちあがった。杉山の吐く息が、殴るように俺の顔に当たった。

頭を叩きつける。それも大して効きはしなかった。

離れた。俺の眼の前で、ナイフが白い光を放ちながら舞った。上体を反らせて、俺はきわどくそれをかわした。

杉山の方が、踏みこんできた。突き出されたナイフを、俺は脇に抱えこんだ。右腕を、杉山の腰に回す。押した。俺を投げ飛ばそうとするように、杉山の躰が横にむいた。匕首《ドス》。腰のベルト。抜いた。抜いた時は、刺していた。やわらかな、しかし抵抗の強い、ゴムのようなものの中に、刃を刺しこんだような感じだった。杉山の動きが、一瞬静止した。俺は、匕首を横に払った。杉山の躰から抜けた匕首が、不意に抵抗を失って勢いがついた。その勢いに引かれるように、俺は体勢を崩し、倒れ、転がり、そして立ちあがっていた。

杉山が、自分の腹を押さえて、びっくりしたように立ち尽していた。

俺は顎を引いた。突っこむ。杉山がかわす。躰を摑もうとして、俺は腹からはみ出しかけた杉山の腸を摑んでいた。一メートルほど、腸が引き出されてきた。

「おんどりゃ」

低く、唸るように杉山が言った。もう一度、ぶつかった。腕のどこかを斬られたが、気にしなかった。両手で握った匕首を、杉山の腹に突き立て、渾身の力で、それを上に撥《は》ねあげようとした。思うように、匕首は動かなかった。ひどく重いものを持ちあげているような感じだ。杉山の腹を縦に割った匕首が、抜けた瞬間に、俺はまた体勢を崩して膝をついた。

杉山は眼を見開き、顔を上にむけて全身をわななかせた。叫びとも呻きともつかないものが、口から出てきたのはしばらく経ってからだった。

俺は立った。肺が破れそうな気がした。額を流れてきた雨が、眼に入る。瞬きはしなかった。

腹から腸をぶらさげたまま、杉山が一歩踏み出してきた。それから、棒のように仰むけに倒れた。胸板が、激しく上下している。

「シゲ」

どれほどの時が経ってからか。杉山の低い声が聞えた。

「なんで、俺は、死ぬんだ？」

杉山のそばに立ち、俺は見降ろした。

「言え。なんで、俺は、死ぬ」

息を吐いた。まだ、胸は苦しかった。

自分がなぜくたばるのかもわからずに、くたばっていく。そんな死がふさわしい男もいる。

「シゲ」

歩きはじめた俺にむかって、杉山が言う。

「俺は、いやだ。死にたくない」

すでに、弱々しい声だった。

車が、遠かった。足が思うように動いていない。左腿の傷だ。数歩進んで、俺は膝をついた。濡れているのか、出血でなのか、ズボンの左側だけがやけに重たかった。

「シゲ」

また声が聞えた。それが最後だった。

まだ匕首を握ったままであることに気づき、俺はなんとかそれを放そうとした。右手の指が、強張ってしまっている。うずくまり、右手の指を一本ずつ左手でのばした。匕首が、路面に落ちる。

這うようにして、車まで行った。

ドアを開け、それにつかまって、俺はようやく立ちあがった。ふりむいたが、杉山の躰は、もう動いていなかった。

車に乗りこみ、エンジンをかけた。

左足でクラッチを切ると、腿の痛みが全身を駈け回った。

なんとか、発進させた。二速。ヘッドライトをつけていないことに、そこで気づいた。

三速。もう、クラッチを切ってシフトチェンジするのが、面倒になった。

三速のまま、俺は車を走らせた。信号もなにも無視して、ただ真直ぐ走り続けた。人はいない。車とも、ほとんど出会わない。

14

一時間ほど、走った。

見憶えのある街に出た。

俺の街から、十キロほどのところにある、城下町だ。

駅が見えるところにまで来て、俺は車を路肩に寄せた。三時半を回っている。

シートが、血で濡れていた。俺はズボンを脱ぎ、傷を調べた。

三センチほど。しかし深い。簡単に塞《ふさ》がりそうもなかった。

俺は、ソフトバッグの中を探った。爪切りや鋏《はさみ》や耳搔などが入ったケース。裁縫セットを出した。針が三本とひと巻の糸とボタン。里美に貰ったものだった。

ルームランプに近づけて、俺は針に糸を通した。腿の皮膚に、針を突き立てる。肉に通す。針よりも、糸が肉を通って行く感覚の方が、ずっと気持が悪かった。眼の奥かどこかが、なにかに触れられているような感じがある。痛みというのとも、いくらか違った。

五度、針を使った。それで傷口はほぼ縫い合わされたような恰好になった。端と端を引いて縛ると、傷口はもう開かなかった。

血で汚れたズボンで、シートの汚れも拭った。それから傷口にアンダーシャツを一枚当て、別のアンダーシャツを破って帯状にして、しっかりと巻きつけた。

もうひとつの傷は腕だったが、それほど深くはない。血も、もう固まりかけている。三枚目のアンダーシャツを裂いて、繃帯《ほうたい》にした。

新しい服を着こむ。

血で汚れた衣類は、ひとつにまとめた。

ルームランプを消すと、煙草に火をつけた。時々視界が暗くなり、冷や汗が滲み出してくる。それは、長い時間は続かなかった。

外はまだ暗い。人通りもなく、車もほとんどいない。のどが渇いていたが、水はなかった。

三十分ほど、じっとしていた。出血がひどくなる気配はなかった。腿はよくわからないが、腕の血は完全に止まっている。

駅に、タクシーが続けて二台やってきた。東京へ行く夜行列車が来る時間だった。それに乗って、早朝に東京に着きたいと考えた人間が、街に二人いたようだ。一台のタクシーは走り去ったが、もう一台は駅前に停まったままだった。

俺はハンドルを握り、クラッチを切ろうとしてみた。ペダルにかけた足に力を入れたとたんに、全身に痛みが走り回った。

運転は、ちょっと無理かもしれない。

俺は、ドアを開けて車を出た。ほとんど右脚一本で立っていた。血で汚れた衣類を、トランクに放りこむ。バッグを肩にかけ、駅前のタクシーに手を挙げてみたが、運転手は気づかなかった。

およそ、百メートルというところか。左脚に体重をかけると、頭にまで響く痛みがある。三、四歩で、休む。休む時は右脚一本だ。そうやって、ようやくタクシーのそばまで歩いた。

雨よりも汗で、俺の全身は濡れていた。居眠りをしていた運転手を起こし、俺はマリーナの場所を告げた。

なぜ、はじめからマリーナに行かなかったのか、ということについては考えなかった。とにかく、現場から離れたかったのだ。そして離れることはできた。

「こんな時間に、マリーナはやってるの？」

しばらく走って、運転手が暢気《のんき》な口調で言った。

「やってるもやってないも、夜明けに出航して、ヨットを三浦半島まで回航することになってるんでね」

言ってから、修理工場で作業している連中のことを、俺はちょっと思い出した。

海沿いの道を走っている。

運転手は、それ以上話しかけてこなかった。

視界が、また暗くなった。なにも見えなくなり、音さえも遠くなった。次に見えたのは、フロントグラスで動くワイパーだった。ヘッドライトに照らされる、雨の道も見えてきた。どれぐらいの時間で回復したのか、よくわからなかった。血を流しすぎたからだろうか、と俺はぼんやり考えた。

マリーナ。門の前で停まった。門を入るとすぐに陸置場だが、この時間は閉っていて、脇の小さな潜り戸から入らなければならない。

荷物を肩にかけ、俺は繋留桟橋にむかって歩きはじめた。途中で何度も立ち止まった。片脚で立ったり、船台につかまったりして、休みながら進まなければならなかった。

雨と汗で、全身が濡れた。しばしば、視界も暗くなった。

ようやく、『サブリナ』が見えてきた。

そこからが、また遠かった。一度倒れ、立ちあがることができず、俺は這って進んだ。その方が、歩くよりずっと速いことに気づいた。

桟橋も這って進み、『サブリナ』に手がかかった。荷物を放りこみ、転がるようにして『サブリナ』に乗りこんだ。

補助機関を始動させる。それから、買ってあった水を飲んだ。発電機も作動させ、『サブリナ』の船内では明りも使えるようになった。

　腿の傷は、開いてはいなかったが、ひきつれてひどい状態だった。縫い直した方がよさそうだ、と俺は思った。『サブリナ』の救急箱には、かなりのものが揃っている。化膿止めの抗生物質から下痢の薬まであって、勿論消毒液や傷薬は入っている。ガーゼも繃帯も、ピンセットや注射器まで揃っているのだ。さすがに歯科医の持物で、俺は一度爪を剝がした時に、谷川に治療して貰ったことがある。

　気を取り直して、俺は立ちあがった。水と一緒に、鎮痛剤を定量の二倍飲んだので、痛みはかなりましになっていた。

　空の端が、明るくなりはじめている。雨はやむのかもしれない。

　俺は桟橋へ降りて、前と後ろの舫《もや》いを解いた。左脚は踏ん張れはしないが、痛みで眼がくらむほどではない。

　コックピットに戻り、ゆっくりと船を桟橋から離した。サーチライトなしでも、進める明るさになっている。雨はまだ続いていたが、水平線の端は明るかった。

　マリーナを出ると、俺は風向を測った。

　いい風が吹いている。時間から言って、これから数時間は、同じ風向きだろう。

　思いきって、俺は展帆作業に入った。前帆《ジブ》を張り、メインセイルをあげた。それで疲れきった。補助機関を停め、帆走に入る。舵輪を持ったまま、コックピットでしばらくうずくまった。

帆は、風をはらんでいる。陸地が遠ざかる。ウインドベンを使うことにした。前方に、障害物はないはずだ。

ウインドベンをセットすると、俺はキャビンに潜りこんだ。谷川が、次に船を使うのは十日後ぐらいだ。マリーナにきて『サブリナ』の姿がなかったら、びっくりするだろう。その情景が、ちょっとだけ頭に浮かんだ。

眠っていた。

眼醒めた時、外は晴れていて、かなり強い風が吹いていた。コックピットに這い出す。どこにも、陸地は見えなかった。午後二時を回っている。ウインドベンは、正常に作動したようだ。

俺は水を飲み、前帆だけを小さなものに替えた。予備のセイルは、前部の物入れにかなり入っている。荒天用《ストームジブ》を使うほどではない。

船の動きが安定した。

俺は傷を調べた。一本の糸で縫うより、五本の糸で、五ヵ所を止める方がよさそうだ。斜めに引っ張ったりするから、ひきつれて痛むに違いなかった。救急箱に、縫合用と書かれた、糸と針の袋が入っていた。それで五ヵ所を縫った。時間はかからなかった。それから、ボタン付け用の糸を、一気に引き抜いた。出血は、いくらかある。それを拭い、消毒液をしませたガーゼを当て、しっかりと繃帯をした。化膿止めの抗生物質も飲んだ。

腕の傷は、消毒して繃帯を巻くだけで充分だった。

荷物の中から、ウインドブレイカーを出して着こんだ。

不意に、猛烈な空腹を感じた。

ギャレーまで這い、肉の缶詰を三つ鍋にあけると、ガスで暖めた。ひとつには豆も入っていて、しばらくするとくつくつと煮立って、いい匂いが漂ってきた。

鍋の中にスプーンを突っこみ、パンをひと塊と水を持ってコックピットへ出た。

相変らず、いい天気だった。

肉を口に入れる。舌が火傷《やけど》しそうなほど熱かった。嚙む。呑みくだす。豆をひと掬《すく》い、口に入れる。それからパン。熱いのも、平気になった。肉も豆も全部平らげ、パンで鍋の底を何度も拭っては口に入れた。

躰が、次第に暖かくなってきた。

コンパスを覗きこむ。やや南よりの東にむかっていた。

逃げおおせてやる。叫びたいほど強く、俺はそう思った。逃げて逃げおおせて、そして哲夫の分まで生きてやる。

風で、帆が鳴った。

どこを見ても、海ばかりだった。

うねりで、船首《バウ》が持ちあがっては沈んでいく。時化《しけ》というほどではなかった。
俺はもう一度、ゆっくりと周囲の海原を眺め回した。

第二章　再会の海

1

手荷物をピックアップし、税関を抜けてロビーに出ると、俺はすぐにレンタカーのカウンターにむかった。

頑丈で荒っぽい車も、極端に速い車も必要はない。目立たないのが、一番だった。白いカローラにした。

日本の道は、どこへ行っても標示だらけだった。はじめて運転する外国人も、それほど困りはしないはずだ。まして俺は、四年前まで日本に住んでいた。幹線は大抵知っているし、カンも働く。

渋滞した高速道路が、俺に日本の感じを思い出させた。俺は煙草をくわえ、前の車に続いて動いたり停まったりした。ラジオのスイッチを入れる。日本語。この四年間、ほとんど口にしていなかった。

ラジオでは、景気が回復しないという話を、やけに明るい口調でやっていた。空港でも、高速道路でも、不景気を感じさせるものはなにもない。俺はこの四年間、日本のことをできるだけ思い出さないようにしていた。気持の中では、捨ててしまっていたのだ。いまこうして走っていても、懐しさに似たものはなにもない。

都心に入ると、俺は繁華街からちょっと離れたホテルに車をむけた。その場所が、俺の仕事には一番適当だろうと思えたからだ。

俺は仕事にやってきただけで、帰ってきたわけではなかった。

ホテルに着いたのは夕方だったが、ロビーもフロントも閑散としていた。フロントクラークが、にこやかに日本語で応対してくる。俺がスペイン語を喋《しゃべ》ると、ちょっとびっくりした表情をした。ゆっくりと英語で言い直し、パスポートを出した。俺のパスポートはホンジュラスのもので、日本のパスポートはもともと持ってもいなかった。

部屋に入ると、俺はシャワーを使い、バスタオルを腰に巻いた恰好でバゲージを開いた。カメラ機材がいくつか入っている。エイト・バイ・テンの大型のカメラだ。外枠だけをはずすと、カメラのものではない部品が、いくつか組みこんである。X線遮断用のフィルムケースには、フィルムがつまってはいるが、一番底の隠し袋には棒状のものが一本ある。

それをすべて出し、俺はテーブルに並べた。

馴《な》れた作業だった。拳銃の組立ては、ほぼ五分でできる。フレームの中に機関部の部品を順序通り収め、木製のグリップをつけ、三インチの銃身《バレル》を付けると、それで終りだった。コルト・パイソンが姿を現わしていた。

俺は、二度だけ作動を確かめた。弾丸は十二発。それ以上必要なら、仕事はうまく運ばなかったということだ。

　口の中が粘ついていた。拳銃を組立ててから、歯を磨こうと決めていた。バスルームで、歯ブラシをくわえる。

　鏡に、俺の裸体が映っている。四年前とは、まるで躰《からだ》つきが違う。しかも、傷だらけだ。腕の小さな傷と、腿《もも》の傷。ほかの傷に埋もれてしまっているが、その二つが、日本で受けた傷だった。

　歯を磨いたあと、髭《ひげ》も当たった。

　衣類をクローゼットの中の抽出《ひきだし》に入れ、ワイシャツを着こみ、ネクタイを締めた。ここ一年ばかり、俺は戦闘服ではなくスーツを着ることが多かった。ニューヨークのテイラーのオーダーメイドだ。俺の躰つきは、既製服には合わなくなっている。

　拳銃は組立て直したカメラの中に収《しま》い、俺は上着を着こんで外へ出た。

　秋だが、コートが必要なほどの季節ではなかった。すでに外は暗く、街は人工の光に満ちはじめていた。中米や南米のように、完全な闇に包まれてしまうことなど、この街にはないのだろう。

　俺が行ったのは、六本木のレストランだった。予約名を告げると、席に案内された。ほかに客はひと組だけだ。

　約束の時間の五分前に、その男は現われた。

中年の、どこといって特徴のない、茫洋とした眼の男だった。地味なスーツに、さらに地味なネクタイを締め、片手に擦《す》り切れた書類鞄《かばん》をぶらさげている。

「セニョール・ゴンザレス？」

「シー。日本語で、構わない。大抵のことなら、私はわかる」

「そうですか。ほっとしました。英語もスペイン語も、ほとんど単語しかわかりません」

名刺。日本には、こういう習慣があった。いや、平和の中の習慣なのか。わざわざ作ってきた名刺を、俺も出した。ラファエロ・ゴンザレス。それが、俺の名だった。

「今夜、来るのか？」

「ほぼ間違いはありません。よほどの急用ができないかぎり」

「私は、顔も知らない」

「それも、お教えします。日本じゃ知られた顔でしてね。まあ、私も新聞やテレビで知っているだけですが」

男が笑った。笑っても、茫洋とした印象は変らなかった。杉下正史《すぎしたまさし》。名刺にはそう書かれている。

ボーイが註文を取りに来たので、俺は食前酒とアラカルトからいくつか選んだ。ステーキの店らしい。杉下は、しつこくボーイに説明を求めている。なににしろ、納得しないかぎりやらないタイプだろう。

「さてと、野島康一《のじまこういち》について、いくらか説明をしておきましょうか」

なんにでも手を出す、新興の実業家。特に、日本の海外援助による工事等の、現地での受注に目ざましい成果をあげている男。つまりは、援助を受けている各国の首脳と、深い繋《つな》がりを持っているということだ。

それでも、日本の海外援助の五パーセント程度だった。ただ八十パーセントは、もともと強い財閥系の企業が占めていることを考えると、残りの二十パーセントの中の五パーセントになり、その成長ぶりはやはり驚異的だった。五年前は、一パーセントにも満たなかったのだ。

そんなことは、杉下に説明されなくても、ちゃんと調べてきていた。成長の秘密は、内外を問わぬ徹底的な賄賂《わいろ》攻勢と、個人調査による恫喝《どうかつ》、そして陰の実行部隊の存在と言われていた。競合した企業の責任者が、事故死したケースがかなりあった。

「日本政府が、放置しているというのが、私にはなぜだかわからない」

「ゴンザレスさんが思っている以上に、賄賂を使っているんですよ。政治家や官僚の弱みも握っている。その弱みを、巧みに使う天才ですな、野島は」

暴力的な実行部隊を、海外でしか活動させない、ということもあった。海外の暴力組織のいくつかと、金でしっかりと繋がっているのも、ほぼ間違いないだろう。

その急成長にようやく危機感を抱いて、杉下がいるS商事のような動きをするところも出はじめている。

　そんなことは、俺にはどうでもいいことだった。日本の海外援助を、日本人が食い物にしているという馬鹿げた構図も、関係はない。人間の愚かさがむき出しにされているだけであり、愚かさを嘆くのは、人がいつかは死ぬということを嘆くのに似ている。

　食前酒のドライシェリーが運ばれてきたので、俺はグラスを杉下と触れ合わせた。日本人は、男同士でもこれをやりたがる。四年前まで、俺もそうだった。

「ゴンザレスさんの会社が、ホンジュラス政府の強力な後押しを受けているのが、私どもの唯一の頼りです。ホンジュラスへの無償援助が、今後三年間で、六千万ドルを超えると言われていますからな」

　俺の会社は、どこの政府とも関係はなかった。もともと、会社そのものが十人しかいないのだ。正確には、俺の会社を使おうとする会社が、ホンジュラス政府と関係が深いに違いない。その実体を、俺はことさら知ろうとはせず、知っていたとしても誰にも喋らない。

「野島興産に手を引かせるのは、難しい仕事です、杉下さん」

「なにか、材料をお持ちなんでしょう、ゴンザレスさんは？」

　俺は返事をせず、前菜に口をつけた。野島興産のやり方は確かに悪辣《あくらつ》だが、S商事も似たようなものだ。暴力をうまく使うことに馴れていない、というだけのことだった。

「来ましたよ、野島康一が」

杉下が、不意に小声になって言った。俺は、入ってきた四人の男に眼をやった。大柄の、赤ら顔の男がそうだろう。

「商談というより、ただの接待ですな、今夜は。付いているのはボディガード兼秘書のチーフで、外にはもう二台車がいて、八人の男が待機しています。日本でさえも、それだけ身辺を固めている男です」

九人の護衛ということになるが、どういう意味があるのか首を傾《かし》げたくなる。防弾チョッキを二重に着ていた方が、まだ効果はありそうだった。

「野島の顔を見たというところで、今日のところは目的を果たせましたか？」

「ええ。まあね」

野島を見たいというリクエストを、ニューヨークから入れていた。第一日目に、それは果たせた。S商事も、俺と野島の交渉が早く進むことを期待しているのだろう。無償援助によるホンジュラスの事業計画は、まとまりつつある。

「しかし、日本人にしか見えませんね、ゴンザレスさんは」

杉下の声は、もとに戻っていた。

「曾祖父や祖母が日本人だという話は、聞いたことがある。私は、会ったことがないのですがね」

「しかしゴンザレス家といえば、あちらでは大変な家柄なのでしょう？」

多分、そうなのだろう。俺は、ゴンザレス名のパスポートを貰っただけで、ほかのことは知らない。

「その若さで、すでに重要な地位におられるし、今後どこまで発展されるのかと考えると、羨しいかぎりです」

杉下は、俗物だった。ただ、どこか油断できない俗物ではある。

つまらない経済の話をしながら、メインディッシュを終えた。杉下が、デザートメニューを持ってこさせる。俺は、コーヒーだけにした。

杉下とは、レストランの前で別れた。

俺は、路上駐車の車に戻り、窓を少し開けて煙草を喫った。窓を開けるのは煙を逃がすためではなく、外の音を聞き洩らさないためだった。これも、習慣のひとつだ。

三十分ほどで、野島は出てきた。客らしい二人のハイヤーを見送っている。さりげなく、護衛の男たちが周辺に立っていた。ただ見ただけなら、通行人とも思えただろう。

野島がベンツに乗りこむと、八人の男たちが一斉に前後の車に乗りこんだ。その動きだけは目立ち過ぎた。

俺は、三台の車を尾行《つけ》た。夜の十時を回ったところだが、車はまだ多かった。見失わない程度に走りながら、俺は飛行機の中で読んだ野島興産の調査ファイルを思い起こした。

野島は、土地を転がした資金で、事業を大きくしている。土地に固執せず、海外の事業に注ぎこんだところに、非凡さが見えた。日本の土地投機は、やがて破綻したのだ。海外で眼をつけた事業が、無償援助絡みだというのも、目端《めはし》が利いている。拡大できるチャンスが大きく、まだ荒っぽい方法も通用する。

車は、十五分ほどで広尾の屋敷に到着した。

護衛の車が走り去ってから、俺は屋敷の前の道を歩いた。警備システムが完備していて、塀《へい》を乗り越えるのも難しそうだった。

野島がこれほど身辺を警戒するのは、香港マフィアとトラブルを起こしているからだ。それも調査ファイルにあったが、杉下はなにも言わなかった。

車に戻り、ホテルへむかった。

東京の街は、四年前とそれほど変ってはいない。相変らず、道路は工事ばかりで、タコが自分の足を食うような事業を国がやっているのが、いまの俺にはよくわかる。

四年前は、ただの荒っぽいガキだった。

二人殺して日本を逃亡したことで、俺の人生は大きく変った。変ったことを悪いとも思っていなければ、いまの自分が道を踏みはずしているとも思っていない。どこにも、道というやつはある。俺の道が、ほかとはひどく変っているというだけのことだ。

それでも、殺した二人のことはよく思い出す。殺すだけの理由はあったが、それと実際に殺したことは別のことだ。殺したあと、ヨットを盗んで逃げた。怪我はしていたし、逃げ、生き延びることしか、俺は考えていなかった。四日目に、ひどい時化《しけ》に遭った。二日間、時化は続き、何度もヨットは横転した。俺は、ハーネスで船体と自分を繋ぎ、一睡もせずに耐え続けた。

三日目の朝、空から光が射してきた。時化は次第にうねりだけになり、やがて鎮まった。俺はコックピットのデッキに仰むけに寝て、晴れていく空を眺めていた。

助かった、という気はなかった。なにもかもが、どうでもいいと思った。そのまま眠ってしまうことはわかっていたが、自動操舵の役割を果たす、ウインドベンをセットすることもしなかった。

あの時、なにかが、いやすべてが、俺の中で変ったのだ。海が、いままでの海ではなかった。俺を乗せているヨットも、吸っている空気まで、違うものだった。

一度、死んだ。俺はそう思っている。二人を殺したことで、俺は一度死んだ。

死んでもいい、と喧嘩の時はよく思ったものだ。死んだ以上、そう思うこともなくなった。心の底に、解かし難い氷の塊があり、その冷たさは俺の指さきまで凍らせた。

それだけのことだ。

一度死んだと思いながら、俺は四年間生きていて、また日本の土を踏んでいる。

ホテルに戻ってきた。

俺はルームサービスで、ウイスキーを一本頼んだ。四年前は、ストレート五、六杯で、もう沢山だという気分になったものだ。いまは、一本飲んだところで、どうということはない。変ったのは心の中だけではなく、肉体もだった。

オン・ザ・ロックスを呷《あお》りながら、俺はまず、杉下という男を分析した。そのための材料はまだ少ない。わずかな材料で、相手を殺すかどうか決めなければならないことが、しばしばあった。材料が少ないことを、嘆いたことはない。

歯が腐っているかどうか。それを殺す理由にしてもいいのだ。

杉下の次は、野島だった。

2

二人の秘書を後ろに控えさせて、野島は俺と面会した。

「ゴンザレス家の方ですな」

「商売の話できたんですよ。ゴンザレス家がどうというより、ビジネスとして成立するかどうかを、判断の基準にしてください」

「日本語が達者な方だ」

「日本人の血も入っております。大して意味はないことですが。それでも、日本語ぐらいは操れるようになりたい、と子供のころから思っていました」

「立派な日本語ですな。非の打ちどころがない」

「ビジネスも、そうでありたいものです」

野島が、口もとだけで笑った。笑うと、いっそう野卑な感じになる。

「共同事業のことでしたな。かなり詳しい資料を、ニューヨーク支社の方から届けていただいております」

「それで、検討しましたか？」

言い回しもイントネーションも、微妙に変えた。

「どう考えても、うちにメリットのある話ではありません。ほとんど援助に近いかたちになるわけで、それなら政府間の問題であろうと思います」

「日本語で、先行投資という言葉がありますね」

「ほう」

「ゴンザレス家が、一千ドルや二千ドルの金のために、日本の企業に頭を下げることはありません。プライドの問題です。大きく譲って、五分五分ですね。大きく譲って」

「金脈でも埋まっている、ということですかな？」

「御想像にお任せしましょう。パートナーになった時に、それを知ることになります」

「それでは、あなたが私に会いに来られた意味はないのではありませんか？」

「数字だけ、お話しします。五年後に、三億ドルの利益。それ以後は、毎年それだけの利益が出るはずです」

「石油、ですな」

俺は、口もとだけに笑みを浮かべた。

「共同事業は、先行投資だと思ってください。わが国は産業を育てる必要がある。技術力も必要としています」

「雲を摑《つか》むような話ですよ、ミスタ・ゴンザレス。石油が出るのなら、試掘のデータなどを見せていただければ」

「これは、大手の会社に持っていけば、すぐにまとまる話です。しかし、大手では相手として強過ぎます」

「うちが、大手には入らんというわけですか」

「少なくとも、総合的な力は持っていない。ひとつの会社として、確かに立派ですが、グループではない」

「なるほど」

「もう一度、検討してください。次の会見で、いくらか詳しいことも言えます」

俺はテーブルの煙草をとり、卓上ライターで火をつけた。

「ほかにも、話を持っていくかもしれません。日本で駄目なら、香港資本も考えています」

「しかし、これほどの話を、ちょっとした書類のやり取りだけで決めろとは」

「大した話ではない。日本の無償援助の六千万ドルと較べたらね。ゴンザレス家には、政府の要人とのパイプもあります」

大した餌《えさ》ではなかった。野島に近づければいいだけのことなのだ。俺は煙草を消し、腰をあげた。野島も立ちあがって、手を差し出してくる。

「しかし、秘書も連れずに、こういうことをなさっているのですか？」

「私は、若輩です。秘書を抱えるような身分ではありません。この仕事は、なんというか、私が今後一人前になるための、テストのようなものです」

ちょっと湿った手を、俺は放した。

襲われたのは、その日だった。

四人いたが、銃は持っていなかった。俺は振り切り、走って逃げた。振り切るのに多少のテクニックが必要だったが、すべて偶然だと相手には思えただろう。

黒い乗用車に、俺を押しこもうとしただけだった。野島がやったと考えるのは、早すぎた。多分、複雑に入り組んだものがあるはずだ。

ホテルへ戻ると、俺はジーンズに着替え、スニーカーを履いた。そういう恰好をすると、どこにでもいる若者だった。俺も、どこか解放されたような気分になる。

タクシーに乗り、渋谷へ行った。街を歩いている若者と、俺はどこも変るところがなかった。違うのは、やつらの手が、まだ眠っている赤ん坊のようにきれいで、俺の手は血で汚れているということだ。

オフィス街にあるビルの一室を、俺はしばらく張った。襲ってきた四人のひとりのポケットから、もつれ合った時に名刺入れを抜いた。それで、このビルを確かめたのだ。

張りこみは、一時間ほどで済んだ。見憶えのある男が出てきて駐車場にむかい、見憶えのある黒い車に乗りこんだのだ。ひとりだった。俺は素速く車に駈け寄り、まだセルが回っている車の助手席に乗りこんだ。

男の首には、細い紐《ひも》をかけている。それを引きしぼると、男は顔面を紅潮させた。

「言う通りに、走れ」

男は頷《うなず》こうとしたようだが、首さえも動かせなかった。勿論、声は出ない。

「出せ」

俺が言うと、男の左手がサイドブレーキを探った。ドライブのレンジへのシフトは、俺がしてやった。紐をいくらか緩くする。車が動きはじめた。

しばらくの間、俺は方向の指示だけ出した。男が気を失わない程度に、首の細紐を引きしぼっていた。

陽は落ちかかっていて、街には人工の光が溢《あふ》れはじめている。空だけが薄暗かった。

三十分ほど走ったところで、俺は車を停めさせた。俺流の話をするのに、適当な場所が見つかったからだ。

細紐を絞めて男を気絶させ、俺はビル工事の現場に男の躰を担ぎこんだ。背活《せかつ》を入れて、眼を醒《さま》させる。

「調査をやってる会社だな」

俺は、男の運転免許証や名刺入れをポケットから抜いた。特に武器らしいものは持っていない。

「俺を拉致《らち》しようとしたのも、仕事ということになるな」

「あんたは」

言いかけて、男は激しく咳きこんだ。まだ、のどが潰れたような状態なのだ。

昼間拉致しようとした男が俺だと、はじめて気づいたようだった。スーツを脱ぐと、それほど俺は別人のように見える。

「落ち着けよ。のど仏は潰しちゃいない。そっと喋れば、大丈夫なはずだ」

「どういうつもりだ？」

「それは、こっちが訊きたいね。はじめに言っておくが、苦しい思いをする前に全部喋ることだ」

「なにを言ってる、おまえは。こんな真似をすると、警察の追及を受けるぞ」

男の首に細紐をかけ、俺は引きしぼった。男は束の間顔面を紅潮させ、眼を閉じた。下肢が痙攣《けいれん》している。背活で、眼を醒させ、もう一度細紐を引きしぼった。また、男が眼を閉じる。

「長井さんか。自分の名前はわかるな」

運転免許証を見ながら、俺は言った。

「いまは、自分の名前ぐらいはわかる。そのうち、わからなくなるんだ。こうやって首を絞め続けていると、やがて自分が誰かもわからなくなってくる。何度やればそうなるかは個人差だが、確実に脳細胞は破壊されていくんだよ」

「俺は」

言いかけた長井の首を、もう一度絞めた。失禁している。背活。眼を開いた長井が、焦点の定まらない眼を俺にむけた。

「さっきと、違う状態だろう。これは一度だけならどうってことはない。続けてやると、脳に来てしまう」

「やめてくれ」

長井はもう咳きこみもせず、喘《あえ》ぐような息遣いをしているだけだった。

「どこに頼まれた仕事だった？」

「S商事」

「頼んだ人間の名前は？」

「杉下という、社長室長」

「俺を拉致して、どうするつもりだった」

「危害を加える気など、なかった。隠し玉がなんなのか、訊き出すことになってた。四人いれば、簡単な仕事だろうと思った」

野島との会見の場にいたのは、秘書が二人だけだった。その二人のどちらかが、S商事の杉下に繋がっているのか。情報を売る程度の繋がりなのか。それとも、杉下が野島のもとへ送ったスパイか。

「隠し玉というのは？」

「それを訊き出すのが、俺たちの仕事だった。野島興産との取引材料がなんなのか、ということを、杉下室長は知りたがっていた」

杉下は、俺を信用してはいない。俺の方も、はじめから信用はしていなかった。誰かを信用するということは、かなり前からやめている。十人いる仲間も、ビジネスという点においてだけしか、信用していない。

他人が信用できなくて、生きる意味などあるのか、と四年前は考えていた。すべての他人ではなく、自分が認めた他人だ。たった四年で、人間は変る。

「長井さん、あんたのところでは、ほかにどんな調査をしている？」

「浮気とか、素行とか」

「S商事の仕事でさ」

「していない」

俺は、細紐に力を加えた。長井の顔が紅潮する。気を失う寸前で、俺は力を緩めた。何度も、それをくり返す。五度目か六度目から、長井の表情は苦しさよりも恐怖を強く滲《にじ》ませるようになった。

「言うよ」

「遅いな、もう。S商事の仕事はしていない、とあんたは言った」

「している」

「聞きたくないね。こんな場合は、一度の質問で答えるもんだよ」

長井の顔。紅潮していく。十度を超えた時から、紅潮しなくなり、汗の粒を額に浮かべはじめた。俺は、ほとんど機械的な仕草で、絞めては緩めることをくり返した。

「助けてくれ」

かすれた声だった。必死で声を出しているということがわかった。

「荒巻という外務官僚と、野島の関係を」

途中で、細紐に力を加えた。

長井が、ぐったりして動かなくなった。よく耐えた方だろう。これ以上やっても、無駄だった。苦痛が、快感になるという状態になっている。拷問とはそうしたもので、限度を超えると、死に到るまでどうしようもなくなる。

俺は煙草をくわえ、腰を降ろして頭の中を整理した。その間に、長井は眼を醒した。うずくまった恰好で、長井はじっとしていた。首に巻きついたままの細紐も、取ろうとはしなかった。いまは、責められるより、待つ方がずっとつらいだろう。

工事現場には、保守用のライトがいくつかあり、濡れた長井の顔を照らし出していた。動きもせず、暑くもないのに、汗だけが噴き出しているのだ。

「あんたは、喋っちゃならないことを、俺に喋った。ただじゃ済まないだろうな」

俺は、剝《む》き出しの土の上に、煙草を弾き飛ばした。三本目の煙草だ。

「ここで死なせてやった方が、楽かもしれないな」

なにも言わず、長井は汗だけを流し続けている。

「ただ、喋ったことを誰にも言わなければ、なにもなかったのと同じことだ。俺は、あんたが誰かも知らないし、なにも聞きもしなかった。そういうことだ」

俺は、長井を見つめた。生きられるという希望。それが逆に、長井の恐怖を大きなものにしている。浮気の調査などをしている方が、お似合いだった男だ。今後、調査などという仕事はできないかもしれない。

俺は腰をあげた。もう、長井の方は見なかった。

3

翌日、俺はS商事の本社に出かけていった。

赤坂にある洒落《しゃれ》たビルの二階から五階までがS商事で、建物は十五、六階の高さだ。野島興産と似たような規模だった。

応接室に通され、しばらくすると杉下が現われた。

「社長は、出かけておりましてね」

「別に、社長に会いに来たわけじゃありませんよ。アポイントも取っていない」

「しかし、なんの御用で？」

「野島興産を、乗せようとしているところです。危険な共同事業の話にね。しかし、ほんとうに乗せるためには、もうひと押し必要だと思えます」

杉下の眼が、陰気な光を放った。

「S商事が動いてくれると、助かります」

「どういうことでしょう？」

「ホンジュラスに、大きな利権がある。それを獲得するために、S商事が動いている。それが必要なんです」

「なんの利権でしょう？」

「それは、言えない。国家的な機密の類《たぐ》いに属するものですから。ただ、わがゴンザレス家の希望を述べれば、六千万ドルの日本の無償援助を、なんとしてもその開発のために使いたいのです。ゴンザレス家と敵対している政府高官と組んでいる野島興産は、なんとしても排除しなければならない。私が来た大きな目的のひとつは、それです」

「そうでしたか」

「共同事業の話に野島興産が乗れば、大きな傷を受けます。二年は、立ち直れません。そこに、S商事が食いこむ余地も出てくる」

「その利権にですか？」

「無償援助の事業にですよ。もっとも、それをやることによって、利権にはより近づくことになりますが」

「どうも、腑《ふ》に落ちませんね。それほど重大なことを、あなたはひとりでやっておられる。普通は、チームを作るのではありませんか？」

「チームは、あります。表に出ているのが、私ひとりということです」

「なるほど」

「これは、陰謀ですからね。失敗しても、私ひとりが死ねばいい」

「何人、日本に入っているのです？」

「さあ」

俺は笑ってみせた。こういう面倒なことは、早く終りにしたい。

俺の仕事は、ホンジュラスのあらゆる事業から、日本の企業を撤退させることだった。漁業まで含めた、すべてからだ。その代りに、どこが入るかなど知らない。

「どういう動きが必要なのですか？」

「S商事の機密が洩れることは？」

「ありませんね、それは」

「洩らせませんか。ホンジュラスに食いこむための、秘密のプロジェクトチームが作られている、というようなことを。それも、無償援助の事業狙《ねら》いではなく、もっと大きな目的を持ったチームだと」

「つまり、社内にそういう動きがある、ということが必要なだけで、実際の動きは伴わなくてもいいんですね」

「その動きに、なんというのかな、リアリティさえあれば、それでいいのです。S商事の負担になることは、なにもない」

「つまり、幻みたいなものでいいわけだ」

「わかりましたか」

「よく、わかりましたよ。私ひとりでは決めかねますが、一日だけ時間をください。いい御返事ができると思います」

「急いでいます」

「では、本日の夕方」

俺は頷いた。

「ところで杉下さん、情報の収集はどうやっておられますか？」

「それは、さまざまですが」

「たとえば、競争する相手の会社に、スパイを送りこんだり、中枢にいる人間を買収したりということは？」

「ありませんね。そんなことを、やる必然性がありません」

「これを機会に、考えてみたらいかがです。ゴンザレス家は、世界じゅうにそういう人間を散らばらせていますよ。無論、日本にもです」

「御忠告の、お礼は申しあげておきます」

「私のチームは、いろいろなことを摑みつつあります。ひとりひとりが、スペシャリストですから」

チームなど、あるはずもなかった。十人の仲間は、それぞれ孤独に自分の仕事をこなしている。仕事を受けるのはニューヨークのエージェントで、必要なものはそこで揃えてくれるし、ある程度の調査もしてくれる。

たとえば、ホンジュラスの名家のゴンザレス一族の中に、ラファエロという青年がいて、東洋からインドにかけて一年以上の旅に出ていることを調べあげ、俺の写真を使った、同姓同名の人間のパスポートを用意したりもするのだ。

「一度、チームのメンバーに会ってみたいものです」

「それは無理ですね。彼らは顔を持たない。名前も持たない。それではじめて、能力を発揮できるのですから。よほどS商事と親密にならないかぎり、チームの全貌をお教えすることはできませんよ」

俺は、腰をあげた。

「夕方までに、ホテルに電話を」

「車を、こちらで用意いたしましょうか。カローラなどを、自分で運転されているようですが」

「量産車です。色も白で、目立ちません。正式の交渉の時は、ロールス・ロイスを用意させます。それ以外の時は、私は目立つわけにはいきません。日本人に見られるのも、好都合ですよ」

「わかりました。五時までに、必ずホテルに電話を入れます」

俺は、できるかぎり名家の一族の尊大さを失わないように、ゆっくりと頷いた。

ビルの玄関まで送ってこようとする杉下を制し、俺はひとりでエレベーターに乗った。

白いカローラは、玄関脇の駐車スペースに駐めてある。駐車料金はいくらだ、と俺はスペイン語で守衛に訊いた。守衛が、困ったような表情をする。俺はスペイン語で礼を言い、カローラに乗りこんだ。

ホテルには戻らず、高速道路に乗って、横浜にむかった。四年前、よく走った道だ。トラックに偽ブランドのハンドバッグや財布などを積み、深夜、何カ所かの倉庫に放りこんで回ったのだ。きわどい仕事だと思っていたが、内実がはっきりすると、危険きわまりない行為だったことがわかった。俺が偽ブランド品だと思っていたものの中に、密輸の医薬品が入っていたのだ。俺は、大人にいいように騙《だま》され、利用されていた。そして、俺を兄貴と呼んでいた男をその仕事に引っ張りこみ、死なせた。

遠い昔のことだ。

本牧《ほんもく》の小さなビルの一室で、表札もなにも出ていなかった。ノックすると、男の声で返事があった。

「遠藤さん？」

俺が言うと、初老の男は黙って頷いた。俺は名刺を出した。

「ロバート・タトワイラーに、あんたの話を聞いたことがあってね」

遠藤は、私の名刺と顔を不躾《ぶしつけ》に見較べた。

私立探偵である。エージェントが紹介する探偵社は各国にいくつかあり、日本も四つほどリストにあった。みんな、かなりの組織力を持った探偵社だった。

遠藤はひとりである。誰と組んで仕事をすることもないらしい。ロバート・タトワイラーは、今年五十七歳で、十人の仲間のうちで一番年長だった。世の中のすべてを信用しないという表情をしていて、仕事では油断するとこちらの命まで利用されかねなかった。

ロバートは二度日本で仕事をしたことがあり、どういう伝手《つて》かはわからないが、二度とも遠藤を使ったらしい。

ロバートが俺にそれを話したのは、俺が日本人であることを見抜いていたからだろう。自分からそういう話をすることは、滅多にない男だった。

「仕事を頼みたいんだ」

「忙しい」

遠藤は、デスクに俺の名刺を放り出して言った。俺は構わず、布地の擦り切れたソファに腰を降ろした。

「かなり難しいボブの仕事も、こなしたという話だったんでね」

「日本人のくせに、なぜこんな名前を使ってやがる？」

「俺は、ホンジュラス国籍だ。疑うなら、パスポートを見せようか」

「パスポートを買える国は、いくらでもある。日本人だがホンジュラスのパスポートを持っている、と言えよ、小僧」

遠藤は言い、ショートピースに火をつけた。

「仕事を頼みにきた」

「耳がないのか、おまえ」

「ほかの仕事は、全部断ってくれ」

「ほう、それだけの報酬を出すということだな。いくらの心積りでいる？」

「あんたが、普通にやる仕事と同じ額だ」

「図々しいだけでなく、ケチか。俺が一番関心を持てんタイプだな」

俺は煙草に火をつけた。ロバート以上に、とっつきにくい男だ。ロバートは、薄ら笑いを浮かべながらも、他人の話を一応聞こうとはする。

「帰れ。俺は忙しい」

遠藤は小説らしい本を読んでいて、仕事をしているようには見えなかった。

「仕事は、日本を駄目にしているやつらの、尻尾《しっぽ》を踏んづけることだよ。踏んづけてくれたら、あとは俺がやる」

遠藤が、開いていた本を閉じた。ショートピースが、どことなく似合う男だ。煙を吐きながら遠藤は腰をあげ、いきなり俺になにか投げつけてきた。それは、俺の耳のすぐそばで音をたてた。ダーツの矢らしい。

「若いくせに、修羅場を踏んじまったらしいな」

「動けなかっただけさ」

「眼もか。あと二センチで、耳が串刺《くしざ》しになるところだった。反射神経のいいやつなら、避けている。鈍いが臆病というやつは、眼だけつぶる。相当肚《はら》の据ったやつでも、眼で矢を追う。おまえの眼は、俺を見たまま動かなかった」

「自分じゃ、気がつかなかった。そういうのは、なんというのかい？」

「気づいていた。そしてそういうのを、けだものと言う。人間じゃない、けだものさ」

「かもしれない」

「ロバート・タトワイラーも、血の匂《にお》いをさせていた。おまえは若いだけに、もっと生々しいな」

「俺を観察してくれ、と頼んじゃいない。あんたの仕事は、別なけだものの尻尾を踏んづけることさ」

「前に、俺と会ったことは、小僧？」

「ないね」

「そうか。手配写真か。だいぶ人相が変っちまってるが、おまえは四年前に三人殺したろう。色褪《いろあ》せちまってるが、交番に行くとまだおまえの手配写真が貼《は》ってあるかもしれん。おまえだとわかるやつは、あまりいないだろうが。察するところ、国外逃亡をして、修羅場を踏んじまったってわけだな」

「二人だよ。三人じゃない」

もしかすると、俺の弟分も殺したことにされているのかもしれない。

「やってくれるのかい、爺さん？」

「爺さんだと」

「俺を小僧と呼んでるよ、あんた」

遠藤が、にやりと笑った。

「俺のやり方は荒っぽいぞ、歳の割りにはな」

「やり方は、任せる」

俺は耳の脇のダーツの矢を抜き、遠藤に投げ返した。矢は、遠藤がくわえていた煙草を落とし、壁に突き立った。

「安普請《やすぶしん》だね、この事務所。壁は薄い合板か」

「つまらん仕事を、選んでやりたがる。そういう探偵にお似合いの事務所ってわけだ」

話を聞こうというように、遠藤は俺とむかい合って腰を降ろした。

4

野島から、ホテルに電話が入った。

共同事業について、詳しく話を聞きたいと言ってきたのだ。杉下が撒《ま》いた噂が、早速野島のもとに届いたらしい。

　諜報戦では、S商事が野島興産の上を行っているようだ。実際の商売で野島興産が先行しているのは、その強引さによるのだろう。特に、海外における強引さである。

「明日」

　俺は言った。野島がほんとうに聞きたがっているのは、共同事業のことではなく、ゴンザレス家が握りつつある利権のことのはずだ。焦《じ》らすように、明日と俺は言い続けた。

「私が、ホテルへ行ってもいいんですが」

「アポイントが三つ入っています。どれもキャンセルができるものではありません」

「明日一番でいいですか？」

「午後ですね。私の方にも、予定というものがあります。この間の話で、野島興産はそれほど乗り気ではないと判断しました」

「それは早すぎる。ほかへ話を持っていくのは、日本語で言うところの仁義に反します」

「この間、ほかへ話を持っていくこともある、と私は言いました。日本でうまくいかなければ、香港資本の方に行くかもしれないともね。ただ、ほかとの話は、まだしてはいません」

「ほんとうでしょうな？」

「野島さん。その言い方は、失礼ではありませんか？」

「いや、まったく。口が過ぎました」

「それでは、明日の午後二時、このホテルの私の部屋で。野島さんひとりで、来ていただきたいのです」

「秘書も連れずに？」

「そう、ひとりだけで」

「わかりました」

電話が切れた。ひとりと言っても、ロビーまではガードを連れてくるだろう。もしかすると、部屋の前まで連れてくるかもしれない。

まだ正午前だった。

俺は部屋を出て地下のスポーツクラブへ行き、二千メートル泳いだあと、軽いウェイトトレーニングをやった。この一年は、そんなふうにして体力を維持することが多い。

昼食はとらず、夕方ホテルを出た。

赤坂まで、それほどの時間はかからなかった。S商事が入っているビル。終業時間直前に、俺は杉下を一階の喫茶室に呼び出した。

「お礼を言おうと思いました。野島が、執拗《しつよう》に私に会いたがっています。S商事の幻の動きが、効果があったのでしょう」

「お役に立ててうれしいですよ。ゴンザレス家とは、これからうまくやっていきたいし」

「野島興産が、日本の無償援助による事業を受注すれば、太平洋とカリブ海を結ぶ、幹線道路が造られます。しかしそれは、六千万ドルでは済まない。第二次、第三次の援助も引き出す、巧妙な作戦です。それが阻止できることは、ゴンザレス家にとっては大きい」

「野島興産に代って、わが社が受注できるように、ゴンザレス家に動いていただければ、と思っております。マージンのパーセンテージも、なるべく御希望に沿えるようにいたします」

「まだおわかりになっていませんね、杉下さん。ゴンザレス家は、一ドルのマージンも要求はしません。ただ事業の質に、注文を付けるだけです」

「将来的な展望に立った事業ということでしたな」

「それも、ごく近い将来で、われわれは急いでいます」

「社長に、会っていただけませんか？」

「話がまとまりそうならば」

「社長は、石油精製施設の事業には、強い関心を持っています」

「それが、六千万ドルで可能だと思っておられますか、杉下さん」

「問題は、それです。六千万ドルが六億ドルだったとしても、難しいものがあります。最小の規模だとしてもです。採算ラインというものがありますから」

「六十億ドルかけても、どうかという事業でしょう。そんなものは、国家間のプロジェクトです。それに、ホンジュラスからは、石油は出ません」

　杉下の表情がちょっと動いた。

「石油のない日本では、すべてを石油に結びつける発想がありますが、もう古いと言わざるを得ませんね」

「そうですか」

　六千万ドルの事業では、それほど長くもないパイプラインを引いて終りだろう。それでもいい、と杉下は考えていたのかもしれない。

「稀少金属《レアメタル》というものについて、杉下さんは御存知ですか？」

「多少は」

「量が少なく、高価でもあります。精製工場の規模も、石油などとは較べられない」

「どういう稀少金属か、ということが問題になると思いますが」

「まさしく」

　俺は煙草をくわえて、火をつけた。

　これ以上、喫茶室で喋るようなことではない、と態度で示したつもりだった。杉下は、それがわかったようだ。

「社長の耳に、入れておきます。これから社長室会議がありますが、その後で」

「意欲と知識とノウハウ。最初の二つは、それほど難しくないが、ノウハウとなると、蓄積が重要ですから」

「わが社に、それほどの蓄積はありません。それは、他社も同じだと思います」

「まったく、日本は石油一辺倒ですからね」

俺は、煙を吐きながら笑った。ほんとうのところ、俺に稀少金属の知識などないに等しかった。それが幸《さいわい》しているのかもしれない。知らなければ、ボロの出ようもないのだ。

「ノウハウについては、大学の研究者などに手を打っておく、という方法があります。引き抜いて高給で迎えることもできます」

「まあそんなことも、野島興産のことが片付いてからですね」

杉下が、じっと俺を見ていた。

これまでの仕事と較べて、いまのところ俺は大人しすぎた。しかし、成果は確実にあがりつつある。いまのやり方が人間的なのか、これまでの方法が人間的なのか、考えるとわからなくなってくる。

「会議、とおっしゃってましたね」

俺は腰をあげた。

「社長も出席する会議です。いまのお話は、会議後に私ひとりで報告しますが」

俺は、ただ頷き、店を出た。

車に戻っても、俺はほとんど走らなかった。尾行がないことを確かめるために、近所のホテルの駐車場に入れただけだ。

九時過ぎまで、俺は歩き回りながら、Ｓ商事を張った。社長室の場所や、会議が開かれているであろう部屋も、この間の訪問で、ほぼ見当がついていた。無駄な訪問をしたわけではない。

九時四十分ごろ、Ｓ商事のバッジをつけた六、七人の男たちがビルから出てきた。俺はホテルの駐車場へ速足で戻り、カローラをピックアップした。もう一度、ビルの近くに付けた。社長室らしいところには、まだ明りがあった。

野島興産は自社ビルで、細長い建物だが、Ｓ商事の入っているビルは、ワンフロアの床面積がかなり広そうだった。明りのついている窓は、三カ所しかない。社長室の明りは、まだついたままだった。

黒塗りのハイヤーが玄関につけたのは、十時半を回ったころだった。三人の男が、それに乗りこんだ。ひとりは杉下だ。

そのハイヤーを尾行《つけ》て、俺は銀座まで行った。三人が入ったビルの前で、一時間ほど待った。酒場ばかりのビルらしい。

三人が出てきて、ひとりをハイヤーに乗せた。その男が、多分Ｓ商事の社長だろう。残った二人はそこで別れ、杉下はタクシー乗場に並んで、タクシーに乗った。もうひとりは、有楽町の駅に行ったようだ。

高円寺まで、俺は杉下のタクシーを尾行た。

杉下の自宅は西武線沿線で、明らかに自宅ではないところに帰っている。オートロックのマンションだった。玄関の開閉は、キーカードによるようだ。杉下は、それを持っていた。

杉下がどの部屋に入るのか、このままではわからなくなる。俺は、二階にまでようやく届くロープを投げ、壁を駈けあがった。二階からは、エレベーターの脇にある非常階段だった。ほとんど全力疾走に近い登り方をしたので、八階で杉下が降りる姿を確認した時、俺はかすかに息を弾ませていた。

廊下を歩く。前を歩いていた杉下は、一度ふり返り、二度目にびっくりしたように立ち止まった。俺は笑ってみせた。そばに立つ。

「なぜ」

言いかけた杉下が、膝《ひざ》を折った。倒れる前に、俺は杉下の躰を担ぎあげた。非常階段を、屋上まで登っていく。十三階建だった。

屋上は使用されていないらしく、給水施設があるだけで、手摺りさえなかった。杉下を放り出し、左膝の骨と右肘《ひじ》の骨を素速く砕いた。手刀だけでも、打つ場所によって人間の骨は簡単に折れる。

痛みで、杉下が眼を開き、呻《うめ》いた。

「まず、野島興産にいるスパイの電話の記録がどこだか、教えてくれ」

「ゴンザレス、おまえは」

「あまり甘く考えるなよ。エージェントからS商事に話を持ちこんだのは、野島興産と同じようにターゲットだからさ。二つが食い合って共倒れすればいい」

「そんなことは」

杉下が呟《つぶや》き、動こうとして、悲鳴に近い声をあげた。骨を砕かれた痛みが、次第に大きくなってきている。それでも杉下はまだ、自分の膝と肘になにが起きたのか、はっきりはわかっていなかった。立ちあがろうとして、前のめりになる。全身に汗をかきはじめていた。

屋上には、赤い非常灯がひとつあるだけだった。それでも、俺には杉下の顔の汗や皺《しわ》のひとつひとつがはっきりと見えた。岩山やジャングルの闇と較べれば、東京には闇があるとは言えない。

「野島の秘書の中に、あんたのスパイがいるはずだ。どうやって抱きこんだのか知らないが」

「いない」

俺は、杉下の砕けた肘を踏みつけた。

「電話で、あんたは情報を送らせている。あんたの性格からして、必ずテープにでも録音している、と俺は読んでいる。会社でも自宅でも受けにくい電話だ、と思っていたが、ここならぴったりだ」

「何者なんだ？」

俺は、肘を踏みつけた足に体重をかけた。しばらくして、杉下は声をあげた。

「八階の何号室だね、杉下さん？」

「八二九号」

杉下が言った。まだ計算する頭は残っているようで、ここは痛みから逃れるべきだと考えたようだ。

「部屋のどこに、テープはある？」

「電話にセットしてある」

「ほかにも、あるはずだろう」

「ない」

俺は、杉下の躰を屋上の縁《へり》まで引き摺っていった。ベルトを摑み、上体を縁から押し出した。

「よせ、やめてくれ」

「ほかのテープは、どこに？」

「サイドボードの抽出」

「何本ある？」

「五、六本」

　杉下の躰を引き戻した。

「S商事で接近を試みている官僚は？」

「外務省の荒巻」

　俺は杉下の躰を、もう一度屋上の縁から押し出した。腰のところまで押し出したので、手を放せば落下する。

「通産省の須見をパイプに、ホンジュラスの無償援助のプロジェクトチームを作る」

「ヘッドは、あんたか？」

「社長だ。ほかに五名。私も入っている」

「それは、無償援助全体のプロジェクトチームとは違うのか？」

「ホンジュラスだけ、別に編成することが決まった。ゴンザレス家をどう扱うかも含めてだ」

　ほとんど腿のところまで、杉下は上体を乗り出した恰好だった。ベルトを握った俺の右手だけが、杉下の躰を支えている。

「政治家は？」

「やめてくれ、頼む」

杉下が失禁する気配があった。俺は杉下の躰を引き戻した。気を失っていた。頬を二、三度叩くと、杉下は眼を開いた。

「外務省の荒巻というのは？」

「野島と組んでいるだろう、とうちで見当をつけている官僚だ」

「政治家は、誰と組んでる？」

「大原先生と。組んでいるというより、うちからの献金の額が一番多い」

「野島のところは？」

「摑めていない。関係の深い先生は何人かいるようだが」

「八階の部屋へ行って、テープをピックアップしてくる。なんと言えばいい。戻ってきたら、救急車を呼んでやる」

「サイドボードの右の抽出のテープ、と美也子《みやこ》に言ってくれ。テープと言ってもわかるはずだが」

杉下は、ひとまわり躰が縮んだような感じになっていた。膝から下がおかしな方をむいていることにも、気づいていないようだ。俺は非常階段で八階まで降り、部屋のチャイムを押した。

「杉下室長の使いの者です。サイドボードの抽出のテープを持ってこいと言われています。それから、電話についているものも、はずしてこいと」

「会社の人？」

「はい。美也子さんというお名前だけ聞いてきました」

「どうやって入ったのよ、あんた？」

「室長に、カードキーを渡されました」

三十過ぎの女だった。痩《や》せていて鶴のような印象で、化粧はまったくしていないようだ。

「電話一本、なかったわよ」

「電話もできない状態で、会議をしておられます。テープがなんなのかは言われておりませんが、なにかの証拠が吹きこまれてるみたいで、それがどうしても会議に必要なんだと思います」

「そういえば、社長室会議だとは言ってたけど」

「それは終って、よそから三人ばかり見えてます。通産省の須見さんとか」

「あら、じゃ社長さんも一緒」

慌てて、女は奥にひっこんだ。紙袋に入れて持ってきたテープは六本あった。俺は礼を言い、エレベーターのところまで引き返すと、脇の非常階段を登った。

杉下は、同じ姿勢のまま、ぼんやりと空を見ていた。

「私を、どうするんだ？」

空を見たまま、杉下が言う。

「死んで貰うよ」

「ひどいな、それは。これだけやれば、充分じゃないか」

「あんたの屍体《したい》は、まだ役に立つかもしれない」

「ラファエロ・ゴンザレスではないのか。確かに単身で東洋を旅行中という情報を、こっちは持っているんだが」

「どこかを、旅行してはいるんだろうさ」

「殺されないためには、なにをやればいい？」

「これは、戦争なんだ。戦場では、なぜと考える暇もなく、人は死ぬ。兵士でなくても、死ぬね」

「金は、出せる。君が知りたいことも、喋ることができる」

「金はいらない。知りたいことは、もう知った」

杉下は、まだ空を見ていた。俺は杉下の上体を引き起こし、首筋に手刀を打ちこんだ。気を失った杉下の躰を持ちあげ、そのまま縁の外に投げ出した。

5

午後二時ぴったりに、チャイムが鳴った。

俺はドアを開け、野島を請《しょう》じ入れた。一時三十分に隣室に人が入った。それが多分野島のガードの連中だろう。

「約束通り、ひとりで来ました」

「本題に入りましょう、野島さん。いや、ひとりで来て欲しいというのも、本題のひとつだったんです。ゴンザレス家が野島興産と組むというのは、ちょっと考えさせていただきたい」

「どういう意味ですかな。そちらからの申し入れである共同事業を、ほかとやると言われるんですか。なにも、こっちから申し入れたわけじゃない」

「野島興産の機密は、垂れ流しになっています」

「そんなことが、あるわけはないじゃないですか。いい加減なことは言わんで貰いたい。ゴンザレス家の人だと思うから、私も丁寧に応対しているし、ひとりで来いと言われれば来た。若い人であろうと、こっちはそれだけ礼を尽してる」

「ひとりで来てくれなければ、情報が洩れてしまいますのでね」

「なにを馬鹿なことを」

「たとえば、最初にあなたと会った時、先行投資の話を私はしました。それは、その日のうちによそへ洩れています」

「ミスタ・ゴンザレス。つまらん話はやめませんか。まだお若い。こんなことが駆引きだと思っちゃいけません。あの時は、うちの秘書が二人同席していただけです。それともスパイ映画もどきに、隠しマイクでも仕掛けてあったと言われますか？」

「秘書のひとりは、他社のスパイですよ」

「なにを証拠に、そんなことを。いいかね、あんた」

野島の赤ら顔に、さらに赤味が増した。こめかみには、血管が浮き出している。

「自分がなにに言ってるのか、よく考えてみるんだ。俺は、わざわざここに来てやってるんだからな」

「隣室にボディガードを入れてね」

野島の表情が、一瞬歪《ゆが》んだ。

「そんなに、香港マフィアが怕《こわ》いのか」

「部屋には、ひとりで来た」

野島が腰をあげた。俺は、人差し指を野島に突きつけた。

「座りなさい。私が若いと馬鹿にするのはいいが、ゴンザレス家を甘く見ないことだ」

俺はテーブルにテープレコーダーを置いた。スイッチを入れる。電話の会話が流れてきた。野島の表情がまた変り、茫然とした表情で椅子に座り直した。秘書のひとりと、杉下の会話である。

「声に聞き憶えはありますすね」

「もうひとりは？」

「S商事の、杉下」

「杉下は」

「そう。マンションから飛び降り自殺と、今朝のニュースでやっていた」

「そんなことが」

「現実に、こうしてある。ひとりで来たことをあなたは恩に着せていたが、ひとりでなければ迷惑なのです」

「殺したのか、杉下を？」

「自殺したんでしょう。おたくの秘書は、大丈夫なのかな？」

「電話を、電話を貸して貰いたい」

「ゴーアヘッド。客室間は、九番を押してからです」

野島が電話に飛びついた。

「佐々木だ。佐々木を捕まえて、監禁しておけ。理由はあとだ。とにかく急げ」

「ひとりだけで、大丈夫ですか。それに、ボディガードの人たちも？」

「まだ、ほかに？」

「さあ。私に関係あるのは、この秘書の電話だけですがね。野島さんは、ほかにもいろいろとやっておられるわけだし」

「わかっていることがあったら、教えてくれ」

「なにも。この間の、あなたと私の会議の内容が、こんなふうにしてS商事に流れた。わかっているのは、それだけです」

「ほかに、そんなことが起きるわけがない」

「起きてから、はじめて慌てる。まあそれでいままでやってきたんなら、それでいいでしょう。いつか、大変なことになるとは思いますが。ゴンザレス家としては、そういう会社とは、危険で手が組めません」

「待ってくれ。徹底的に調べてみる」

「社内の洗い直しなどというものには、時間がかかりますよ、野島さん」

野島の顔が、赤黒くなっていた。

俺は、煙草に火をつけた。野島が、低い唸《うな》り声をあげる。チャイムが鳴った。ドアを開けると、野島のボディガードらしい男が二人立っていた。

「さきほど言われたことは、終りました」

部屋の中にむかって、声をかける。

「俺が戻るまで、待つように言っておけ。俺は、もうしばらくここにいる」

ドアを閉めた。

「信じられん。佐々木という男は、実直なだけが取柄で、こともあろうにS商事に情報を売るなど、あり得ないことだ」

「テープ、差しあげましょう。あとは私に関係ない話で、おたくの秘書も出てこないが、通産省の須見などが出てきますよ。もっとも、ゴルフの誘いの電話だが」

テープの全部は、解析して、必要なものはメモに取ってある。それに野島に渡すのは、一本だけだ。代議士の大原との会話は、別のテープにあった。

「どうも、私は人を信用しすぎるようです」

「というより、なんでもひとりでやり、ひとりで決めようとするからです。ほんとうの側近という人が、いないのではありませんか？」

「息子がひとり。まだ三十にもなっていないので、現場で仕事を覚えさせています」

「専門化されたグループを作るんですね。機密の管理もきちんとしたグループを」

「佐々木のことは、どうやってお知りになったんでしょうか？」

野島は、ちょっと肩を落としていた。俺は、むき合って座って腕を組んだ。人がいいと言うより、自信過剰のタイプだ。

「いまは野島さんおひとりだけだから、ゴンザレス家がなにをしようとしているのか、お話ししましょう。絶対の機密というわけでもないのですが、一応内密にしておきたいと思っています。人に言わないでください」

「守ります、私は」

「稀少金属ですよ。油田のような大規模なものではありません。ただ、いろいろな新しい技術力が必要になってきます。稀少金属と言っても多くの種類があり、経済的な価値もいろいろなのです。ゴンザレス家の所有する土地から出るものは、非常に経済効率がいい。アメリカ合衆国なら、飛びついてくるでしょう。しかし、ホンジュラスはアメリカに半分支配されているような国です。経済的にだけではなく、軍事的な意味でもです」

「アメリカをパートナーにしたくないと？」

「アメリカから、脱却する必要があります。それができるのは、ゴンザレス家でしょう。民間レベルで、まずアメリカから脱却する。反アメリカという意味ではありませんよ。依存度というのですか、それを低くしていきたいのです」

「ゴンザレス家が、そう考えておられるなら、日本の企業はぴったりだと思います。石油ほど大規模なものではないなら、私の会社でもできます」

「と思って、話を持ちかけたのですがね」

「機密の保持には、万全を期します」

「証拠を突きつけるまで、あなたは私の言うことを信用しなかった。実力からすれば、パートナーとしてぴったりなのですが」

「いつまでに、決めるんです？」

「今年じゅうに、なんとか細部を詰め、来年には契約したい、と思っています」

「なら、時間はまだあるな」

独り言のように、野島は言った。頭の中で、暗算でもしているような表情をした。俺は煙草に火をつけた。煙草は息が切れる。一年前までは、決して口にしなかった。都会で仕事をするようになって、俺はまた煙草を喫うようになったのだった。

日本にいるころは、喫っていた。

「チャンスをいただけませんか、ミスタ・ゴンザレス?」

「いいですよ。わかっているでしょうが、ゴンザレス家から来ているのは、私ひとりではありません。残りの者たちが、野島興産の駄目な部分を、また摑む可能性もあります。ひと月経ってもそういうものが摑めない時は、野島興産は再びパートナー候補のトップにランクされます」

「私の方も、稀少金属がどの程度商売になるのか、調べてみます。それは構いませんな」

「お好きなように。どんな稀少金属かは、ひと月後にお話しできるでしょう。そうできることを、願っています」

野島が、息を吐いた。

「道路建設のプロジェクトは、実現しませんよ、野島さん。あなたが摑んでいるホンジュラスの人脈はなかなか元気だが、来年早々に潰れます」

「まさか?」

「日本の外務省の情報は、いつも古いのですよ。政府の情報を信用しすぎる傾向もあります。それで痛い目に遭ったことはないのですか？」

野島が黙りこんだ。商売をやっている以上、痛い思いは数限りなくしているはずだ。それを情報の古さに結びつけようとすれば、いくらでもできる。

野島が、国外に実行部隊のようなものを抱えたり、暴力組織と関係を持ったりするのも、情報収集能力の弱さをカバーするためだ、と考えられなくもなかった。

「無償援助だから外務省、とはじめから決めてかからないことですね。わが国だけを見ても、日本の外務省の人脈は、狭くて偏《かたよ》っています。こんなのを、日本語でなんと言いましたかね」

「偏狭」

「そう。偏狭すぎる人脈なのです。そういうものに頼れば、どこかで無理をしなければならなくなる。無理が通用しなくなった時は、すべてが駄目になります」

野島が、また息を吐いた。

繁華街からはずれたホテルなので、窓の外にも喧噪の気配は感じられない。小さな杜《もり》が見え、そのずっとむこうに高層ビルがいくつか聳《そび》えているだけだ。

野島が、ハンカチを出し額の汗を拭った。拭ったハンカチを、じっと見つめている。自分が汗を流しているのが、不思議だというような仕草だった。

「もうひとつ訊いてもいいですか、野島さん？」

「なんでしょう？」

「いつも、十人近いボディガードを連れておられるそうですが、身の安全を考えておられるのですか？　日本にはあまり銃が普及していないようですが、その気になればロングライフルで四百メートルの距離から狙えますよ」

「心の安全の方を、考えておりまして。これまでの人生で、二度殺されかけたことがあります。一度は、かなりひどい怪我でもありました。死ぬ時は死ぬ。そう思うようになって、殺されるのがそれほど怕くもなくなりました。正直な話、私は護衛がついていると、なにごとにも慎重になるのですよ。ひとりでいると、なにをやるかわからないところがありましてね」

「外から見ていると、死ぬのを怕がっているようにしか思えませんね」

「そうでしょうな。人を殺すのが怕いなどと言っても、殺されるのを怕がっているようにしか見えませんでしょう。確かに香港マフィアとのトラブルはあります。しかし銃器を警戒するなら、防弾チョッキでも着ていますよ。人間の壁ほど当てにならないものはないでしょうから」

なんとなく、俺にはわかるような気がした。ただ俺は、自分がなにをするのか怕くても、護衛などつけたりはしないだろう。

思った以上に、野島は複雑な人格なのかもしれない。どれほど複雑であったとしても、死んでしまえばひとつの肉塊だった。三年間の戦闘の経験で、俺はそう考えるようになり、いまも変っていない。

四年前日本を脱出して、俺は三ヵ月近く海をさまよった。乗っていたヨットはひとりで動かせるもので、雨水を溜めたり魚を釣ったりしていたから、飢えや渇きで死ぬことはなく、何年でも海の上にいられると思った。耐え難かったのは、孤独だった。

喋る相手がいないということは、死ぬ以上につらいことだと、毎日思っていた。時化《しけ》てヨットが波に揉《も》まれている時の方が、凪《なぎ》でぼんやりしている時より楽だった。少なくとも、ヨットのことを考えていられたからだ。

あの三カ月は、俺を大きく変えた。

太平洋の真中で、東にむかえばいいとわかっていたが、アメリカ大陸に行き着こうという気さえ、俺はなくしていた。風の吹く方向に任せて、俺はただ航走《はし》った。時によっては、日本にむかっていたこともあるかもしれない。

絶対に生き延びてやろうという気も、孤独の中で漫然としたものになっていった。ひとりで海を航走るのが好きだと思いこんでいたが、それは一日か二日のことで、ひと月も経つと地獄でしかなかった。

二ヵ月目に入ったころには、俺は自分が生きながら死んでいると思った。それでも、ほとんど無意識に、雨水を溜めたり魚を釣ったりはしているのだった。

丸三ヵ月、俺はそうやって海の上を半分航走り、半分漂流した。

ひどい時化に遭った。判断力がかなり鈍っていたのだろう。セイルを降ろすのが遅れ、デスマストをした。マストが折れたヨットは、木の葉と同じだった。これでようやく死ぬのか、と思いながら俺は波に揉まれた。時化は三日続いたが、ヨットは沈まず、また平穏な海になった。

完全な漂流だった。何日経過したのかもよくわからなかったが、多分一週間ほどだろう。漁船が近づいてきた。船尾に国旗はなく、いかなる国際信号旗も掲げていなかった。二百トンというところで、マグロ漁の遠洋船に似ていた。

俺は人の姿に怯《おび》え、同時に喜んだ。雨水を飲み、魚を食っていたので、体力は落ちていなかったが、心の状態は最悪だった。なにも判断できず、自分の名さえとっさには思い出せなかったのだ。

船長の事情聴取を受けた。ほとんど訊問と言ってもいいものだった。身分を証明するものは、なにひとつ持ってはいなかった。英語も、よくわからなかった。

二人も人を殺して逃げてきたんだよ、と俺は日本語で言った。訊問に同席していたひとりが、日本語を解した。それがわかった時は、遅かった。

船内の一室に監禁された。そして訊問のくり返しだった。俺は次第に正常な判断力を取り戻し、船がただの漁船ではなく、乗っている人間も漁師ではないことがわかってきたのだった。

強力なエンジンを積んでいて、四十四、五ノットで突っ走ることがあった。十四、五人の乗組が通常だろうと思えるのに、百人以上が乗っていた。そして陸地のそばのある海域で、百人ばかりが降りていったのだ。それも深夜だった。

船に残ったのは二十人ほどで、その連中が俺を別の地獄へ連れていったのだった。

「ミスタ・ゴンザレス。わが社でホテルを用意させていただけませんか。ロイヤル・スウィートを用意します」

野島が、俺の顔を見つめていた。

「いや、この部屋で充分です。ゴンザレス家では、私はまだ一人前に扱われていません。この仕事が終ったら、私は自分の意志で、どんな部屋にも泊れるようになります」

シングルルームだが、悪い部屋ではなかった。

「それでは一度、私の招待を受けていただけませんか。海辺の別荘で、ヨットに乗ることもできます」

「それはいいな」

「明後日《あさって》の土曜日。うちの社の人間が三人と、私の友人が二人来ます。ゲストルームは、ミスタ・ゴンザレスのためにお空けします」

「お受けします。野島さん」

どうせ護衛はいるだろうが、野島と親しくなっておくのは悪くない、と俺は思った。迎えの車の手配までしようとしたので、それは断って、場所だけを訊いた。そして、招待を受けたことをいくらか後悔した。

沼津だった。俺の生まれた場所であり、人を二人殺した場所でもあった。

6

車だけは、洒落ていた。

ボディも内装も黒の、コルベット・スティングレー。五十を超えた男が乗る車ではない。ショートピースが似合う車でもない。

おまけに、遠藤はぺらぺらの汚れたコートを着ていた。

「時間より早く来ているというのは、感心だ。それが礼儀というものさ」

「なんに対する？」

「目上の人間に対する」

「あんたは確かに俺より年長だが、俺が雇主だ」

「依頼人と言え」

「どう譲っても、フィフティ・フィフティだな。それなら、俺の主義に反しない」

「けだものに、主義なんてものがあるのか。弱い動物を食うだけだろうが」

高速道路の入口近くにある店で、席から駐車場が見えるようになっている。午後二時を回ったところで、車は少なかった。

「金は払わせてるんだ。一応調べたことを教えておこうか」

俺は、煙草をくわえて頷いた。遠藤はすぐには喋り出さず、ウェイトレスを呼んで、スープとサラダとステーキを頼んだ。俺を見てにやりと笑う。顔の皺が深くなった。

「S商事の、社長室長が死んだな。それも愛人のマンションから落ちてだ。いや、落とされてかな。ロバート・タトワイラーも、人の命を命とも思っていないようなやつだったが、もっときれいな殺し方をしたね」

「俺が殺したとでも言いたそうだね、爺さん」

「違うのか、小僧」

「死ぬ時期が来たら、人は死ぬ。それまでは、殺しても死なない」

「理屈を言うのか。ボブやおまえが、どういうことをしてきたのか知らん。しかし、理屈などは通用しない世界だったんだろう、ということはわかる」

「仕事の話にしてくれ」

「いいとも」

遠藤は、まだスープが運ばれて来ないのかというように、ウェイトレスの方を見た。

「通産省の須見は、いまの通産大臣よりも前の大臣だった大原と近い。大原は、キナ臭いな。政治の汚れを全身にまぶしているような男だ。きわめて緻密だという噂もあり、やはりキナ臭い財界人と近い」

「わかった」

「外務省の荒巻は、吉崎の子分だよ。吉崎ってえのは、冷徹で切れる。泥臭さがない分、政治家としての評価は高いが、どうかな。汚れ仕事は他人に任せるタイプとも言える。とにかく、大原と吉崎とは、大物の政治家の名前が出てきたもんだ」

「政治屋だ。日本に政治家なんかいないと、あんた思ってるんじゃないのか」

「まあな。そのあたりは、多分おまえと意見は違わないだろう」

「それで？」

「尻尾を踏んづけろと言ったろう。つまり須見を踏んづけたら大原が出てくるし、荒巻を踏んづけたら吉崎が出てくる。まあその前にいろいろとあるだろうが」

「満員電車の中で、靴を踏むようなわけにゃいかないぜ」

「俺はプロだぜ、小僧。役人を踏んづけるぐらい、高速道路を制限速度で走るようなもんだ」

警察に追われることもなくできる、という意味だろう。訊き返すと馬鹿にされそうなので、俺は黙っていた。

「政治屋が二人出てくると、ちょっとばかり危《やば》いことになる。まあ、二百キロで走るというとこかな」

「いい車だな。あんたにゃ似合わないが」

「ぴったりだって言う娘も、いないわけじゃねえ」

「俺に貸せよ」

「なんで？」

「明日、沼津へ行く。野島興産の社長の別荘に招待されてね」

「待てよ。四年前の殺人事件ってのは、沼津で起きたんじゃなかったかな。そこへ、のこのこと行くのか、おまえ」

「故郷に錦を飾るのに、レンタカーのカローラじゃな」

「やめとこう」

「なんで」

「おまえにゃ、扱えない車さ。サスとブレーキをチューンして、圧縮比もあげてある。踏めば飛ぶぜ」

「いいね」

「それに、野島って男は、車のナンバーぐらいチェックさせる男だ。持主が俺だってのが、すぐにバレちまう」

「そこなんだ。俺のレンタカーは、もうチェックしてる。コルベットのナンバーもチェックするだろう。そこにちょっと驚くようなナンバーを付けておくわけさ。あんたはいつも、偽造のプレートを用意してるって話じゃないか」

「ボブの野郎、いい歳をして口が軽いな」

そうではないかと見当をつけて言っただけで、ロバート・タトワイラーから聞いたわけではなかった。俺が遠藤のような商売をしていたら、必ずそうする。

「百二十以上は、出すな」

「貸してくれるのか？」

「仕事でレンタカーを借りようと思ってた。おまえと交換すりゃ、ちょうどいい」

スープとサラダとステーキが、一度に運ばれてきた。遠藤はウェイトレスに文句を言い、無視されると肩を竦《すく》めた。

「諦めがいいね、爺さん」

「若い娘を相手に、説教などしようと思わねえことだ」

遠藤が、ナイフとフォークを持った。

「爆弾だぜ」

肉を切りかけた手を止めて、そう言った。

「日本って国に放りこまれる、爆弾みてえなもんだ」

「大袈裟《おおげさ》だ」

「いや、そんなもんだ。半端じゃ、やれはしねえ。爆発をきっかけに、いろんなものが動きはじめるな。どう動くかはわからねえが」

遠藤が、変化を望んでいるのだろう、と俺は思った。俺がやろうとしているのは、まず日本が出す六千万ドルに、日本人が手を出さないようにすることだった。それがきっかけで、日本はホンジュラスから手を引くことになる、とも考えていた。

それでも、たったの六千万ドルだ。日本円にして六十億強というのは、ちょっとした企業一社の売上げ程度だろう。

「いつ、はじめる?」

「すぐにでも。明日は、野島は俺と一緒にいる。荒巻の方を踏んづけてくれると、俺はその反応をそばで見られる」

「わかった」

肉を頬張りながら、遠藤が言った。俺は昼食をとっていたので、コーヒーをもう一杯註文した。遠藤の食欲は旺盛で、俺がコーヒーを飲み終る前に、ステーキを平らげてしまっていた。なにか意味があるのか、最後にスープを飲んでいる。

「事のついでに、四年前の事件も調べた。医薬品の密輸絡みの揉《も》め事だったようだな。あれがきっかけで、密輸の組織がひとつ挙げられ、八人ばかりの医者が免許を取消されたり停止されたりしている。気になったのは、小物がひとり海に沈められていたことだ。二人を殺して屍体を放置していた手口とは、まるで違っていた。錨を抱かせて沈めてあったのを、底曳きの漁船がひっかけてる」

「もうよせよ、遠藤さん」

「あの小物を殺したのは、おまえじゃなさそうだ。葬ってやっただけだな」

「俺も含めて、ガキってやつが利用され過ぎてた。荒っぽいやつは荒っぽいなりに、小心なやつは小心なりにだ。薄汚ない大人のやり方に、腹を立てて切れちまったやつがいたってだけのことさ」

スープを飲み終った遠藤が、はじめてショートピースをくわえ、うまそうに煙を吐いた。

「終ったことだ、と思ってるだろうが、県警じゃ終らせちゃおらん。継続捜査になってるはずだ」

「俺の身分は、ホンジュラスのパスポートが保証してる」

「まあな。しかし、どこに落とし穴があるかもわからん。沼津じゃ気をつけることだ」

説教をしたがるところは、やはり五十を超えた男だった。不愉快ではなかった。どこか世の中すべてに悪意を持っているところがあり、それが微妙な陰翳《いんえい》を落としている。

「無償援助についちゃ、おまえに説明されただけだが、ホンジュラスという国にとっちゃ悪いことじゃねえ、という気がするがな」

遠藤が話題を変えた。

「ちゃんとしたことに、金を遣えればだ。馬鹿げた壮大な無駄をやってもいる。それを日本の企業が受注するというシステムが、またよろしくない。日本の企業と、相手国の政府高官が、金を分け合ってるみたいなもんさ」

「そんなにか？」

「ちゃんとしたことも、やってはいる。役に立つこともね。しかし俺は、鉄骨で塹壕《ざんごう》を造ったこともあるよ。砂と灌木《かんぼく》だけの、なにもないところだったが、鉄骨はいくらでも手に入った。その鉄骨というのは、電柱なんだ。完成した時は電線もあり、奥地の村のいくつかで、電気冷蔵庫まで動いたという話だったがね。砂嵐で切れると、もうメンテナンスはできない。その国に、技術がないんだ。俺はその電柱で、塹壕を造ったね」

「塹壕っておまえ、戦争じゃねえか」

「ああ、戦争だった。三千人規模の蜂起《ほうき》に、政府軍が攻めかかった。俺はその国に派遣された。三週間、政府軍とやり合ったよ」

「それで？」

「政府が倒れた。軍事政権だったが、軍隊がからきしでね。二万の部隊を投入しても、蜂起軍を制圧できなかった」

「それじゃ、革命か？」

「蜂起軍は、新政権のもとで、武装解除に応じた。自分たちがそれなりに遇されると思ったんだろう。しかし全員が逮捕され、指揮者の十人ほどは処刑されたそうだ。俺はもう、その国を離れていたが」

「なんでおまえ？」

「めぐり合わせさ」

俺を太平洋から拾った船は、パナマへ行った。

俺はなんの検査も受けず上陸し、トラックで数人とキャナルゾーンと呼ばれている地域へ運ばれた。そこが米軍のグリーンベレーの司令部のひとつがあるところだ、とはあとで知った。第八特殊部隊が常駐していて、他国の軍隊の訓練をしていた。ボリビアで、チェ・ゲバラという男を追いつめて殺したのも、ここで訓練された部隊だった、と一緒に訓練を受けた男から聞いた。

俺は、どこの国の軍隊にも入れられず、雑多な人種が混じった二十数名と、きわめて特殊な訓練をほどこされた。なぜこんな訓練を、と考える暇などなかった。余計なことを考えていれば死ぬ。そういう訓練だった。英語とスペイン語がすべてで、理解できなければ、やはり死ぬ確率が高いのだ。

四ヵ月の訓練の間に、二十数名が十一名に減っていた。俺が生き残れたのは、死ぬことをまったく恐れなかったからだろうか。それとも、運がよかったからなのか。

俺はどこの国の軍隊に組み入れられることもなく、ベネズエラへ行かされ、カラカスで大佐と呼ばれる男に会った。大佐は五十絡みで、がっしりした体型をしていて、なにか強い意志が全身を貫いているのが、見ただけでわかった。

戦争屋だった。どこかの紛争に介入する。蜂起に手を貸す。または蜂起を鎮圧する。多額の報酬で、世界じゅうどこにでも専門家を派遣する。隊長は、大佐自身なのだ。

百人ほどのメンバーで、欠員はたえず補充されてきた。俺も、補充要員のひとりだったのだ。生存率が四割という訓練のあと、いきなり戦争に放り出され、俺は実戦の中でほんとうの専門家になっていった。

「そうか。その歳で戦争をしちまったか」

「やってわかったことだが、戦争のある国じゃ、俺ぐらいの歳の兵隊なんて当たり前だったね。日本だけさ、若いやつらが死ぬなんてことを考えてみないのは」

俺は、煙草に火をつけた。

遠藤は、運ばれてきたコーヒーを、音をたてて啜《すす》った。遠藤が、なにをやってきた男なのか、知らない。なぜ探偵になったのかも、知らない。あまり繁盛しているとは思えない探偵稼業で、コルベットを乗り回せるのだから、かなり悪辣な仕事をしているに違いなかった。

「四年も、戦争をやってたのか、小僧？」

「三年だよ、爺さん。砂漠戦からジャングル戦まで、すべて経験した。俺たちの隊長が、死んじまってね」

大佐はある日から、急に痩せはじめた。ほとんど躰が半分になったような感じだった。

最後に大佐が請負《うけお》った戦争は、おかしなものだった。どんな戦争であれ、それまで反共という立場が貫かれていたのに、反米の中東の小さな戦闘に手を貸したのだ。大佐の中でなにが起きたか、誰もわからなかった。

その戦闘は、指揮そのものもおかしかった。これでは死ぬと多分全員が思ったはずだが、十人が生き残っていた。ロバート・タトワイラーも、そのひとりだ。

大佐は、自分の躰をまるで憎んで破壊するように、敢えて危険な場所に突っこみ、全身を粉々の肉片にして死んでいったのだった。

「もう行こうか、野田」

遠藤が、俺がこの四年使ったことがない名を口にした。黙って、俺は頷いた。

「明日、荒巻を踏んづける。沼津にそれがわかるのは、多分夜だろう」

「いい頃合いだよ」

俺と遠藤は、車のキーを交換した。

7

ホテルに戻ったのは、深夜だった。

S商事が、杉下の死でどういう動きをするのか、測っていたのだ。赤坂の本社の、社長室や会議室のあたりには、十一時過ぎまで明りがあった。週末に、決めるものは決めてしまおうとしていたのだろう。

社長の岡野は、専用車で広尾のマンションに帰った。野島の屋敷からそれほど離れていない、俺でさえ名を知っているマンションだった。

フロントでキーを受け取り、部屋にむかった。いやな感じが肌を刺してくる。明日、沼津へ行くからだろう、と俺は思った。

ドアを開けた。とっさに、俺は部屋の奥へ転がりこんだ。一歩踏みこんだ瞬間に、危険の感覚が肌を刺したのだ。

闇。人の動く気配。白いものが光った。俺は、上着を投げ、ベッドを飛び越えた。天井から、人が降ってきたような気がした。それをかわす。闇に、眼が馴れた。二人。見えた瞬間、俺はベッドに立ちあがった。二人が、同時に動いた。空気が切り裂かれる。刃物だけではない。俺は枕を蹴りあげた。それと同時に、ひとりにぶつかった。肘を打ちこむ。左腕を、斬られたようだ。もう一度肘を打ちこむと、ひとりは倒れた。

もうひとり。むき合った。闇の中で、しばらく睨《にら》み合う。相手の呼吸が乱れてくるのがわかった。二歩、俺は相手に近づいた。その圧力を弾き返すように、なにかが宙を裂いた。かわした瞬間踏みこんで、俺は相手の襟を摑んでいた。膝と肘を打ち込み、相手の背後に回った。絞めあげる。三秒ほどで、抵抗がなくなった。

明りをつけた。二人とも白眼をむいて倒れていた。左腕の出血が、ワイシャツの袖を赤く濡らしている。袖を引きちぎり、血止めだけをした。それから、二人を縛りあげる。浴衣《ゆかた》の帯があり、ひとりをそれで、もうひとりは細紐で縛った。

バスルームで、左腕の血を流した。傷は横に一直線で、浅くはなかった。スーツケースから治療具を一式出し、素速く縫い合わせた。

四年前、腿の傷を自分で縫った。その時と較べると、手は馴れきっている。二度、自分の傷を縫い合わせたし、ほかの人間の傷はもっと縫った。消毒液と繃帯。それで充分だった。

ひとりが、もがいていた。浴衣の帯で縛りあげた方は、おかしな息遣いをしている。肘が、まともにこめかみに入ったはずだ。頭蓋《ずがい》がずれているとすれば、このまま死ぬ。

「おまえらを雇ったのは？」

細紐で縛りあげた方に、俺は訊いた。訊いた瞬間、駄目だとわかった。杉下が雇っていた長井という探偵とは、人種が違う。俺と同類の顔をしていた。

非常階段は、内側から鍵がかかっている。二階ほど上にしよう、と俺は考えていた。持物を調べることもしなかった。ガードマンが、二時間おきに巡回している。それを待った。

待っている間、俺は血で汚れたものをまとめた。拳銃はカメラの中に収っていた。それを出し、装塡《そうてん》を確かめた。

男が、じっと俺を見ていた。

「素人と思ったのが、間違いだったな」

それに、最初は殺す気がなかった。俺をどこかに拉致しようとしていたようだ。途中から殺す気になったが、もはや不意討ちではなかった。

「どうやって、俺たちを始末する？」

「おまえが心配することじゃない」

素人を相手だ、と言われていたのだろう。武器はナイフと直径一センチほどのワイヤーロープだけだった。

「グリーンベレーの出身なのか？」

「はぐれ者だよ」

俺の格闘術は、確かにグリーンベレー流だった。しかし、機械のように動く訓練はしなかった。実戦を重ねることで、自分の流儀を作ってきたのだ。

「とんでもないプロと、出会《でくわ》しちまった。銃で狙わないかぎり、無理だったろうな」

「日本じゃ、よくよくのことがないかぎり、狙撃はしない。よその国じゃ、銃にもっと気をつけてるよ」

腕は悪くなかったが、それほど場数を踏んでいない。そうでなければもっとひどいことになっていて、この部屋で殺《や》らなければならなかったかもしれない。

部屋の前を、ガードマンが通った。

「行こうか」

俺は言った。

二人を片付けると、俺は部屋で朝まで眠った。

朝食に降りていくと、ロビーは騒然としていた。テレビカメラまでやってきている。日本では、まだ屍体がめずらしいのだ。

男が二人、非常階段で殺し合いをした。ひとりは腹を刺され、内腿の動脈を切られたが、もうひとりをワイヤーロープで叩き落とした。しかし、出血多量でその場で死んだ。それだけのことだった。

朝食を済ませると、俺はラフなブレザーを着こみ、カメラケースごと拳銃を持って、コルベットに積みこんだ。

沼津までの道は、いやになるほどよく憶えていた。週に何度か、深夜にトラックで往復していたのだ。

チューンしてあるコルベットだけあって、とんでもない速さだった。ポルシェが競《せ》ろうとしてきたが、四速でたやすく蹴散らした。ほかに、競ろうという車もいなくなった。

あっという間に、沼津に着いていた。

俺は、街からしばらく走ったところにある、ヨットハーバーに車をむけた。

四年前、ここから日本を脱出した。なにがあっても逃げ延びるという気持だった。確かに、逃げ延びはしたのだ。逃げた先になにがあるか考えることもなく、逃げ延びた。まだ生きている、という感慨すら俺には希薄だった。なにか、現実でないものの光景のように、ヨットやクルーザーが並んでいるのだった。

俺は車に乗りこみ、野島の別荘にむかった。過去などはない。四年、そうやって過してきた。過去になにかを求めようとするのは、感傷に過ぎないのだ。

海岸の、二千坪ほどの敷地に、野島の別荘はあった。一度塀際の道を走り、広さを坪数で判断した自分が、なんとなくおかしかった。

門には男が二人いたし、建物のまわりにも何人か立っていた。建物のまわりの男たちは姿を見られないようにしていて、その方が俺にはその存在がよくわかるのだった。

セータースタイルの野島が、迎えに出てきた。俺と軽く握手を交わし、海を一望に見渡せる居間に案内する。社員らしい三人の男はすでに来ていて、それぞれ名乗った。

「ビリヤードはお好きですか、ミスタ・ゴンザレス？」

「やったことがある、というぐらいです」

「もしゲームをお望みなら、誰かに相手をさせます」

「あなたは、野島さん？」

野島は、かすかに首を振った。

俺は飲物を持って、窓際に立った。晴れている日なら、水平線を見渡せるだろう。漁船にヨットが混じっているのが、土曜日らしい光景だった。

俺がこうしている間も、コルベットのナンバーはチェックされているに違いない。そこから出る持主は、東京の暴力組織のトップの名だ。遠藤は、はじめから偽造のナンバーを付けてきていた。

「太平洋で、お国と繋がっていますよ」

野島が、陳腐なことを言った。

「好きになさってください、ミスタ・ゴンザレス。パーティは、三時からはじめます。ゲストルームへは、誰かに言っていただければ、その者が案内します」

「海ですね」

「えっ？」

「沼津にいるあなたを襲おうと思ったら、海から来て海へ逃げますよ」

「なるほど」

「プレジャーボートともかぎらない。漁船で近づけば、目立ちませんしね」

「私がここにいることは、わからないはずなんですがね」

「香港マフィアは、執拗ですよ。金で解決するのも難しい」

「解決できるはずです。もともとつまらんことが発端ですから。ひと月以内に、解決しますよ。ゴンザレス家との共同事業を希望する以上、つまらん問題は起きないようにしておきます」

「香港マフィアがS商事と結んでいたら、これはかなり面倒ですね」

野島の表情が、ちょっと動いた。

俺は笑って、新しい飲物を取りに行った。

昼食を終えると、俺はゲストルームに入った。ダブルベッドに、金のかかった調度が置いてある。窓からは、やはり海の眺望が拡がっていた。建物自体はいくらか高いところにあり、磯まで小径《こみち》が何本かあるようだ。海は松林越しに見えた。

おかしな商売だ、と時々思う。戦争屋をやっていたころより、人を殺す回数はずっと減ったが、殺したという実感は強くなっている。

生き残った十人で、戦争屋を続けようかという話もあった。しかし大佐が死んだことで、窓口はまったくなくなってしまった。ごく小さな秘密の窓口でだけ、商談は交わされていたに違いない。十人で、会社を作ろうという意見が出た。メンバーは、増やしも減らしもしない。原則として、ひとつの仕事にはひとりで当たる。有能なエージェントをニューヨークに作り、調査などはそこでできるようにする。

十人が生かせる技術は、殺人や破壊行為だった。最初の仕事が決まり、うまく行くと、すぐに新しい仕事が舞いこんできた。三ヵ月経った時、エージェントは仕事を断りはじめた。それほど、トラブルを一度で解決してしまいたい人間は多かったのだ。

エージェントは、はじめひとりだった。ロバート・タトワイラーが連れてきた、銀行調査員あがりの老人だった。一年経ったいま、四人に増えている。その四人が、別の組織を使って、仕事の準備を整えるのだ。俺の偽造のパスポートや調査ファイルも、そうやってエージェントが持ってきた。

一度の仕事でいくらになるかは、その時によって違ったが、大抵は十万ドル単位だった。三ヵ月前には、百二十万ドルという仕事を俺はやった。エージェントの取り分は三十パーセント。四人は、会社の十人より金持かもしれない。

会社は、ふだんスポーツジムをやっている。ニューヨークに、三つのジムを持っているのだ。その運営もエージェントがやっていて、俺たちは名目上の社員だった。

ベッドで、しばらくまどろんだ。

パーティの時間だと、メイドが知らせにきた。

野島の友人らしい男が、二人来ていた。それから女たちが五人。

女のひとりと、眼が合った。俺は海の方に眼をやった。ここ一年なかったほど、動揺していた。いや、四年間、こういう種類の動揺はなかった。

チャイナドレスを着て、髪をアップにした女は、里美だった。四年前、さよならも言わずに別れた恋人だ。

印象は変っているはずだ、と俺は自分に言い聞かせた。

里美の視線はどこか冷たく、しかし無視しているわけでもなかった。

野島が寄ってきて、友だちらしい二人を紹介した。女の子たちはひとまとめにして、市内のクラブのホステスと紹介された。

里美は、しのぶと呼ばれていた。

四年前、十九だった。十九の里美に、さよならも言わずに日本を逃げたことが、気になる瞬間はあった。それも最初のひと月ぐらいだった。喋る相手もいないヨットの上で、さよならと呟いたりしてみたのだ。

シャンパンが抜かれた。

女の子たちが注いで回る。里美は、真直ぐに俺のところへ来た。シャンパングラスになみなみとドンペリを注ぎ、白い歯を見せて笑った。

俺は、海の方へ眼をむけた。

8

野島に動きが見えたのは、パーティがはじまって一時間後ぐらいだった。

男が入ってきて野島に耳打ちし、野島は表情を変えて出ていった。十分ほどして戻ってきた時も、野島は険しい表情をしていた。

どこかで、遠藤の爆弾が爆発したのだろう。まだ野島に直接波及するほどではないにしても、外務省の荒巻にはなにかが起きたはずだ。

俺は窓のそばに立って海を眺めながら、野島の友人の医者という男と談笑していた。儀礼的にかホンジュラスの医療事情を知りたがったが、俺はあまり知らず、中米全体の事情を語った。

食事前に、海岸に散歩に出ようということになった。五人の女の子たちも付いてきた。野島は、松林の中で社員のひとりとなにか話しはじめた。

俺は里美の行く方を避け、ひとりで磯の岩に登った。晴れてはいないが、風はなく波は穏やかだった。

潮騒《しおさい》に包みこまれた。海はどこでも同じようでいて、ひとつとして同じものはない。潮騒や海鳴りからして違うのだ。

気配でふり返ると、里美がひとりで岩を登ってくるところだった。ハイヒールを片手にぶらさげている。仕方なく、俺は片手を出してやった。

里美は、岩の上に立つと沖の方を眺めた。なにも言おうとしない。俺も黙っていた。海鳥が飛んでいて、数羽が餌を見つけたのか海面に降下した。

俺は煙草に火をつけた。

「四年ぶりね、シゲ」

昔の名前で呼ばれた。俺は煙を吐いただけだった。

「四年の間に、いろんなことがあったわ。シゲが人を殺していなくなったのを皮切りにね。父が亡くなったし、あたしは東京に行って、一年目に野島さんに会って、またこの街に戻ってくることになった。だから、シゲと一緒にいたのは、四年よりずっと昔って気がする」

俺に、喋るべき言葉はなかった。潮騒を聴くように、里美の声を聴いていた。大人っぽい女になったが、声は昔のままだ。

「この街で、またシゲに会うなんて」

海鳥が飛び去っていく。漁船やヨットの姿も少なくなり、海は陸よりも早く夕方を迎えていた。俺は、寄せてきた波の中に煙草を弾き飛ばした。

「シゲが、ヨットで東京の方へ逃げた、という噂が流れたの。それであたし、東京へ行ったわ。半年も経つと、シゲは死んだとしか思えなくなった。そんなころ、野島さんに会った」

自分は野島の女だ、と里美は言おうとしているのだろう。誰の女になろうと、四年という歳月を考えれば不思議ではない。俺にも、ニューヨークに女が二人いる。ただ、野島の女だということが、皮肉に思えるだけだ。

「四年、外国にいたのね」

「お嬢さん、なにかお間違えではありませんか。私は、ラファエロ・ゴンザレスというホンジュラス人です。パスポートも、きちんと所持しています」

「わかるわ。あなたがあたしをわかるように、あたしもあなたがわかる」

「国境を越えて、似た人間がいるということでしょうね。私にも、日本人の血がいくらか入っているようですが」

里美が、俺の方を見た。眼の底に、かすかな哀しみが湛《たた》えられている。それでも里美は、静かにほほえんだ。

「愛してるんです、野島さんを。あたしはこの街の女でしかないけど、あの人のおかげで、あたしは堕ちなくて済んだわ」

「行きましょうか。そろそろ冷えてきます」

俺が言うと、もう一度里美はほほえんだ。

大きな岩を降りる時、俺は里美を抱えた。軽い躰だった。左腕に、痛みが走った。里美を砂の上に降ろすと、それも消えた。

松林のところで、野島が待っていた。里美は家の方へ帰り、俺と野島だけがしばらく林の中にいた。

「南米のある国で、無償援助によるプラント建設を受注した日本企業が、吉崎先生にかなりの献金をしていたことが発覚しましてね」

「ほう」

「大企業ですよ、日本を代表する」

「野島さんの会社にとって、ほかの企業のスキャンダルは、悪いことではないでしょう」

遠藤が、そんなことをどうやって調べたのか、わからなかった。事実を握るためなら、汚ない手も使うだろう。それも、考えに考えた上での、汚ない手だ。

「問題があるんです。外務省の荒巻氏が、そのプラント建設に深く関わっていましてね。無償援助が絡むポストからは、今後すべてはずされるという可能性が出てきました」

「吉崎代議士の力で、押し潰せばいいことでしょう」

「事実が、新聞社に渡ったのでも、野党に渡ったのでもない。大原先生に渡ったのですよ。いや違うな。大原先生が、手に入れようと画策したのかもしれない。そして、動いたのはS商事だ」

「証拠は？」

「S商事は、スパイを使うことを得意にしている。私のように、力で押し切ろうとするタイプではないんですな、岡野社長は。あの企業にも、スパイを送りこんでいた可能性が強い。ミスタ・ゴンザレスに指摘されるまで、私はスパイなどということは考えたこともなかった。自分が使うことも、自分が探られることもです」

遠藤は、はじめからS商事と野島興産を、つまり大原と吉崎という政治屋を、ぶつからせる方法を選んだ。仕事の手間を省いてやった、と本人は言うだろうが、俺は忙しくなりそうだった。

「私は、自分のやり方で闘いますよ。最後は力だ、という信念に変りはありませんから。そうやって、いままで仕事を取ってきました。変えるつもりはない。立ち塞がる者は、踏み潰すだけです」

「私は、なんとも言えません。これは日本国内の争いですからね。ただ、非常に興味深く眺めてはいます」

「まったく、こちらだけの問題です。食事の前に、食前酒でも召上がってください。ドライシェリーの、いいものが用意してあるはずです」

頷き、私は家の方へ歩きかけた。

「しのぶがお好みですか、ミスタ・ゴンザレス」

野島が言った。俺はいやな気分になり、ふりむかず歩こうとした。

「ゲストルームのベッドは、ひとりでは広すぎます。今夜、行かせましょう」

「その必要はありません、野島さん。ゴンザレス家の男は、自分で女を捜します」

「結婚相手はそうでしょう。ひと晩だけの、お慰みと思ってくだされぱいい」

俺は黙って、家の方へ歩いた。

三人いた社員の、二人は消えていた。友だちの二人はそのままで、食堂のテーブルに着いたのは、女の子も含めて十人だった。

月並みな会話が交わされた。

女の子たちはホンジュラスの話を聞きたがり、俺は何年か前に大佐と一緒に滞在した、テグシガルパという首都の話をした。

ゴンザレス家の中米における資産について、大袈裟な話を野島がはじめた。俺は、ただほほえんで料理を口に運んだ。

男女が交互に着席していて、俺の左隣は里美だった。右の女はひとりだけ三十を超えているようで、俺はその女と話をした。

食事の間も、野島は二度席を立った。頻繁に電話が入っているらしい。

食堂から居間に移動して、酒になった。

四年前、俺は水割り四、五杯が適量だった。いまでは、ボトル一本空けても、足を取られたりはしない。酒が好きになったのではなく、飲まずにいられなくなったのでもなく、大佐に訓練されただけのことだった。吐いては飲むということを四日間くり返し、五日目からはボトル一本飲んだあと、高層ビルの屋上の縁を走らされたのだった。

九時を回ったころ、野島の友人の二人が帰った。自然に、パーティはお開きになった。

俺はゲストルームに引き揚げ、バスを使い髭を当たると、腕の傷の手当てをした。

バスローブと新しいパジャマが用意されている。

俺は、自分の服を着た。カメラバッグの中の拳銃は、そのままにしていた。

車が出入りしている気配がある。あとは海鳴りだけだった。不思議なことに、夜になると潮騒は海鳴りに変る。

テレビのボリュームをあげ、海鳴りも聞えないようにした。どこのチャンネルにも関心はなく、CNNをかけっ放しにした。このニュースの中には、時々俺の仕事と関係のあるものが出てくる。

ドアがノックされたのは、十一時半を回ったころだった。

里美が立っていた。

「どうしました、お嬢さん？」

「皮肉は言わないで、シゲ。あたしが汚れてることは、わかるでしょう」

「汚れを気にしていたら、人間は生きていけませんよ」

里美はチャイナドレスではなく、薄い絹のガウンを着ただけの姿だった。

「逃げて、シゲ」

里美は、じっと俺を見つめていた。

「いままで、野島はずっと社員を集めて話をしていたわ。あなたがすべての元凶だと、野島は言ってる」

　里美がなぜ俺にそんなことを言うのか、考えた。考えても、わからなかった。敵がどう出るのか考えるのとは、勝手が違う。

「いま、野島は出かけたわ。あなたの部屋に行くように、あたしに言い残してね。市内のホテルに、岡野とかいう男が来ていて、難しい交渉をするみたいなの」

　俺は煙草に火をつけた。里美の声は遠い。それでも事実は俺の頭の中に入ってくる。

　俺という人間が、ようやく中心になってすべてが動きはじめたということだろう。

「途切れ途切れにしか話を聞けなかったから、どういうことなのかはっきりわからない。ただ野島は、岡野という男とあなたの身柄について交渉するはずよ。あなたを渡せと岡野は言ってくるだろうけど、それはできないらしいの。だからあなたを殺すと言ってたわ。殺して、それは岡野がやったということにすれば、ゴンザレス家に対しても申しわけが立つって」

　俺がゴンザレス家の人間であることは、野島も岡野もまだ疑っていないようだった。そして二人ともまだ、ホンジュラスへの無償援助に食いこもうと必死なのだ。

「あなたがなにをやってきて、これからなにをやろうとしているのか、知らない。四年前のシゲに、あたしは言ってるの。なんとかして、逃げて。敷地の中には、もう二十人ほどいるわ。だけど、まだ逃げられると思う」

　四年前の俺に、言われていることだった。そして俺は、四年前の自分とは違った。

「いざとなれば、野島は本気であなたを殺すわ。その時になにを言っても助けてはくれない」

「やめましょう、お嬢さん。あなたが言っていることに、現実性はなにもない。私は、野島氏に招待されてここへ来ているんですよ」

「あたしのような女が言うことだから、信用できないの？」

「そうではない。あなたは多分、なにか勘違いをしている。それだけのことですよ。人が殺されたりなどということが、そう簡単にあるわけはない」

「あなたは、暴力団とも関係ある人でしょう。乗ってきた車のナンバーは、東京の暴力団の人のものだと、野島は報告を受けてたわ。それで、殺し方には注意が必要だと思ったみたいなの。ゴンザレス家にも、その暴力団にも言いわけが立つ殺し方でなければならないと」

「それじゃ、野島氏は暴力団以上じゃないですか。大企業のオーナーが、そんなことをするとは信じられない」

こういう嘘には、俺はすぐ疲れてしまう。騙し合いなら、お手のものだったが、ただ嘘をつき続けるのは苦痛だった。

「ラファエロ・ゴンザレスは、逃げたりしません。それが、ゴンザレス家の掟《おきて》でもある。もう眠った方がいいですよ、お嬢さん」

一瞬だが、里美の瞳の中に憎悪の光が燃えたような気がした。錯覚だったのかもしれない。見直した時は、哀しい光しかなかった。

「遠いわね、とても遠い。あなたは四年前のシゲじゃなく、あたしも里美とは別にしのぶという名前を持ってる。悲しいぐらい、遠くなってしまっているわ」

「やめませんか、もう」

俺は里美を見つめた。里美が見つめ返してくる。四年という歳月が、砕け散り、消えてしまうことはやはりなかった。

「おやすみ」

里美の髪に触れてみたい、と束の間俺は思ったが、ほほえみかけ、なにもせずに背をむけた。

9

ひとりになると、俺はベッドに横たわり、状況を整理した。

荒巻と吉崎のラインを踏み荒らされた野島は、決定的に不利なはずだ。しかしS商事の岡野が沼津まで交渉に出てきているとすれば、野島の方もなにか仕掛けたに違いなかった。

お互いに一発ずつパンチを決め、睨み合っているというのが、いまの状況なのだろう。そしてお互いを動かしているのは、ホンジュラスへの無償援助の利権だ。つまり、欲で動いている。

両者が欲で動くかぎり、俺は切札であり続けることができる。俺がゴンザレス家とは縁もゆかりもない人間だと、両方ともまだ疑ってさえいないのだ。

人間の欲が、どれほど眼を曇らせるか、というい い例だった。客観的に見れば、俺という人間を疑うことで、すべてが終熄《しゅうそく》するはずだった。共同で、あるいはどちらかが、俺を消せば元通りの状況になるのだ。

それにしても遠藤は、ひどい尻尾の踏みつけ方をしたものだ。ちょっと踏めばいいものを、スパイクで蹴りつけるようなことをやった。S商事とすれば、杉下を消されている。野島興産は、スパイに潜入されていた。微妙な状況に、疑心暗鬼が拍車をかけているのだ。

ホテルで俺を襲った二人組は、S商事に雇われたプロだろう。岡野は、俺がチラつかせた稀少金属のことを、もっと詳しく知りたがっていたに違いない。殺す腕を持っていた二人が、最初は殺そうとしてこなかったのだ。

里美が言ったことが正しければ、岡野は沼津まで来ている。岡野以外にどんな人間が来ているのか、いまのところわからなかった。

整理するほどの状況ではなかった。数万の軍隊に包囲された時、数千でどうやって対抗し、逃げるか。これまでやってきたのはそういうことで、軍事的知識だけではどうにもならないことがある。そういう時は、状況の分析のあと、想像力まで求められることになるのだ。

腹の上にクリスタルグラスの灰皿を置いて、俺は煙草を喫い続けた。

里美が、なぜ俺に逃げろと言いに来たのか、ということにどうしても頭がいってしまう。心配しただけなのか。血が嫌いなのか。それとも、俺に対する思いを、まだ少し残しているのか。

ドアがノックされ、俺は上体を起こした。

野島だった。

「まだ、お休みではありませんでしたか。実は、緊急事態が起きましてね。S商事の岡野が、沼津まで来ています。私は、岡野と会談してきたところですが、決裂です。あなたの身柄を渡せというのですよ、ミスタ・ゴンザレス」

「私が生きようと死のうと、ゴンザレス家はそれほど動揺はしないでしょう。当主がそうなったとしてもです。男は果敢に死ぬものだ、と幼いころから教えられてもいますし」

「しかし、あなたは私のゲストです。あなたの命に対して、私は責任があります」

「わかりますよ、その理屈は」

「それなら、二人ばかり護衛をつけさせていただけませんか。部屋の隅で、大人しくさせています。置物でもある、と思っていただければいい」

野島の眼には、有無《うむ》を言わせぬ力があった。この迫力で、ここまでのしあがってきたのだろう、と俺は思った。ある種の軍人が持っている迫力でもある。

「御自由に。ここはあなたの家ですからね。しかし野島さん、S商事とまともにぶつかり合ってもいいのですか。ほかにやらなければならないことがある、と私には思えますが」

「それがね、ミスタ・ゴンザレス。吉崎先生のところに、通産省の須見事務次官と大原先生の関係を証明するものが届けられたんです。なんでも、須見の自白テープのようなものらしいですが、当事者しか知り得ないことがかなりあって、充分に対抗できるものらしい。つまり、むこうとはフィフティ・フィフティってことですな。大原先生のやり方はいつも強引ですから、いずれ政敵がやったことであろうとは思いますが」

俺の頭に浮かんだのは、遠藤の人の世を憎悪しているような顔だった。

「岡野は、ついに本性を見せました。力で、私を脅そうというのですからな。そっちのラウンドなら、私は負けません。陰湿な陰謀など関係ない、力勝負ならね」

野島の背後には、若い男が二人立っていた。がっしりしていて、格闘技でもやっていたという感じの躰つきだ。

「この二人を、ミスタ・ゴンザレスに付けます」

俺は頷いた。いざという場合は、俺を殺す役目まで負っているというわけだろう。スーツの、腰のあたりが脹《ふく》らんで見えた。

午前一時を回ったところだ。

部屋の隅に静かに腰を降ろした二人に構わず、俺はベッドに横たわった。

門のあるあたりからもの音が聞えてきたのは、三十分も経たないうちだった。部屋の隅の二人が、はっきりとわかるほど緊張して全身を固くした。

人の声が飛び交《か》っている。まだ遠かった。俺は身を起こし部屋を出ていこうとしたが、ひとりが駈け寄ってきて首を振った。

強引に門を押し破って、入ってきた気配だった。簡単すぎる。ということは、野島は本気でこの家を護ろうとはしていないということだ。

「まるで、やくざの出入りだな」

俺は呟いてみたが、二人はなんの反応も見せなかった。

「明りを、消してくれないか？」

「なぜです？」

「この部屋に人がいる、と教えてるようなもんじゃないか」

「全部というわけには。小さいのをひとつだけ、つけておきます。あまり目立ちません」

しばらく考えてから、ひとりが言った。

俺は眼を閉じた。できるだけ、闇に眼を馴らしておきたい。

いきなり、銃声がした。それに応じるように、別の音がした。散弾銃だ。人が駈ける気配も伝わってきたが、俺は眼を開かなかった。まだ遠い。

「いま帰れば、猟銃の暴発事故ってことにしてやるぞ。警察に、そう言ってやる」

野島が怒鳴っている声だった。

「それ以上出てくりゃ、穴だらけにしてやるからな」

日本の警察機構は充実している、と言われている。銃声がして何分でパトカーがやってくるのか。周囲に人家は少ない。銃声の通報があっても、場所を特定するのにいくらか時間を食うはずだ。それでも、せいぜい二十分で駈けつけてくるだろう。それは、野島も計算しているに違いなかった。

俺はまたベッドから起きあがり、部屋の中を歩き回った。そうしながら、窓から見える海に時々眼をやった。

部屋が暗いので、海上はなんとか見てとれる。白っぽい塊が、五百メートルほど沖にあった。船かどうかはよくわからないが、船以外には考えられなかった。

クルーザーを沖に待たせている。野島は海上に逃げるつもりだろう。その時、俺を乗せようなどとは考えていない。生きたまま家に残そうとも、考えていない。

「最後の警告だ。わかってんのか」

返事は、四、五発重なった銃声だった。それほど薬量の多い拳銃ではなさそうだ。散弾銃が、二発続けて発射された。拳銃で応戦してきている。

俺は、二人の変化に気づいていた。顔を見合わせ、立とうかどうか迷っている。腰に手がいきそうになるのも見えた。

俺は煙草をくわえ、クリスタルグラスの灰皿を抱えて歩き回った。

「大人しくしてな」

ひとりが言った。

「まだ庭さきでやってるだけだ。家の中で銃声がしたら、慌てりゃいい」

「やめろ。黙ってろ」

もうひとりが、叱《しか》るように言った。ひどい銃撃戦を避けて相手が引きさがれば、それでいいと野島は思っている。強引に突っこんでくれば、海上に逃げるはずだ。そして俺は、押し寄せてきた連中に射殺されたということになる。

汚ないやり方だが、俺のような男を殺すにはぴったりかもしれない。それに、屍体までしっかり利用しようとしているのだ。

俺は二人に近づき、立ち止まって煙草を消した。灰皿。ひとりの顔に叩きつける。もうひとりは、蹴りあげていた。腰の拳銃を抜こうとするところに、肘を打ちこむ。灰皿を叩きつけた男は、拳銃を握ったまま、眼を押さえている。横に跳んだ。這《は》いつくばり、足を飛ばした。銃の引金が引かれ、銃声とガラスの砕ける音が重なった。潮騒が耳に入ってきた時、二人は倒れたまま動かなくなっていた。

俺は、カメラバッグから、コルト・パイソンを抜き出した。しばらく外を窺《うかが》い、窓から飛び出した。着地の音も、足音もさせなかった。腰を低くしたまましばらく走り、植こみのところにいた男の後頭部を手刀で打った。

松林の中に駈けこむ。そこで腹這いになった。浜には男が二人いて、船外機のついたテンダーを押さえていた。テンダーの舳先《へさき》は波に洗われ、揺れているようだった。

砂に這いつくばったまま、俺はしばらく待った。睨み合いが続いているのか、銃声は途絶えている。

野島は、こっちへ出てくるはずだった。先頭に立って撃ち合うとは、やはり考えにくい。待つしかなかった。潮騒はのどかだった。海に近づいた分だけ、海鳴りは聞えなくなっている。

不意に、喚《わめ》き声が聞えた。銃声が交錯する。家の端の方から、人影が三つ出てきた。松林の中を走ってくる。狙撃は無理だった。

小径に飛び出した俺を見て、三人が足を止めた、真中が、野島だった。その後ろは、里美だ。

「おまえ」

野島が叫んだ。

先頭の男は、銃を持っていなかった。野島が、拳銃を構えた。当たらない。構え方を見て、それがはっきりわかった。距離は十二、三メートルだろう。片手に拳銃をぶらさげたまま、俺は二歩前に出た。銃声。眼を見開いて、俺もコルト・パイソンの引金を絞った。野島が、後ろへ飛んだ。俺は、そちらは見ていなかった。

里美が倒れているのだ。

野島が銃を発射した時、里美は前へ出てきたのだった。里美が撃たれるのを見ながら、俺は野島を撃ったのだ。

すぐには、近づけなかった。

里美は、俺の方へ走ってこようとした。野島を庇《かば》ったようにも、見えた。確かなのは、撃ち合いの中に飛び出してきた、ということだけだ。

俺は、一歩ずつ里美に近づいた。先頭にいた男が、腰を抜かしてふるえている。銃をベルトに差し、俺は里美を抱き起こした。眼は開いていた。それを閉じてやることしか、俺にはできなかった。

浜の方から、銃撃がきた。俺は銃を引き抜き、閃光にむけて二発撃った。

立ちあがり、野島の額の真中に穴が開いているのを確かめ、俺は走りはじめた。

松林を縫い、庭の植こみのところに出た。男。ぶつかった時、俺は男の躰を腰に跳ねあげていた。落ちてきた男の、顎《あご》を蹴りあげる。そのまま走った。

銃声は、熄《や》んでいた。

家の脇を、駈け抜けた。三人。出会い頭だった。散弾銃を持った男を、俺は撃ち倒した。

這いつくばっている二人を飛び越えるようにして、俺は表の方へ回った。銃声が追ってきたが、弾は見当違いの方向に飛んでいる。

駐車場の方へ走ると、一発だけ弾が飛んできた。気にしなかった。拳銃が当たる距離ではない。当たれば、ただ運が悪いだけだ。

黒いコルベット。座席に飛びこんだ次の瞬間、俺はエンジンをかけていた。ホイールスピンの音をたてながら、俺は門の外に飛び出した。

そのまま、突っ走る。三速で、百四十キロは出ていた。一号線。ほかに車はいない。コルベットが吠える。

前方に、赤色回転灯が見えた。パトカーが二台であることを確かめ、俺はライトをハイビームに切り替えた。

擦れ違った。一台のパトカーが、反転して追ってくるのが、ミラーの中に見えた。その赤い点滅は、すぐに小さくなり消えた。

沼津インターから、東名高速に入った。

踏みこむ。四速で、二百を超えていた。五速。二百二十。二百三十。ステアリングはしっかりしている。

突っ走っているポルシェを抜いた。追ってくる。警察車ではない。チューンしたポルシェのようだ。抜かれたのが、プライドを傷つけたのだろう。

直線で、踏みこんだ。スピードメーターは、二百五十五を指している。二百六十。ようやく、ポルシェが遅れはじめた。諦めたのか、ライトはすぐに見えなくなった。

御殿場のカーブが多いところで、覆面車が追ってきた。フェアレディZだ。腕もいい。俺は二車線を使い、シフトダウンとシフトアップをくり返しながら、カーブに切りこんでいった。百八十から九十。これ以上は無理だ、と車が呻いていた。

さすがに、覆面車も遅れはじめた。

御殿場のカーブを抜けたところで、俺はまた踏みこんだ。二百三十。深夜だが、車がいないわけではない。百キロ程度で走っている車のテイルランプが、あっという間に近づいてくる。

スピードメーターが二百より下がることはなく、東名高速を走りきっていた。

用賀を過ぎ首都高三号線へ入ると、さすがに二百は出せなかった。右、左と先行車をかわしながら、なんとか百六、七十キロで走った。環状線から二号線へ。やはり車は少なくない。

天現寺ランプ。すぐに見えてきた。

東名高速も首都高速も、四年前は、それとも知らず密輸の医薬品を積んで、真夜中に突っ走っていた。どこのカーブがどうなっているか、走っていると肌が思い出す。

天現寺を出ると、マンションまですぐだった。

目立たないところに車を停め、俺は駐車場を確かめた。岡野のベンツは、まだ戻ってきていない。一台だけ、駐車スペースがぽっかり空いていた。

岡野の部屋の窓には、ひとつだけ明りがある。

俺はコルベットに戻り、シートを少し倒して煙草をくわえた。

岡野が自宅へ戻ってくれば、今夜じゅうに仕事は終る。戻ってこなければ、次の手を朝までに考えればいい。

じっとしていると、里美の姿がやはり浮かんできた。

俺にむかって、なにかを言おうとした感じもあった。声が発せられる前に、野島が撃っていた。

「なぜだ」

声に出して呟いてみても、答える人間は誰もいない。

終ってしまったことだ、と俺は自分に言い聞かせた。戦場では、誰が死のうと、心を動かしてはならないのだ。そうしなければ、自分も死ぬ。

それでも、手を突き出すようにして出てきた、里美の姿は浮かんでは消えた。

里美と付き合っていた期間は、四、五ヵ月のものだった。短いといえば、短すぎる。だから思いが希薄だった、ということにはならない。別れたくて、別れたわけではないのだ。

俺はただ、逃げなければならなかった。

里美は、山の方にある街から、沼津に働きにきていた。ベッドの中で、よく山の話をしたものだった。俺は、里美の躰に触れながら、その話を聞くのが好きだった。

冬になると空気が重たくなる、と里美はよく言った。匂いは、炭みたいでさ。そんな言い方も、俺は好きだった。俺が季節を表現する時は、いつも海だった。冬には波が固くなる。そんなふうに言うのだ。実際、それは俺がヨットに乗って感じていることだった。

海の夢と山の夢。里美は、そうも言った。俺が金を貯めてヨットを買おうとしているのが海の夢で、森の中の小さな家で俺と暮すのが山の夢だ。海の夢は俺のもので、山の夢は里美のものだった。それでいいのだ、と俺は思っていた。

大した人生ではないが、ひとりの娘と暮してみよう、と俺はあの頃よく考えた。そういう人生も、悪くはないと思った。里美が俺の子供を産み、それは必ず男の子で、俺は息子に自分の夢を語る。小さなヨットを買って、息子と二人で海へ出る。ちょっと荒れた、冬の海がいい。潮に濡れてふるえながら帰ってきても、暖かい家があり、里美が食事を作って待っている。

そんなことを考えた時期が、俺にも確かにあったのだった。思い出しても、すぐには信じられないようなことだが、俺にもありふれた、しかし暖かい夢を抱いた時期があった。

眼を閉じたまま、俺はダッシュボードに手をのばし、ラジオのスイッチを入れた。里美の声が聞えてきそうな錯覚に、不意に襲われたのだ。見知らぬ他人の声でも聞いていた方がいい、と思った。

音楽が一曲終り、男の声がニュースを伝えはじめた。

沼津での撃ち合い。暴力団同士の抗争なのかどうか、まだはっきりはしていないが、多数の死者が出た模様、といくらか興奮した声が言った。沼津近辺には、厳重な非常配備が敷かれ、高速道路に入る車の検問も行われている。

それだけのニュースだが、同じことを二度くり返した。

それから、ゲストと喋りはじめる。女のゲストの名前を、俺は知らなかった。

里美は、なぜ俺に逃げろと言いにきたのか。

俺はまた考えはじめていた。俺に対する思いが、まだ残っていたからだとは考えたくなかった。野島を愛していて、野島に人殺しをさせないために俺にそう言ったのだ、と思いたかった。

四年前のあなたに、四年前のあたしが言っていることだ。そうも言った。四年前は、お互いの夢を語り合っていた。たった数ヵ月だったが、この四年間とはまったく違う意味と次元で、濃密な時間だった。

「四年か」

声に出して呟き、俺はラジオを切った。

死んだ大佐のことを、俺は考えようとした。厳しく酷薄な男だったが、たまに人間的な部分を垣間《かいま》見せることがあった。ほかの連中よりも、俺に見せた回数は多かったような気がする。

おまえはいい兵士になるぞ、トト。よくそう言った。俺はトトと呼ばれ、いまも仲間の間ではトトで通っている。大佐が好きだった映画の、主人公の名前らしい。大佐が映画を観るなどということは、ほとんど信じられないことだが、大佐自身がそう言ったのだ。

名付けたのは、キャナルゾーンで俺を訓練した、得体の知れない金髪の白人だった。自動小銃を撃つ時、俺がトトトト、と声を出していると言ったのだ。それでトトと呼ばれ、俺もそう名乗った。

人を殺す時は、その人間の人生の終りに、たまたま立ち合っているだけだ、と考えるようにしろ。考える余裕があればだが。パラシュート降下で作戦行動に移る直前に、大佐はのんびりとそんなことも言った。大事なのは確実に殺すことで、残酷に殺すことではない。おまえは興奮することがあるから言っておくが、残酷さは兵士の美徳ではないぞ、トト。確実さこそが、美徳だ。

美徳という言葉が大佐の口から出るのもおかしなものだったが、俺はそれを忘れないようにしてやってきた。

この男が死ぬことなどがあるのだろうか、と俺は大佐を見て時々思ったが、自殺するように、あっさりと死んでいった。大佐は、なにかに負けたのだ。最後の瞬間にはそれがはっきりとわかったが、具体的になにに負けたのかはわからなかった。

ライトが近づいてきて、地下駐車場に入っていった。岡野のベンツだ。

俺は車を降り、歩いて駐車場に入っていった。

車を降りかかった岡野が、俺を見て立ち竦んだ。

乗れ、と俺は仕草で伝えた。

「君が、もしかすると」

黙って、俺は拳銃を抜き、岡野の腹にむけた。銃口をちょっと上下させると、岡野は大人しく車に戻った。俺は後ろを回りこんで、助手席に乗りこんだ。

「君が、ラファエロ・ゴンザレス氏なら、交渉したいことがある」

俺は手を出した。岡野が、俺の掌にキーを置いた。セルを回す。よく暖まっているエンジンは、一秒足らずでかかった。

「回転をあげろ」

俺は、はじめて声を発した。

「ラファエロ・ゴンザレス氏だな。君にとって、とてもいい話だ」

「早くしろ」

岡野がスロットルを開く。エンジン回転が、三千近くにまであがった。音はかなりのものだ。

「君にとってだけではなく、ホンジュラスという国にとっても、いい話なんだ」

俺は、胸に拳銃を突きつけたまま、岡野の右手を抱えこんだ。

「もっと、踏め」

俺の手の中で、岡野の右手はかすかにふるえていた。回転が四千近くになった。俺は引金を絞った。

岡野の躰が、瞬間電気でも通ったように跳ねた。それから、首が横に倒れた。俺はセルを切った。岡野の右手に、しっかりと銃を握らせた。

大佐が言う兵士の美徳を、俺はまだ失っていないようだった。

車を降り、ロックボタンを押してドアを閉めた。

岡野の右手には、硝煙反応がしっかり残っているだろう。弾の条痕は、沼津で野島を殺したものと、完全に一致する。メルセデス・ベンツが、宣伝通りに密閉がいいものなら、銃声もほとんど、洩れてはいない。

俺はコルベットへ戻り、エンジンをかけ、ゆっくりと発進させた。

ホテルまで、十分もかからなかった。

部屋へ入ると、俺は服を脱ぎ、熱いシャワーを使った。それから、左腕の繃帯を替え、明朝のチェックアウトの準備をした。

10

横浜の、簡易宿泊所だった。

四日、髭を当たっていないので、不精髭が顔半分でざらついていた。風呂にも、入っていない。

寝床を這い出すと、俺は本牧の方にむかって歩いた。

この四日、寝ているか歩いているかだったので、横浜の地理には詳しくなった。夕方だった。人通りは多くなっている。俺はちょっと薄汚れた程度で、それほど目立ちはしないはずだった。

小港から、電話を入れる。

「仕事、終ってるだろうな？」

「どこへ潜りこんでるんだ。今日までと期限を切られてるんで、終ってる」

「じゃ、最後の金を払うか。いま、近くにいるんだ」

「なんだ、事務所へ来ればいいだろう」

「また、ダーツの的にされたくはないんでね」

遠藤が、笑い声をあげた。場所と時間を言い、俺は電話を切った。

きのうの午後、本牧のコンテナヤードに、パナマ船籍の一万二千トンのコンテナ船が入った。明日は、出港する。

船長はメキシコ人で、ホンジュラス人とメキシコ人が混乗していた。ホンジュラス人の船員のひとりが、日本に残りたがっていた。その船員とパスポートを交換し、写真だけを貼り直した。その男は肌の黒いラファエロ・ゴンザレスになり、俺はその男になった。

出国と入国の時は、気をつけている。できるだけ同じ名前で出入国しないようにするために、入国の前からエージェントに手筈を整えさせておくのだ。

俺はしばらく街を歩き回り、薄暗くなってから約束の場所へ行った。

遠藤は先に来ていた。

「薄汚なくなったもんだな。それによく似合ってる。けだものが、スーツなんか着るもんじゃねえよ」

「仕事の報告だ、爺さん」

公園のベンチだった。

ぺらぺらのコート姿の遠藤と、作業着姿の俺のペアは、夕方の公園にぴったりという感じだった。一日じゅう職探しをし、その結果を話し合っている二人の男。

「ニュースも見てないらしいな。S商事と野島興産が、無償援助の利権の奪い合いで、壮絶な殺し合いまでしたということが、世間にわかった。全貌がわかるにしたがって、マスコミの興奮度もあがってきてる。無償援助の実体という特集記事が、全国紙に出たほどだよ。一番強い論調が、日本企業が儲けているとはどういうことだ、というやつだ。暴利を得ていた、という印象が広まってる。これで、日本企業はしばらく、無償援助の事業には手をあげられない。おまえの狙い通りだ」

「わかった」

俺は煙草に火をつけた。

「官界、政界を巻きこんだ事件になってる。大原と吉崎の名前が出てる。この二人は、もう駄目だろうと俺は思う」

「須見と荒巻は？」

「二人とも、その前から駄目だ。撃ち合いがある前からな。俺が、ぶっ毀《こわ》しちまった」

遠藤は、肉体的な拷問を好むタイプには見えなかった。精神的な拷問の割合いが強かったから、つまり二人とも駄目になったのだ。

「俺を、けだものなんて言うなよ、爺さん」

「俺もけだものさ。おまえのその臭《くさ》い匂いに、同類にあるものを嗅《か》ぎとってるよ」

「なるほどね」

「まあいい。とにかく日本政府は、無償援助の中止だけはできなくなった。ここでやめりゃ、企業に儲けさせるためにやってたのかと、開発途上国から袋叩きに合うだろうからな。押しつけもできない。ホンジュラスは、フリーハンドを獲得したね」

それで誰が儲かるのかは知らないし、考えるつもりもなかった。依頼された仕事が、きちんと終った。遠藤の最後の仕事は、それを確認することだった。

「未払いの分だ、これが」

俺は作業着のポケットから、百万円の束を二つ出した。遠藤は、黙ってそれをポケットに突っこんだ。

「飲むか、どこかで？」

「いや、やめておく」

「立花里美のことで、心が痛いか？」

俺は、遠藤を睨みつけた。遠藤は、口もとにだけ笑みを浮かべていた。

「あんたは、そうやってなんでも調べちまうのか？」

「気になることはな。女がひとり死んでるのが、なんとなく気になった。巻き添えというのが警察の見解だったが。調べると、四年前は野田繁樹の恋人だった女じゃないか。めぐり合わせってものを、俺は感じたね」

「時間をかけて、くたばらせてやりたいタイプだよ、あんたは」

「そんなもんだ、生きてるってのはな。そう納得するしかないことが、時々起こる。仕方ねえ、と思え。忘れられないにしろ、時間ってやつは、なにかを消すもんだ」

「利いたふうなことを。あんたは、なにもかも納得してんのかい」

「してない。だから、おまえのようなやつと組んで、時々仕事をやる。この世の全部はひっくり返せないにしろ、どこかを自分の手でぶっ毀す。そうしちまうんだよ」

「今度の場合、小悪党の役人が二人か」

遠藤が、どんな方法で二人を締めあげたのか、俺は一瞬訊いてみたくなった。訊かないのが、プロ同士のルールというやつだった。

「汚れてた。あいつは、自分がどうしようもなく汚れた女だと思いこんでた」

「そうかね」

「死ななきゃならない理由なんか、どこにもなかった」

「そういう人間が、死んでいくのが戦争ってやつじゃねえのか。そしておまえは、仕事を戦争だと思ってる」

俺はうつむき、煙草を踏み潰した。

「あんたとは、もう会うことはない」

「ボブのやつが、最初の仕事が終った時に、同じことを言った。二年も経たないうちに、次の仕事を頼んできたね」

「俺は、ロバート・タトワイラーじゃない」

「似たようなもんさ。おまえはまだあまりひねてないってだけだよ、トト」

「俺の呼び名を、どこで？」

「俺は、大佐の仕事もしたことがある。その時、大佐が補充されてきた日本人の話をしていた。癌《がん》で死んだそうだな」

「爆薬を抱いて死んだ。癌じゃない」

「癌を殺そうとしたんだろうさ」

俺は、もう一本煙草に火をつけた。

「いつ日本を出る」

「さあね。一週間後か、ひと月後か」

俺は腰をあげた。遠藤はなにも言わなかった。

俺はそのまま歩いて簡易宿泊所に戻り、引き払った。洗面所で髭を剃り、一着だけ残していたスーツを着こむと、歩いて十分ほどの距離にある、小さなビジネスホテルに移った。遠藤に尾行られているかもしれない、という理由のない不安に駈られたのだ。あと一日だった。

俺はホテルから出ず、風呂に入って垢《あか》を落とし、部屋で酒を飲んでいた。

生きているというのは、こんなものだ。遠藤が言った通りなのかもしれない。それでも、何度か里美のことを考えた。何度かであって、ずっとではない。

いつの間にか、眠っていた。

朝になり、俺はスーツを着て本牧埠頭《ふとう》にむかった。パスポートに出国スタンプを貰い、税関も通過した。持物などほとんどなかったので、身体検査をされただけだ。

船にむかった。

聞き覚えのあるエンジン音が、埠頭に響きわたった。黒いコルベット・スティングレー。俺の脇を走り抜け、船のそばで停まると、ぺらぺらのコートを着た、貧相な男が降りてきた。

「餅《もち》は餅屋って言うだろう。おまえがこの船で出国すると、俺がどうして見当をつけたか教えてやろうか」

言って、遠藤はショートピースをくわえた。

「いや、いい」

「そうか。ちょっとは感心させられると思っていたんだがな」

「あんたは、食えない男だよ、爺さん」

「長生きしたけりゃ、俺みたいになることだよ、小僧」

「だろうな」

俺は、タラップの手摺りに手をかけた。

「日本での仕事の時は、俺と組め。いいな、小僧」

「それまでに、あんたのことを調べあげておいてやる。何度ケツを抜かれたかまでな」

「男の方がいいかもしれんぞ、小僧。男は、女でほんとに生きられやしねえんだ」

「あんたの体験か、爺さん？」

「そうだ。本気で女に惚《ほ》れると、俺みたいに牙《きば》がなくなる。けだものだと言っても、通用しなくなる。女が生きてるうちは、まだよかったがね」

タラップの途中から、俺は遠藤の方を一度ふり返った。

「またな」

岸壁の遠藤に言い、俺は甲板までタラップを駈け登った。

第三章　獣たちの駈ける夜

1

日本の夜が、俺は嫌いだった。

夜はどこも同じだと思うのは、大きな間違いだ。大都会の夜になると、ほとんどそれぞれの顔さえ持っている。

東京の夜も、横浜の夜も、当然俺は嫌いだった。マンハッタンの夜ほど、コンクリートのジャングルという感じはない。エル・サルバドルで夜を過す時のように、闇の中に銃口を感じることもないし、チャドの砂漠の夜のように、気温差が昼間とは五十度もあって、指さきまで冷えてしまうような厳しさもない。すべてが、中途半端なのだ。そこに生きている人間もまた、中途半端だった。

その日本の、しかも横浜という大都会で、俺は酒場の親父をはじめた。

俺が日本を出たのは十年前、二十歳の時だった。六年前、一度仕事で戻ってきたが、ひと月も滞在せずにホンジュラスへ戻り、そこからニューヨークへ移った。もともと俺は傭《よう》兵《へい》で、二十三までは戦闘に明け暮れた。訓練を受けたのはパナマのキャナルゾーンで、アメリカ第八特殊部隊の基地だった。訓練での生存率は四割だったが、そこを生きて出ると、すぐに大佐と呼ばれる男に買われた。

大佐は極秘の窓口を持っていて、世界じゅうどこへでも出かけていった。俺のように専門的な訓練を受けていた兵士は百人ほどだったが、その百人が国と国の戦争の勝敗をさえ左右したのだった。

俺が買われて三年目で、大佐は死んだ。自分自身を殺すだけではなく、抱えていた百人も一緒に死なせてしまおうというような、圧倒的に劣勢の戦闘で、作戦も理不尽だった。生き残ったのは、十人である。

十人で会社を作り、エージェントを雇って仕事を受けた。仕事はひとりひとり受けるが、十人で情報の交換はした。六年前の日本での仕事も、エージェントを通して入ってきたものである。

エージェントは、単に窓口というだけではなく、仕事の段取りも整える能力をもっていた。特に調査に関しては、各国の情報機関とさえ結びついているのではないか、と思えるほどの力量を示す。

横浜のこの店も、エージェントが用意したものだった。持主は、誰にも怪しまれない人間になっているはずだ。十人いたメンバーは七人に減った。死んだのだ。それでもエージェントのあげる利益は、大変なものになっているはずだった。ひとりひとりがこなす仕事の額が、飛躍的に大きくなっているにも拘わらず、三十パーセントのマージンは変りないからだ。

店をはじめて、ひと月になる。年が明けたばかりの時だった。

ひと月の間、俺は六年ぶりの日本に馴れることと、自分でやっておきたい調査を主にやった。それはほぼ片付いて、いまはある男を待っているところだった。

おかしなもので、看板を出すと客はやってくる。カウンターだけの小さな酒場だが、めずらしい酒が揃っているという噂《うわさ》が、すでに流れはじめていた。

「メスカルは、どこから仕入れてくる？」

一時間ほど、酒の講釈を並べながら飲んでいた客が言った。

「当然、メキシコですが」

虫入りのテキーラと考えればいい。

「虫は、本物かね？」

「偽物の虫なんてあるんですか？」

「だから、どこから仕入れてくるか訊《き》いたんだよ」

「メキシコですよ。オーナーが旅行が趣味で、まあ世界じゅうの酒がありますが、全部揃っているというわけでもありません。めずらしいと思ったものを、買ってきているだけのようですし」

「そのポルトガルのブランデーは、確かにめずらしい。どういう意味だったかな、それ？」

「腰の曲がった老婆という意味です。ボトルネックが、こんなふうに曲がっていますんで」

俺は、ボトルにちょっと手をかけて言った。あまり喋《しゃべ》らないようにしているが、話しかけられると答えざるを得ない。

「バーテンやって、何年になる？」

「さあ、計算したことはありません。一年やったり、三ヵ月でやめたりしてましたから」

「シェーカーの振り方は、サマになってる」

「そいつはどうも」

シェーカーの振り方を練習したのは、このひと月だ。それまではいつも、眺めている側だった。なんとなく、コツがわかったような気がしたのは、振りはじめて一週間経ったころだ。要するに、素速く酒を氷に潜らせればいい。しかもあまりぶっつけないようにする。ぶっつければ、氷が解けるのが早いのだ。

「この店、なんだって十一時に閉める」

「オーナーの方針です。酒の味がわかるのは、十一時までだという考えらしいです」

七時から十一時。四時間の営業だった。いかにも、趣味の店という感じはある。そういう店を居抜きで買い、酒だけを入れ替えたのだ。

「前にあった店は、六時から二時までの営業で潰れたんだぜ」

「儲《もう》けようとしたからでしょう」

客が肩を竦《すく》めた。

新しい客が、二人入ってきた。柄はよくない。三日前に一度現われた、地回りだった。講釈を並べたてていた客は、慌てて勘定を払って帰った。

「考えといてくれたろうな」

スツールに腰を降ろし、横柄にカウンターに肘《ひじ》をつくと、ひとりが言った。

「メリットがなにもないので断るように、とオーナーから言われてます」

「ほう、メリットがねえか。俺たちが七時から十一時までここにいて、二人でビール一本しか頼まなかったら、どうする？」

「そりゃ、お出ししますよ」

「商売にならねえだろう？」

「ならなくても、いいんだそうです。どういうつもりか、私にはわかりませんが」

「店は自分のものだとしても、おまえに給料を払わなきゃなんねえ。その分、赤字がかさんでいくぜ」

「それでも、いいそうですよ」

「おまえが、働けなくなったら、ここは閉めるしかねえよな。カスリも出さねえで営業してる店があると、ほかに示しがつかねえからな。おまえ、やめちまえ」

「私は、続けますよ、仕事ですから」

「続けられねえようにしてやるさ」

「ねえ、お客さん。時代遅れの商売はやめといたらどうですか。いま時、カスリなんて言っていると、警察から睨《にら》まれるだけですよ」

「はじめから睨まれてんだ。いまさら睨まれても、痛くも痒《かゆ》くもねえな」

灰皿を摑《つか》み、男はそれを酒の棚に投げようとした。俺は男の手首を押さえた。

「毀《こわ》れたものは、きちっと弁償して貰いますよ」

「ほう、手が早いね、兄さん」

「いま、外へ出ますから」

「いい度胸だ。その分だけ、痛い思いも多くなるぜ」

俺はカウンターを出た。なにも喋らなかったもうひとりが、にやりと笑った。

舗道へ出た。一軒だけポツンとある店だ。舗道に人通りはなかった。いきなりひとりが背後から俺を押さえ、もうひとりが殴りかかってきた。俺は躰《からだ》を沈みこませ、足を飛ばしてむかってくる男の股間《こかん》を蹴《け》りあげ、それから背後の男を躰を起こしざまに持ちあげ、頭から舗道に落とした。多分、二秒ほどしかかかっていないはずだ。

「これは俺の個人的な行為でね。おまえらのような人間を見ると、胸がむかつく。二度と顔を出すんじゃねえぞ」

店に戻った。二人は、そのまま帰ったようだった。

それから十一時まで、客はなかった。

十一時になり、看板の明りを消した時、重いエンジン音が近づいてきて、店の前で停まった。ドアが開き、男がひとり入ってくる。

「車だけは、変らないようだな、遠藤さん」

遠藤は老《ふ》けていた。六年前五十二だったから、五十八になっているはずだ。

「車は、新しいのに代えられる。新型のコルベットさ。フェンダーがもっこりと出っ張った、前の型の方が俺は好きだったが。同じところをチューンしてある」

遠藤はスツールに腰を降ろし、ショートピースに火をつけた。着ているのは、六年前のコートと同じように思えた。六年前にも、それは充分古びていたのだ。

「しかし、やっていることは六年前と変らんな、野田。地回りを相手に殴り合いとはな」

「殴っちゃいない。ひとりを蹴飛ばし、もうひとりを投げ飛ばした。それだけさ」

店へ来る前に、しばらく張ってみるぐらいのことは、する男だった。連絡したのは、三日前なのだ。オーナーのことも調べているだろう。

「ビールだ、野田」

六年前でさえ、野田と呼ばれるのは奇妙な感じがした。いまは、他人を呼んでいるようにしか聞えない。

「また、つまらねえ仕事を持ってきやがったか」

「つまらんが、あんたは気に入る。そういう仕事だよ」

俺はビールとグラスを二つ出した。手早く注ぎ、グラスを触れ合わせて、ひと息で空けた。遠藤は、チビチビやっている。

「俺を面白がらせるにゃ半端なことじゃ済まねえぜ」

「老けたな、遠藤さん」

「そりゃおまえ、六年だ。俺らの六年ってのは、急な下り坂よ」

「気持まで老けてなけりゃ、それでいい」

俺はカウンターから出て遠藤と並んで腰を降ろし、煙草をくわえた。

「実業界の大立者《おおだてもの》がひとり、政治家が二人、コングロマリットのオーナーがひとり。合計で四人」

「それを、どうする？」

「堕《お》とす。どういうかたちでもいい。場合によっちゃ、消すよ」

「この間のおまえの仕事にゃ、発展途上国無償援助ってのがあった。それを食いものにしてる人間を、潰しちまうって大義名分がな」

「大義名分がなきゃ駄目かね、遠藤さん。男ってのは、そんなもんで動くのか。名分なんて、作ろうという気になりゃ、いくらでも作れる。はっきり言えば、正義なんてもんはいくつでもあるんだ。ある人間にとっての正義が、別の人間にとっちゃそうじゃない。政治なんて、まさしくその世界だろう」

「世の中の役に立ってるかもしれねえ。まあ、俺の基準はそれだな」

「役に立ってると思うか、この四人？」

「いや。むしろ毒を流してる連中だな。世間じゃ、そんなふうに考えてるやつが多いだろう。しかし、ほんとのところはわからんよ」

「そうだ、ほんとうのところはわからん」

しばらく、黙って煙草を喫っていた。

港の近くだった。こんな時に動いている船がいるのか、短音二回の汽笛が聞えた。

「名前、教えてくれるか、四人の」

「あんたなりに、調べりゃいいさ」

俺は、胸のポケットから、四人の名前を書いたメモを渡した。それを見た遠藤が、軽く口笛を吹いた。こんな仕草は、遠藤がコルベットを転がすのが似合わないのと同じように、似合わない。

「大物揃いだな、こりゃ」

「俺の標的に、大物小物は関係ない。大物だから値が張るということもない」

「二日、くれるか？」

「いいよ」

「おまえ、よく死なずにいたもんだ。運の強いやつってのは、いるのかな」

「ボブは、死んだよ」

「そうか。そうだろうな。野田が死んだと聞いても、俺は同じことしか言わねえだろうが」

「仕事に、失敗した。いつも、つまらんミスが失敗を招く。よくあることさ。俺たちはただ、失敗したら死ぬというだけのことだ」

「おまえは、失敗したことがないのか？」

「成功しなかったことはある。それは、失敗とは呼ばん。その差が、生死の分れ目でもある」

遠藤がかすかに頷《うなず》いた。

また、汽笛が聞えた。三十まで生きている。それが不思議だという気が、時々した。崖《がけ》っ淵《ぷち》を歩きはじめて十年だ。足もとが崩れたことはある。崩れかけた時、いつも次の一歩を踏み出していて、落ちなかった。

「死ぬまで、やめられねえ稼業かな」

「多分な」

引退して、どこかの海辺の別荘ふうの家で、静かに余生を送る。少なくとも俺は、そんなことは考えたことがなかった。

「俺は、時々死ぬ時のことを考える。そういう歳さ。寿命が尽きるのが、近づいてるよ。死ぬ時のことは考えるが、生きてきた道を振り返ることはねえ。浅ましいもんさ」

「死ぬ時期じゃないな。死ぬ前、ボブは自分がやってきた仕事を、よく振り返ってたよ」

遠藤が、ちょっと肩を竦めた。

「俺たちみたいに、何人も何十人も殺してきた人間は、自分がその番になりゃ、あっさりと受け入れるって気がする。ボブも、そうだったはずだ」

ロバート・タトワイラーは、六十二で死んだ。俺よりも、ずっと年季を入れた傭兵だったのだ。最後に悔いがあったとしたら、戦場ではなく、マンハッタンのビルの一室で死んだということだろう。

「またな、トト」

遠藤が、腰をあげた。俺のニックネームは、大佐が好きだった映画の主人公の名だ、という説があった。自動小銃をフルオートで撃つ時、トトっと声を出すからだ、という説もある。フルオートのM16を、二発ずつ撃てるのは、プロの技だった。引金を引いて放せば、少なくとも十二、三発は出ている。

遠藤が、俺の腕を軽く叩き、店を出ていった。

店の名は『トト』と言う。

悪い名ではない、と俺は思っていた。

2

店は二階建で、上は人が住めるようになっていた。といっても、ひと部屋あるだけで、流し台のほかには、風呂もトイレもない。俺はそこに蒲団をひと組持ちこんでいた。このひと月の間に、泊ったのは十日ほどだろうか。

どんなところでも、眠れる。雨に打たれながら、泥沼の中で眠ったこともある。

一時を過ぎてから、俺は店を出た。

深夜だと、タクシーで五、六分のところに、俺が部屋をとっているホテルはあった。すでにひと月部屋をとっているので、ドアマンからフロントクラークまで、俺の顔を知ってはいるだろう。誰もが軽く目礼するだけで、恭《うやうや》しいお辞儀などはしない。

部屋は最上階の続き部屋《スウィート》だった。寝室に居間が付いている程度のやつだ。長期滞在には、それぐらいが手頃だろう。エージェントに用意させた部屋で、料金は自動的に支払われるシステムになっている。

革ジャンパーを脱ぎ、しばらく港の夜景を眺めていた。この国は、虚飾が多すぎる。窓から眺めた夜景は、むなしくなるほどはっきりと、それを教えてくれた。虚飾の底には必ず鼻をつまみたくなるような泥沼があるものだ。それが人の世、と言ってしまうのは簡単だった。

シャワーを使い、四時間ほど眠った。

眼醒めると、トレーナーに着替え、一時間外を走った。ジョギングというようなものではない。普通の人間の全力疾走に近く、五分おきに一分間のダッシュも入れる。もう十年も続けているので、俺の心肺機能も脚力も人並みはずれていた。

部屋へ戻るころ、街ではようやく人が動きはじめている。

筋力運動をやり、シャワーを使い、ルームサービスで朝食を頼む。

部屋を出たのは、十時過ぎだった。

イタリー製のダブルのスーツに、縁なしの眼鏡をかけ、ブリーフケースを提げて、迎えのハイヤーに乗りこんだ。

東京まで、俺はブリーフケースの書類を見ていた。

俺は、日本製の大型トラックを二千台輸入するために派遣された、南米のある国の調査員だった。ただトラックを輸入するだけなら、自動車会社を回ればいい。数十億の支払いも円《えん》建《だ》てなのだから、これほどいい客はいないだろう。鉱物資源の買い取りとの抱き合わせだった。しかも、採掘さえまだ終っていない。

そういう話を扱うのは商社だろうが、大手の総合商社ではまずいというところがあった。

政府間の借款を必要としている。それを引き出すための、政治的な動きができるところ、と限定されていた。

それらの手数料をすべて合計したものは、かなりの額になる。手数料といっても、正式なものではないのだ。

ハイヤーは、大手町のオフィスビルの前に滑りこんだ。

東洋海事というのが、俺が狙《ねら》っている会社だった。従業員は三百人ほどで、ここ十年で急成長をしている会社だ。政界との癒着は、かなり常識的なものになっているらしい。

上山《かみやま》という専務と、すでに三度面会していた。社長の吉岡の片腕と言われる男だ。上山には、蜜《みつ》があると思いこませることができたはずだ。

応接室に通された。

思った通り、吉岡が出てきた。初対面だが、写真で知っていた。

「こちらも、いろいろ調査させていただいたんですがね」

上山が勿体《もったい》ぶって言う。

「もう一歩、具体的なところへ踏みこんでみようか、という結論に達しました。かなり微妙な問題があるので、早急に最終決着というわけには参りませんが」

吉岡は五十六歳というが、写真で見るより若々しかった。五十そこそこという感じだ。

「貴国の事情は、社長によく説明してあります。調査もしました。確かに貴国内で、立入禁止になっている地域があります。それが軍事地域でないことも、確認しました」

「小規模ですが、すでに採掘をはじめているのですよ」

「それがなにか、ということを知らなければ、話は進展しませんな」

吉岡がはじめて口を開いた。迫力のある濁声《だみごえ》だった。

「日本語で言うと、駆引きというのですか。私も、わが国から出た鉱物資源がなにかとい
うことを、切札にしています。簡単には言えないのですよ」

俺は、日系三世で通していた。六年前の仕事では、混血児だった。便利といえば便利だ。

日本語を喋っても、ほとんど怪しまれることがない。

英語とスペイン語は、自由に操れた。最近では、英語で喋っている方が楽なぐらいだ。

「大型トラック二千台の商談だけでも、かなりのものではないでしょうか」

「確かにね。すぐに支払をしていただけるというのであれば」

「国が輸入するのです。それぐらいの資金はあります。ただ、それならば別に日本でなく
てもいい。ドイツにもフランスにも、そしてアメリカ合衆国にも、性能のいいトラックは
ありますから」

「見えないものを、買うわけにはいきませんぞ」

「いつまでも、見せないと言っているわけではありません。これは、いまのところ国家機
密なのですよ。国内に、弱小とはいえ反政府勢力も抱えています。つまり複雑な事情があ

るわけで」

「調査したかぎり、反政府勢力は弱小とは言えないようですがね」

上山が口を挟んだ。

「首都や大都市は政府軍が掌握しているようですが、農村部はね。しかも問題の地域というのは、農村部にあるわけでしょう？」

「山岳部ですよ。農村部とは言えない」

「まあ、それはそうですかな。しかし、都市部ではない」

「都市部に、鉱山がありますか。採掘などできるわけがないでしょう」

「革命勢力が強いというのは、認めますか？」

「反政府勢力ですよ。いまの政権は、革命政権ですからね。強いか弱いかは、見解の相違ですな」

「軍事独裁政権ではないのですか？」

「独裁という呼び方は、やめていただきましょう。軍事政権でもない。軍人が大統領に選ばれた、というだけのことです。いいですか、吉岡社長。どこをどう調べていただいても結構です。ただ、わが国を中傷するようなことは、おっしゃらないでください」

「いやいや、そんなつもりはありません。ただ、こちらもリスクを払いますので、いろいろと考えてしまうということです」

「私は、本交渉をしているわけではありません。あくまでも予備交渉です。可能性が六十パーセントと見きわめがついた時、本交渉ははじまります。私ではなく、政府の公式の担当者が来ます」

日本語のイントネーションを、いくらか怪しくした。その方が、多少感情的になっていることが表現できそうだったからだ。

「本交渉まで、鉱物資源がなんなのかも明らかにしていただけない？」

「できません。貴社で調べることは自由ですが」

「わかりました」

それからしばらく、俺は吉岡と、トラックの種類や値段の話をした。

「私がトラックの話をしても、実は仕方がありませんでね」

「ほう」

「私は、日本で言うとなんになるのかな。裏、とでも言うんですか。そういう交渉をしたいと思っているんですよ。わかりますか。どれぐらいの金を使えば、この話を吉岡さんに実現していただけるか、ということです。国外の、たとえばスイス銀行などを経由した取引になりますが」

「なるほど。少しずつ、わかってきましたよ」

「吉岡さんは、政界にいくつもルートをお持ちだ。どのルートを使えばいいか、アドバイイスもいただけるだろうし、実際に力添えもしていただけるだろうと」

「話に、もう少し具体性が出てきませんとね。私としても、どう説明していいかわからない。つまり、工作がやりにくいのです」

「そちらで調べるかぎり、私がなにか言うことではありません」

「わが社の調査能力は、捨てたものではありませんよ」

「願ってもないですね。正確な調査さえしていただければ、この話はそちらから望むほどのものだと、理解していただけるでしょう。期待はずれということはありませんよ」

吉岡の眼が一瞬光を帯びた。

「ただ、慎重にならざるを得ません。ただの取引というわけではありませんから。お互いの歩み寄れる場所を捜す。そのために、私が派遣されてきているのです」

「今日は、私と顔合わせということで、よろしいですな」

「状況と、こちらの立場をある程度理解していただければ」

吉岡は動く気になっている、と俺は思った。それだけで充分だった。調べれば調べるほど、俺の話は信憑性《しんぴょうせい》を帯びる。そのあたりの調査は、エージェントを信用できた。お誂《あつら》えむきの話を、よく見つけてきたものだ。

「私はいないと思ってください、吉岡さん。存在していてはいけないんです。本交渉がはじまった時、私は海外のどこかに消えてしまうことにしますから」

吉岡は、黙って頷いた。日本人なら、こういう時、大抵笑う。曖昧《あいまい》な空気の中で、会談を終らせようとする。吉岡は、口もとに笑みさえ浮かべていなかった。

俺は腰をあげ、握手して部屋を出た。

途中、ホテルで昼食をとり、外務省、通産省、科学技術庁と回った。局長クラスの官僚への紹介状を、エージェントが用意していた。今後、日本でバイヤーとして活動するという挨拶のためだけの、紹介状だった。面会した時間はそれぞれ十分ほどで、俺は一度しか行ったことのない国の、産業や科学の状況をちょっとだけ説明した。あくまで、挨拶である。しかし、尾行してきた人間は、そうとは思わない。

尾行は、横浜のホテルまで続いた。

俺は部屋からニューヨークにファクスを入れ、暗号で二つばかり調査を依頼した。

一時間だけ、眠った。

ルームサービスで夕食をとり、革ジャンパーとジーンズに着替えると、従業員用の通路を通ってホテルを出た。通りまで歩いて、タクシーを停める。

六時前に、店に入った。

すぐに、男が三人顔を出した。外は、すでに暗くなっている。

「七時開店です」

「それじゃ迷惑だろうと思って、一時間前に来てやった。うちの者《もん》が、きのう世話になったそうだな。その礼だよ」

「店とは関係ない。俺がむかついただけでね」

「そう言ったそうだね。だから開店前に来て、外へ出てくれねえかと頼んでる」

「出ればいいのかね」

「七時に、おまえが店を開けられるかどうかは、保証しねえが」

「開けるつもりだがね」

俺は、革ジャンパーを着直して外へ出た。二人いた。百メートルほど歩くと、さらに五人いた。倉庫の裏手まで行った時は、十三人に増えていた。

「俺らは、こういう商売でな。やられっ放しじゃ、どうにもサマにならねえ。嗤《わら》われちまうんだ」

「それで？」

十三人の位置を、俺は頭に入れた。倉庫周辺の地理は、細い路地まで知っている。

「俺が出てくることは、滅多にねえんだが」

喋っているのが、頭株《かしらかぶ》らしい。三十ぐらいだろうと思えた。肥った男が四人。中肉中背が七人。二人は痩せている。

「俺は、七時にゃ店を開けなきゃならない。話があるなら、早くしてくれ」

「話すという段階じゃなくなってる。鈍いのか、度胸が据っているのか、わからねえな、まったく」

「鈍いのさ。やくざの刃物なんか、痛くも痒くもなくてね。俺に手を出せば、二人は殺す。死ぬまでに、確実に二人は殺すよ」

「死んでもいいっていう言い方だね」

「生殺《なまごろ》しにされるのは嫌いでね。やるからにゃ、確実に殺してくれ」

「冗談飛ばしてる場合じゃねえんだよ、あんた。俺らだって、稼業をかけて本気になってんだ。懲役に行く若いのだって用意してある。ただな、ひとつ訊いておきたくて、喋ってる。あんた、どこからか送られてきたのか？」

よその組織の縄張り荒らしと思われたようだった。

「心配するな。俺はやくざじゃない。やくざを見るとむかつくというだけでね」

「死にてえのかい。おかしな男だ」

男が、顎《あご》をしゃくった。全員が、思い思いの武器を出した。チェーンもあれば木刀もあり、匕首《ドス》を握っているのも三人いた。

いくら刃物を振りかざすやくざ者であろうと、俺にとっては素人だった。俺は、路面を蹴った。次の瞬間、チェーンを振り回していた右端の男を弾き飛ばしていた。走る。一斉に追ってきた。百メートルほど突っ走り、俺は路地に飛びこんだ。先頭で追ってきた男を、ふりむきざま蹴り倒す。二発目を顎に入れた。体重を充分に載せたから、顎の骨は砕けただろう。

路地を走り抜ける。右に曲がり、さらに右に曲がって、路地に飛びこむ。まだ、追ってきていた。ちょっと足を緩め、追いつかせてやった。腹の真中を蹴りあげる。躰を二つに折ったところを、膝で突きあげ、首筋に肘を叩きつけた。三人目は、匕首を構えていた。すでに、肩を上下させながら息をしている。俺は踏みこみ、突き出された匕首をかわし、手首を握り肘を抱えこんだ。すぐに折れた。胸のあたりで、生木《なまき》を折るような音がした時、俺はもう走りはじめていた。もとの道路に出てくる。

頭株の男が、突っ立っていた。突っこんでくる俺を見て、口を開けている。背後に回った。その時、男の首には細紐をかけていた。

「七時にゃ、開店したいんでね。おまえが店に来い」

細紐を引き絞り、俺は歩きはじめた。男には、間歇《かんけつ》的な呼吸しかさせなかった。

追いついてきた連中が、遠巻きにしてくる。

「道をあけろ。でなけりゃ、こいつは死ぬぞ。もう、半分死にかかっている」

「てめえっ」

匕首を持った男が手を突き出してきた。それは男の脇腹に刺さった。俺が、男の躰を楯《たて》代りに使ったからだ。

「兄貴分を殺して、懲役へ行く気か、おまえら」

歩きはじめた。男の脇腹からは血が噴き出してはいるが、大して深い傷ではない。俺が導く方向へ、背のびをするような恰好で歩いた。

どんなものでも、武器になる。俺のポケットには細紐と小さなナイフがいつも入っているが、それがなくても砂か小砂利を入れた靴下でも人は殺せるのだ。この十年、そういう技を身につけただけでなく、実際に使ってもきたのだ。

店に戻ってくると、俺は男を二階まで歩かせ、細い針金で縛りあげた。首に巻いた針金を水道の蛇口に繋《つな》ぐと、もう身動きさえできないのだった。

七時ぴったりに、看板に明りを入れた。

客は誰も来なかった。俺は低くBGMを流し、麻の布でグラスを磨いた。グラスの輝きなど、一瞬のものだ。酒を注ぐと、それはもう消える。俺はなぜか、その輝きが好きだった。だからこのひと月、暇な時はグラスを磨き続けている。

客が入ってきたのは、九時を回ったころだった。

いいスーツを着ていた。値段が高いだけでなら、いいスーツと思いはしない。スーツに合った中身。それがあるかないか。どこか崩れていたが、中身はある。

「水割りをくれないか」

低い声で、男が言った。俺が出したグラスを見て、ほうという表情をする。

水割りの作り方は、簡単なようでいて難しい。このひと月、作るたびに味が違っていた。

ウイスキーと水の割合いがぴったり合っていないのだと、十日ほど前から気づきはじめた。調合が決まらない時は、バー・スプーンでいつもより多く搔《か》き回す。十回搔き回した時と二十回では、かなり違っていた。氷が解けることもあるだろうが、水と酒が馴染むのだと俺は思っている。二回しか搔き回さなくても、うまい時はうまいのだ。

氷を入れ、ウイスキーを注ぎ、ミネラルウォーターを注いだ。混ざり具合を見て、俺はバー・スプーンで十五回ほど搔き回した。

男は、俺の仕草をじっと眺めている。コースターを置き、水割りを出した。灰皿は、煙草を見た時に出すことにしている。

「うまいね」

ひと口飲んで、男が言った。それから三口ぐらいで、グラスを空けた。

「お代り、作りましょうか？」

「カクテルと同じだから、氷が解けて水っぽくなる前に飲んだ。グラスとグラスの間は、あけた方がよさそうだ」

「そうですね」

「ストレートは、チビチビ飲めばいい。水割りは、素速く飲む。そうすることにしている。逆をやるやつが多いが」

「お客様の好みですよ」

「作り方にこだわられると、客もこだわりたくなる」

男が煙草をくわえたので、俺はライターの火を出し、もう一方の手で灰皿を摑んだ。

「グラスの磨き方といい、年季を入れたバーテンに思えるが」

「グラスは、磨けば光りますよ」

「まったくだ。磨きさえすりゃ光るのに、水垢《みずあか》のついたグラスを出す店が多い」

男は、ゆっくりと煙を吐き、灰皿に灰を落とした。

「しかし、客がいないな」

「まあ、こんなもんです」

「客がいないから、うちに金を出せないってわけでもないだろう。月に、そこに並んでいる酒の一本分だ」

「納得のできない金は、出したくないということです」

男は、表情も変えなかった。灰皿で煙草を揉み消しただけだ。

「やくざは、昔からやくざなんだ。商店の旦那衆が旦那衆のように、やくざはやくざさ。そうやって、稼業を張ってきた。目障りの時もありゃ、頼りになる時もあっただろう。とにかく、誰もが生きるように生きてきたんだ。共存共栄というやつでね」

「そういう時代は、終ったでしょう」

「いまじゃ、警察があるか。昔は、進駐軍の横暴を、警察は見て見ぬふりをしてたそうだ。

代りに、やくざが躰を張った。年寄から聞いた話だがね」

「だから？」

「素人《トウシロ》じゃないのか？」

「やくざじゃない」

「やり方はごついね。ちょっと呆《あき》れるぐらいごつい。うちの幹部をひとり、引っ張ってきてるそうじゃないか」

「俺を殺そうとするんでね。こっちも、身を守らなきゃならない」

「用心棒《みかじめ》料なんて、ほんとはどうでもいい。若い者《もん》が、やくざやってるってことを忘れねえように、駈り立てさせてるだけだ」

「だろうな」

「もう一杯、水割りをくれ。ええと、名前は？」

「トト」

「そりゃ、店の名だろうが」

「俺の名も、トトさ」

「そりゃいいな。おまえ、俺の正体を知っても、まったく動揺しなかった。俺は、とんでもねえ野郎とむき合ってんのかな、トト」

「ただの男だ」

俺は、水割りを作った。六回掻き回せば充分だろうと思えた。

「うまい。前の一杯と、同じ味だ」

「酒の味がわかるやくざなんて、みっともないぜ。ええと、名前は？」

「秋田」

「そりゃ、組の名だろうが」

「俺の名も、秋田さ」

秋田が、水割りを飲み干して笑った。

「さてと、うちの幹部を連れて帰ろうか。うちとおまえの間にゃ、なんにもなかった。一応はやくざの看板をあげてるんでな。そうして貰えると助かる。うちの者にゃ、この店はないと思え、と言っとく。おまえもいないと思えとな」

「俺の方から、どうこうってことはない。幹部の兄さんは二階で縛りあげてあるが、怒ってるだろうな、いまごろ」

「ひとりに十何人かでかかって、そのザマだ。怒るより、恥しがるさ」

「勢力を拡げようって気はあるか、親分？」

「おまえ、何者だ？」

「そこのとこは、うまく説明できん」

「こう見えても、俺は時代遅れのやくざじゃない。のしあがるために、危《やば》い橋のひとつやふたつは渡ってきた。ただ、子供をまとめておくにゃ、昔気質《かたぎ》のところも見せた方がいいんでね」

「組織力って点じゃ、なかなかの人だよ、あんた。子分を企業舎弟なんかにせずに、きちんと把握してる」

「ほう。誰に調べさせた？」

「俺が自分で調べた。そういうことにしておこう。それで、俺が話を持っていったとしたら、聞く気ぐらいはあるかね」

「聞くだけならな」

秋田が、札入れから一万円札を出してカウンターに置いた。

3

「なんで四人なのかってことを、俺はずっと考えてた」

勝手に冷蔵庫を開けて飲みものを出しながら、遠藤が言った。

ホテルの俺の部屋だ。あれから三日経っている。二日待てと言った通り、遠藤は店に電話をしてきて、仕事をすると言った。きのうのことだ。

「四人が、うまく繋がらねえんだな」

「そんなことは、仕事に関係ない」

「俺には、あるのよ。おまえみたいに、殺しの機械じゃねえ。心って厄介なものがあるんでね」

遠藤が飲んでいるのは、桃のカクテルのようなものらしい。冷蔵庫に入っていたのは見たが、それだけでラベルを読みもしなかった。

「ぼんやりと、見えてきたもんがある。ひでえ匂《にお》いがしてやがるからな」

「自分で、勝手に納得すりゃいいんだ」

「おまえも、そろそろ仕事のやり方を変えることだな。なぜ潰さなきゃならねえか。なぜ殺さなきゃならねえか。そんなことを納得して、仕事をするんだ。でねえと、そのうちてめえのやった仕事に押し潰される。躰は大丈夫でも、心の方がな」

「心はないみたいなことを、遠藤さん言ったじゃないか」

「生きてりゃ、一応はある。おまえの場合、それを鉄の箱に入れちまってる。鉄の箱だって、潰れる時は潰れる」

「いいね」

「なにが？」

「そうやって潰れていくのがさ。いつまでも死なないんじゃないかという夢を見て、汗をかくことがあるんだ」

「死にてえか。そうだろうな。もう、箱は潰れかかってんのさ。大事なのは、自分がなぜこれをやるかって、ちゃんと納得することだ。それではじめて、箱につっかえ棒が入るってわけさ」

「大義名分なんて、あんたらしくもないことを言ってたよな、この間」

「六年で、俺は変ってな」

「老けた以外に？」

「納得したことしかやらねえ。それで、俺は俺でいられる」

「そんなもんか」

「あの四人にゃなんの繋がりもない。俺ははじめそう思った。いまは、なんとなくぼんやり見えてる」

「なんなんだ？」

「知りてえだろう、やっぱり」

「あんたが、勿体をつけるからさ」

「中国だよ」

遠藤が、飲み干した缶を屑籠《くずかご》に放りこみ、ショートピースに火をつけた。

「四人の、この三年の動きを洗った。少なくとも八回、多いやつは二十二回、中国へ行ってる。一年前のいまごろは、四人揃って中国にいた期間がある。ほんの二日ほどだが」

「隣の国だろう。そういうこともあるだろうさ」

「俺が調べたかぎり、四人の共通点はそれしかねえ。二人、もしくは三人の共通点は、いくつか見つかったんだが」

「しかし、中国でなにをやろうってんだ？」

「それを、これから調べるさ」

「それじゃ、いつ仕事の実行に移れるか、わかったもんじゃないな」

「これから先は、仕事をやりながらじゃなけりゃ、わからねえ」

ソファにふんぞりかえった遠藤は、両足をテーブルに載せた。

「だから、仕事をやろうじゃねえか」

「それなら、俺と同じだ」

「かもしれねえが、わかろうとしてるだけ、俺の方がましさ。仕事が終った時は、絶対にわかるね」

俺は、冷蔵庫からビールを出した。プルトップを引く。よく冷えていて、小さな破裂音がしただけだった。泡はまったく出てこない。

「で、仕事だが」

「結局のところ、話はそれか」

「なあ、トト。肝心なことを一応は考えてみる。それは大事なことなんだ。わかるか。それが、仕事を人間的なものにする」

「わからんよ」

「いずれ、わかる。ところで、おまえ秋田組と問題を起こしたな。それは、情報として俺にも聞えてきた。あれは、どういうつもりだったんだ？」

「秋田って男は、使える。そういう調査結果が、俺のとこに届いてる」

「例のエージェントってやつからか。気に入らねえな。秋田は、やくざらしいやくざを装っちゃいるが、抜け目はねえ。利用するにゃいい相手とは言えねえよ」

「簡単に利用できる相手なら、簡単なことしかできやしないだろう。秋田には、上昇志向がある。上にむかせてやれば、それなりのことはやるはずだ」

「ふむ。まあいい。秋田組との問題は解決してるんだな？」

「お互い、なにもなかったことになってる。のしあがれる話なら、秋田は聞く耳も持ってるそうだ」

「よし」

遠藤はテーブルから足を降ろし、立ちあがると部屋の中を歩き回りはじめた。

「仕事は手早く片付けちまおう。四人のどれひとりをとっても、半端じゃねえ。時間をかけると、潰す動きに必ず気づく。強烈な反撃を覚悟しなけりゃならねえ」

「俺はすでに、二つを同時進行させてるんだが。エージェントの情報に基づいて組立てた作戦さ。あんたにゃ気に食わんかもしれんが」

「そっちはそっちで、進めるさ。なんでもかんでも調べられる。かなり秘密めかしたこともできる。それが、おまえんとこのエージェントの売りだろうが」

「このホテルもだよ、遠藤さん。ここの料金は、ある秘密の口座から落ちることになってる。それを手繰《たぐ》っていけば、南米のある国と結びつく。俺があるところに持ちかけた話に、それで信憑性が加わるってわけさ。そんな細かいことまで、エージェントが考えるんじゃない。仕事をやる俺が考えて、要求を出す。ほぼ完璧に、こちらの要求を実現する能力が、エージェントにはある。俺や、死んだボブや、そのほか何人かの仕事のサポートをしている間に、それだけのノウハウを身につけたんだよ」

「一体、ひと仕事いくらでやってるんだ、おまえ？」

「一年に一度、俺はエージェントから金銭的な報告を受ける。エージェントがストックしている俺の金は、一千二百万ドルあるそうだ。死んだボブには、二千万ドル近くあったらしい」

「死んじまったら、その金はどこへ行く？」

「死んだら行くところを、順位をつけてエージェントに届けてある。その通りに行くんだろうさ」

「おまえは？」

「俺が死んだら、金は浮く。エージェントが、多分慈善事業に使ったりするんだろう」

「それでいいのか？」

「いいも悪いも、関心はない。死んだあとのことは、どうでもいい」

「生活費は？」

「サンタバーバラの海岸に、かなり広い家がある。メイドがひとりと、管理人の老夫婦。仕事以外の時、俺はそこで暮している。敷地の中に桟橋《さんばし》があって、三十六フィートのヨットがある。俺はいつもひとりで乗るから、そのくらいの船がちょうどいい。ほかにフェラーリが一台と、メルセデスが一台。生活費のすべては、エージェントがストックしている分から出ているが、減ることはなく、増えていく一方だそうだ」

「いい生活だ」

「仕事がなけりゃ、それもつまらんもんだろうと思う」

「引退した、ボクシングの世界チャンプってとこか。リングの上で死ねずに、仕方なく生きてるって感じでな」

「俺には、まだリングがある。死ぬまで、リングがなくなることはない」

遠藤は、冷蔵庫からまた飲物を出した。トマトジュースとビールだ。グラスに、それを半分ずつ注いだ。

「おい遠藤さん、気味の悪いものを飲むなよ」

「知らねえのか。いまは、これが流行《はや》ってんのよ。それで、南米のどこかの国の利権を誰の鼻さきにぶら下げたんだ？」

「東洋海事」

「ふむ。考えやがったな。東洋海事の吉岡か。こりゃ、政治家は二人とも絡んでくる可能性があるな。六年前よりは、ずっと進歩してるぜ」

「うまく、二人が絡んでくるかな。吉岡のルートってのは、多岐にわたってるって話だし、関係ないのが出てきたら、それを潰さなきゃならん」

大崎田光円《おおさきたこうえん》と群海精一郎《ぐんかいせいいちろう》。標的の政治家はこの二人だった。保守系の大物で、大崎田は黒幕とまで呼ばれている。

「二人は遠いと言われているが、意外に裏じゃ手を結んでるんじゃないか、と俺は思ってる。ただ、利権に手を出したぐらいじゃ、政治家はビクともせんぞ。もともと、利権に手を出す動物なんだ」

「火傷《やけど》するさ。熱がっているところを、さらにぶっ叩いてやればいい」

「手は、考えてあるのか？」

「俺は、特捜検事じゃない。わかるかい。法律に縛られちゃいないんだ。いざとなりゃ、二人を消すよ」

「やれやれ、仕事に詩情のかけらもないか」

赤い色のついたビールを、遠藤はうまそうに飲んでいた。俺は煙草に火をつけた。確かに、六年前と較べると、俺のやり方は変った。拳銃ではなく、エージェントに集めさせたあらゆる情報を、組み合わせて武器にする。

「秋田組の方は？」

「久能章成《くのうあきなり》の、暗い部分をじわじわと締めつけさせる」

「それじゃ、やくざの脅しだな。対抗する手は、いくらでも持ってる。経済界で、もう十年も巨頭《ドン》と呼ばれてきた男だ。秋田組を片手で潰せる大組織を、電話一本で動かせるはずだ」

「久能章成にとって代りたい、ナンバー・2の男もいるだろう」

「なるほど」

「そいつも、いずれ潰れるよ。秋田組との関係が明らかになる」

「そう、うまく行くかな。秋田の方が、消される可能性もあるぜ」

「そこが、秋田の運さ。乗り切れば、やつは組をいまの二倍三倍にできる。一目置かれるだろうからな」

「とすると、残ってるのは、隅田正之《すみだまさゆき》だけってことになるな。案外に、こいつが難物だ。持ってるものはすべて自分のもので、スキャンダルなんて屁《へ》でもねえ。どこからも、圧力はかけられねえし、逆に圧力をかけてくる可能性だってある。ほかの三人が盆栽だとしたら、雑草だな。いや雑木林ってとこか」

俺は、冷蔵庫からもう一本ビールを出した。まだ外は明るく、空気は澄んでいて、窓際に立つと遠くの景色までよく見えた。

「ひとつだけ、難しくない方法がある」

「いきなり消すか。それだって、結構難しい。やってることがあくどいだけあって、警戒心も強い。警察あがりのボディガードを何人もそばに置いてるだろうし、事業の方はその地域ごとに、組織と話をつけてるだろう」

黙って、俺はビールを口に運んだ。

「おまえなら、そんな網は簡単にくぐれるか。わかった。この世から消してもいい理由を、俺がいくつか見つけ出してやる。ここ五年以内のことでな」

「そんな理由、俺には必要ない」

「いや、必要さ。お前が人間であるかぎり、必要だよ」

俺はビールを飲み続けた。

「しかしな、おまえは、これからどうなっちまうんだろう」

遠藤が、かすかに首を振り、またソファに腰を降ろすと、テーブルに足を載せた。

「ほんとうに難しい仕事ってのが、おまえにあるのか？」

「人をガードするとか、そっちの方面だろうな。攻撃的な仕事は、それほど難しくない。

俺は、政権を倒す仕事を、二度やった。中米とアフリカだったが。危険だったが、難しくはなかった。柱一本を抜けば家が倒れる。そんなことが、なんとなくわかっちまってるんだ。無論、家は倒せてもビルは無理だ、ということはある。ビルを倒せという仕事は、だから俺のところへは来ない。大国の諜報機関とか、そういうところがビル破壊の仕事はやるさ」

「俺が見るかぎり、おまえはボブよりも腕をあげたよ。しかし、民族運動を利用して、小さな国の政権を倒したりすることが面白いかね」

「仕事に、面白いということがあるのか、遠藤さん？」

「実は、四年前、ボブはまた日本に来た。おまえが知っているかどうかはわからんが。仕事だよ。俺と組むのを嬉しがってた。そして、仕事を片付けて帰った。ボブにあっておまえにないものが、俺には見えたね」

「それはなんだ、遠藤さん？」

「小さなひとつの命でも、大事にできるってことさ」

「つまらんな」

「だから、ボブは死んだ。歳で、カンも躰の動きも鈍くなってたんだろうしな。だけど、あいつは死んだんだよ。消えたんじゃない。ロボットみてえに、毀《こわ》れたから消えたんじゃない」

「俺は、消えるか」

「あと、何十年か後だろうがね。消えたら、その瞬間に俺は忘れる。もっとも、俺の方が先にくたばるか。おまえが明日死んだとしても、俺は忘れる。きれいさっぱり、忘れるだろうな。ボブは、忘れねえよ」

「わからんよ、遠藤さん。あんたがなにを言おうとしているのか、俺にはわからん。三年、戦闘に明け暮れた。それから七年、こういう仕事だけを続けてきた。俺は成功しなかったことはあるが、ボブは失敗した。俺はそう言ったよな。失敗することは、悪なんだ。悪いことなんだ。その報いが死だ。そう思ってやってきたんだ」

「いずれわかる。おまえはまだ三十だ。いや、もうわかりかけてるのかもしれねえ。だから、俺の話を真剣に聞き、考え、わからねえと言うのかもしれねえ」

「もうよそう」

「そうだな。とにかく、この難しそうな仕事も、おまえは簡単に片付けるだろうさ。まるで、高速道路でトラックを抜くみてえに、簡単にな」

俺はビールを飲み干した。

実際、日本に来てひと月動き回り、仕事はそれほど困難ではない、という感触は得つつあった。日本という国は、暴力がやはり特殊なものになってしまう、平和な国なのだ。だから逆に、暴力で突き破れる状況というのは多くなる。

内戦状態で、人が死ぬのが当たり前というような国では、暴力はありふれた方法のひとつでしかないのだった。

「おまえは超人さ。自分でそこまで鍛えあげ、おまけにこれ以上はないという過酷な修羅場を踏んできた。一度や二度ではなく、十年もだ。だけど、心まで超人になれる人間がいるとは、俺は信じたくねえ。おまえよりずっと青臭いことを言ってるようだがな、トト」

「友だちは、いない。そんなものは必要ないと思っていた。友だちがいれば、いつかはなくす。だから友だちはいらない。だけど、少しは考えてみるよ、遠藤さん」

「実は十年前の事件について、俺はかなり詳しく調べたんだ」

「なぜ？」

「おまえに、関心をもったからさ。二人、殺した。おまえが人間的でありすぎたために、殺してしまうことになった。俺は、そう思ってる」

俺は、黙って煙草を喫っていた。

外は、ようやく陽が落ちかかっている。遠藤が老人らしい仕草で腰をあげ、俺の肩を一度軽く叩いて、部屋を出ていった。

4

さらに一週間が経った。

俺は二度、東京へ出かけていった。二度目は東洋海事の吉岡に招かれたものだ。

吉岡は、俺の話の裏をほとんど取り終えたらしい。そして充分に信憑性があると読んだのだ。事実、南米のある国では、鉱物資源開発の秘密プロジェクトが進んでいて、どの国の援助を受けるかが政府部内でひそかに検討されているらしい。そのあたりを調べあげてくるエージェントの情報網の細かさは、なかなかのものだった。

俺の話が信憑性を持ってしまうもうひとつの理由は、金を出させようという目的が一切ないからなのだろう。人間が本能的に抱いてしまう警戒心の、最初の部分を取り除いてしまっている。

吉岡が話を通そうとしている政治家が、群海精一郎であることは、ほぼ読めてきた。

秋田は、三度店に飲みに来た。三度目には、関内《かんない》のクラブに誘われた。話しているうちに、秋田の考えていることはほぼ摑むことができた。秋田は、やくざの組織性と団結性を維持したまま、近代的なマフィアのやる仕事をしようとしているのだった。それも、広域暴力団に指定されるほど大きな組織にするのではなく、小回りがきき、機動性を持った組織にしようとしている。組の中に、企業担当、麻薬担当、風俗担当、財産運用担当などと部署を設け、それぞれの仕事を専門的にこなさせようというのだ。大学を卒業した人間が一番多い組織だろう、と自分で言っていた。暴力装置として、旧来のやくざ的な人種も五十人ほど抱えている。

はじめから、秋田は俺を組に加えようなどという気は持っていなかった。俺がどういう話を持っているかに、関心を抱いているだけだった。乗って得をするものなら、乗る。そういう意思表示も見せた。俺の素姓《すじよう》を探ろうなどとしないところは、なかなかの肚《はら》の据え方だった。

「久能章成の、ダーティな部分はいくつか摑んだ。やつは、経済団体のチェアマンになぞ決してなろうとしてこなかった。そのくせ、経済界には隠然たる力を持ち続けている」

遠藤が、ホテルの俺の部屋へやってきて言った。

「裏で動くタイプなんだ。しかも個人のためじゃなく、資本家側の総意を受けて動くというタイプだ」

「それで、あんたが摑んだ部分というのは？」

「これだ。読めばわかる」

遠藤は、四、五枚の書類をテーブルに置いた。

「秋田というのは、使えそうか？」

「使えるね」

「俺は横浜にいて、ずっとあの男を見ているが、したたかなもんだぜ」

「だろうな。そこがいいのさ」

「隅田の方は、すげえことをやってるよ。すべて自分のためということになると、人間はそんな真似までできるのかっていうほどのな。会社の乗っ取りなんて朝めし前で、手形のパクリから、株の不正取引まで、金になるものならなんでも手を出すという玉だ。世間じゃ大実業家みたいに見られてるが、この間はパチンコ屋を開業した。かなり大規模で、最初は赤字を覚悟したから、同じ街に十八軒あったパチンコ屋が十二軒潰れた。まあそんなふうに、全国規模でなんでもやってる。恨んでいる人間も多くて、屋敷の前で自殺者が二人出たという話もある」

「それだけに、警戒も厳しいか」

「まあ、大抵のことは、蛙の面に小便ってやつよ。雑誌であいつを特集したことさえあるってのにな」

「わかった」

「殺してから、どういう理由を選択するか迷うぐらい、殺されてもいい理由を持ってる」

「はじめる時は、一斉にはじめる」

「いつだ？」

「もう少しさ。あと一週間ってとこかな」

「一斉にはじめて、どれぐらいで片が付く？」

「それはわからんよ。成功しなかった場合のことも、考えている。最後には、消すという方法もある。ただ、社会的立場が大きな人間が、一度に四人も死んだら、この国に別の波紋を引き起こすことになるだろうしな」

「まったくだ。死ぬんじゃなく、殺されるんだからな」

「あんたの報酬を、決めておこうか」

「成功したら、一千万。必要経費を抜いてだ。成功しなかった場合も経費は払ってくれ」

「いいだろう」

「ボブと、三回仕事をした。ボブは、項目を細かく分けて、これはいくらと決めたもんだ。結構、シビアだったよ」

「大佐とも、仕事をしたことがある、と言っていたな。傭兵の仕事が、日本にあったと思えないが」

「ところが、あったのさ。部下を十人連れてきた。日本から、外国人が五十人消えた。労働者に紛《まぎ》れこんで、軍隊が入ってたのさ。その掃除を、大佐が依頼されたってわけだ」

「日本からの依頼も、以前からあったってことか。十年近く前の話だろう？」

「九年前だな。その十人の中にボブがいたんだよ」

「いろんな関係が、少しずつわかってくる。あんたは何者だろう、と考えるよな」

「牙を抜かれた、野良犬ってとこかな。いまじゃなく、昔からだ」

なにか細かいことを訊いても、遠藤は喋りはしないだろう。能力は持っている。それも並はずれた能力だ。それが私立探偵で、浮気の調査などをふだんはやっていると思うと、ちょっと奇妙な気分だった。

「今日は、これから？」

「吉岡と会う。それから、群海精一郎とも。夕方、東京から帰ってくるよ」

「なにか摑んだら、酒場の方に連絡しよう」

遠藤が帰ると、俺はシャワーを使い、スーツを着こんだ。

ハイヤーに乗っている間、俺はニューヨークのエージェントから送られてきた、ファクスに眼を通した。すでに八通届いているが、すべて暗号だった。解読するには、多少の計算と暗号表が必要だった。

こんなものの解読は、専門家ならすぐにできるだろう。ただ、文面は一応手紙になっていて、差出人は女性名だ。ファクスのラブ・コールと読める。

着いた先は、都心のホテルだった。

俺はそのまま、ハイヤーを待たせておいた。ロビーに上山がいて、すぐに俺を部屋に案内した。そんなことにも、部下を使おうとはしていない。
五、六分、上山と他愛ない話をした。
ドアが開き、吉岡が群海精一郎を導くようにして入ってきた。二人は、同じぐらいの年齢のはずだ。髪が薄くなった群海の方が、いくらか老けて見えた。

「貴国が必要としておられるのは、技術供与ですな。それも、民間レベルではいろいろと問題が起きてしまう技術だ」

挨拶が終ると、群海は真直ぐに切りこんできた。

「借款もあります」

「そっちは、なんの問題もありません。わが国が、発展途上国に協力している額の、五分の一にも満たない。毎年、一定程度の協力をすることになっているんですよ。調査した上でですが」

「借款の話を、先に決めていただけませんか？」

俺が言うと、群海の眼が光を放った。

「その方が、まとまりやすいという気がします」

「待ってください。借款の話なら、別に私を通す必要もない。私が動かなくても、ある程度の借款は受けられるはずです」

「私としては、まず借款の確約を国に送りたいのです」

「私は、そういうことを正式にできる立場ではありませんよ。勿論、動くことはできます。しかし動かなくても、借款は間違いない。私が出てきているのは、技術供与を国家としてできるかどうか、ということでしょう。それについて動けというのが、貴国の希望だと判断していましたが」

「本筋は、それです」

「それによって、わが国が優先的な輸入権を獲得する。鉱山を、政府資本の合弁会社にしてしまうのが、最良の方法だと思います。話し合いは、それができるかどうか、ということについてでしょう？」

「どういう形態かは別として、日本に優先権はあるということになります」

「そのための条件、を話し合う。そういうことではないのですか？」

喋っている間、群海は一度も俺から眼をそらそうとしなかった。

俺は、黙って群海を見つめ返した。

「もっとはっきり言いましょう。これは両国を潤すものである。しかし、国家や政府が潤うだけでなく、貴国の大統領ほか政府高官も潤う。そのための方法の話し合いでしょう。あとは、公式なレベルでやればいい」

「はじめは、そういうことでした」

「はじめは？」

「私が日本に来た使命も、それです」

「いまは？」

「こちらの条件が、厳しくなっています。駄目なら、日本の作戦は撤退ということです」

「なるほど。他国の参入がありましたな。しかし、ニオブメントを必要としている国は、数えるほどです。集積回路の量産をしている国、ということになる」

「ヨーロッパで一国か二国、そして」

「合衆国ですな。貴国は、政治的にも経済的にも、合衆国の束縛から解き放たれるのを、目標にしておられたのではありませんか？」

「おっしゃる通りです」

「これは、日本と合衆国の争いになっているということですか？」

「いざとなれば、合衆国は近いですから」

「わかりました。こちらの条件は申しません。そちらがどれだけ望まれるかが」

「政治性が絡んでいます。目下、わが国と日本は、中古車の輸入、木材の輸出程度の関係しかありません。それが深い関係に進展していけば、ということでしょう」

「まず、いまの政権を認める。これは、すぐにできるでしょう。もともと国交はあるのですから。もう少し積極的な態度を表明する。借款の認可を早くする。合弁会社の設立を、こちらから提言する。そういうことになりますかな」

「できるかぎり、早く。合衆国は、日本との競争になっていることを、すでに認識しているはずです」

ニオブメント鉱山のことは、どうやって調べたのかわからなかった。方法はあるだろう。ニューヨークのエージェントでさえ、極秘の鉱山の情報は摑んでいた。それがニオブメントだとわからなかっただけだ。エージェントが挙げた、その価値から見た鉱物では、ニオブメントは最大のものになっていた。推量で、二十数種類の鉱物を挙げ、その価値の判定をしたのである。

「将来性は、非常に高い。それゆえ、合衆国に委ねたくはない。政府首脳の考えは、そこにあります。しかし、合衆国に押されたら弱いのも確かで」

「わかります。特に反政府勢力を抱えた実情を考慮すれば」

「政府軍の武装が充実すれば、反政府勢力は潰せます。しかし合衆国はそれをやろうとはせず、軍事顧問団を送る提案をしてきています。顧問団と言っても、実際は一個連隊ほどの兵力です。一個連隊の、最新装備の軍隊があれば、反政府勢力は駆逐できます」

「アメリカ合衆国の、常套《じょうとう》手段ですよ」

「石油の十倍以上の効率で、金が入ってくる。買えるところは数カ国でしょうが、政治性はなく経済性だけが存在するという意味において、日本ほど適当な国はないのです。最新装備の軍隊を持つことも、金があれば当然できます。一個師団でも、二個師団でも」

「合衆国は、どこまで食いこんできていますか？」

「私の口から、はっきりしたことは申しあげられません。反政府勢力を一掃する、というのが取引の中心にあることは確かです。現政権の、泣き所ではあるわけですから」

「政府が、貴国との連携、特に産業部門での連携を表明する。ニオブメントも、日本が積極的に輸入していく、ということを非公式にでも表明すれば、合衆国との押し合いはかなり有利になりますね」

「軍事的な援助より、はるかに歓迎されることは確かでしょうね。国際社会も受け入れやすく、その分、合衆国は動きにくいと思います。合衆国は、それなら日本に輸入させ、別のところで締めあげて吐き出させる、という方法が効率的で反発も少ないと判断すると思います。しかし、日本政府にそれができるかどうか」

「非公式なら、可能性はあります」

群海にとって、アメリカ合衆国にどう締めあげられようと、一度日本にニオブメントが入ってくることが大事なのだ。その過程で、金は動く。

「アメリカ合衆国は、怕《こわ》いですな。どれだけ立入禁止地区を拡げたところで、衛星で写真を撮って分析する。それで、極秘にしていたものも摑まれてしまう」

「写真は、日本の技術ですよ、多分」

俺が言うと、群海は声をあげて笑った。吉岡も、強張《こわば》った表情に笑みを浮かべている。

俺は、今日のところの話は、これで終りにしたい、と言った。もう一度会ってくれ、と群海が言った。俺は、ただ頷いた。

「合衆国の情報収集力を、政府首脳は甘く見ていた、というところがあります」

群海が帰ってから、俺は吉岡に言った。

「話は、毀れたわけではありませんよ。あなたがわが国におられたことが、もしかすると非常に幸運なことだったかもしれません」

「政府が、非公式にでも、群海さんが言われたような意思表示をしてくれればです」

「難しいとは思えません。まあ、二、三日後に、もう一度群海先生と会っていただいて」

「アメリカ合衆国と揉めそうなことを、日本政府がやりますか？」

「現実に、いろいろな局面で、アメリカとは揉めています。政府間交渉も、揉めるから頻繁に行われているのです。政府間では、アメリカが優位、企業間では日本が優勢。そういう感じです」

「うまくいけば、東洋海事にも迷惑をかけなくて済むのですが」

俺は、眼鏡を持ちあげ、眼を押さえた。眼鏡は、決してはずさない。むき出しになった俺の顔は、相手になにかを感じさせることがありそうだ、と思っているからだ。

5

看板の明りを消そうとしていた時、秋田が入ってきた。

「客じゃねえよ。店を閉めちまってくれ」

「いま、そうしようとしていたところさ」

俺は看板の明りを消し、カウンターの中に戻った。秋田は、コートをスツールに置いた。

子分は誰も連れてきていない。

「田端《たばた》に会ってきた」

俺はカウンターの上に、灰皿だけを置いた。誘われたように、秋田は煙草をくわえ火をつけた。

「個人的な恨みだ、と言っておいた」

「まあ、その方が説得力があるだろうな」

「田端は、まだ迷ってる。俺がやくざだってことを知って、尻ごみした気配もあるな」

遠藤が調べた久能章成に関する情報は、証拠さえあれば、検察庁が動きはじめるというようなものだった。証拠はないが、証人がいた。それを秋田が押さえているのだ。細かいところまでの供述をすでにテープに録音してあり、そのテープも証拠能力があるだろうと判断できた。当事者にしかわからない、細かいところまで語られているテープだった。

六年前の久能章成の、背任横領の事実で、語ったのはそのころ久能の秘書をしていた男だった。無理に語らせたわけではない。最初に殺されると思わせ、次には金を摑ませた。もともと、女のことで金に困っている男だった。そういうことまで、遠藤は調べあげていたのだ。

どうやって調べるのか、不思議だった。きのう今日、調べたとは思えない情報だった。隅田正之のことも調べていたが、それとは情報の質が違いすぎてもいた。

特殊な情報機関があり、そこと連携でもとっているのかとも思えた。そこには、久能章成の情報はあったが、隅田正之のものはなかった、と考えるとなんとなく納得できる。隅田については、あくどい手口と、人の恨みのようなものは集めてあったが、ダイレクトに犯罪に結びつくものではなかった。

「明日、もう一度会う」

なにか飲みたいとも、秋田は言わなかった。

「俺が、蒔田《まきた》を押さえていることを知ったら、やつは動くと思う」

「動こうという気になった時、あんたがやくざだってことが、頼りになるだろう」

久能も田端も、経営の第一線からは退いて会長になったという口だが、代表権は手放していなかった。同じ業界で、競合しながらやってきて、同じようなところに行き着いた二人だった。この業界のトップが、財界のポストを左右する力を持っていると言われる。

久能が引退し、田端が業界のトップに出る。仕事はそれだけでよかった。ただ二次的な註文として、この業界がしばらく財界の人事に影響力をなくすようにして欲しい、という一項があった。

田端は、三ヵ月ももたずに潰れる。この件に関して秋田組との繋がりがマスコミにすっぱ抜かれるからだ。財界の上層部との繋がりがあるということで、逆に秋田は名をあげる。企業関係の仕事が、やりやすくなるはずだった。

「はじめたら、三日で片が付く。俺の危い橋は、その三日田端の安全を守るってことだけだ。守れるよ。やり方はいろいろある。俺はでかい組織と、一時的に対立することになるだろうが」

その先の見通しまで、秋田は多分立てているだろう。頭のいい男だった。

「気になるのは、おまえに対する借りだ」

「俺は、久能と田端を業界から追い出したい。そのために、あんたを利用するだけさ」

「その話は、何度も聞いた。どうも納得できねえんだな」

「そういうことにしてくれ。これは、頼みだ」

「いいんだな。あとで俺をひっかけようったって、そうはいかねえぞ」

「あんたをひっかけるのに、なぜこんな回りくどいことをやらなきゃならん」

「そりゃ、そうだ。おまえなら、その気になりゃ俺を殺せる」

秋田は、浮かない顔をしていた。

「酒、なにか作ろうか？」

「俺が気になるのはよ、なにか別の大きな動きに巻きこまれてんじゃねえかってことさ。終ったあと、俺を押し潰すような力が、いきなり襲ってくるかもしれねえって気がしねえでもない」

「あんたが、久能を守っている組織とうまく話をつけられるなら、心配はない。田端はあんたとなんの関係もなかったということにするために、政治家ぐらいは使うかもしれん。それぐらいだな、その後のあんたの危険は。別の大きな動きは確かにあるんだよ。なにかは言えないが。少なくとも、あんたとは違う世界のことだ」

「信用していいな、トト」

「俺もいなくなる。なにもなくて、秋田組の名がちょっと知られることになる。肚を決めてくれ」

「肚は、決まってる」

秋田が、口もとだけで笑った。

「やくざなら、絶対に乗る賭けだ」

俺は、水割りを二つ作った。秋田はそのひとつに手をのばし、カウンターに置かれたままのもうひとつのグラスと軽く触れ合わせると、ひと息であけた。

「おまえが何者だか、考えねえようにしよう。考えると、余計なことまで気になってくる。とにかく、俺は小さなチャンスをひとつ摑んだ。生かすも殺すも俺次第だってことだけ、考えるようにする」

俺は軽く頷いた。

「おまえみてえな男が増えりゃ、やくざはやりにくくなるな。結局、最後は暴力を売り物にするのがやくざだが、暴力が売り物にならねえってことだからな」

飲み干したグラスを、音をたててカウンターに置くと、秋田は腰をあげ、出ていった。

俺はホテルへ戻った。

三時間しっかり眠ると、少し早めにいつもの運動をし、借りてあったレンタカーを運転してホテルを出た。

ゴルフ場。神奈川県の端にある。俺が調べたところによると、つい三ヵ月ほど前、隅田が買収し、手を入れていたところだ。再オープンが間近で、コース披露のコンペが今日開かれることになっている。

クラブハウスは、けばけばしい建物で、街道沿いにあるラブ・ホテルでも連想したくなるほどだった。二十七ホールあり、春からのトーナメントの予定もいくつか入っていた。

朝九時に、ハイヤーが次々にやってきた。隅田の乗っているロールスロイスも混じっている。招待客は、百名足らずのようだ。九時半には、最初の組がスタートしていた。

スミ・インターナショナルは、全国規模でホテルチェーンを展開していた。ホテルの数は三十を超える。ほかに遊園地があり、リゾートマンションや別荘地があり、ゴルフ場がある。それらはスミ・インターナショナルの中核をなすもので、ほかに手を出している業種を数えれば、三十から四十になるらしい。

隅田正之は、五人のボディガードを連れていた。ほかにも、ゴルフ場の内外に点々と人を配置しているようだ。全員が無線機を持たされていて、統制はとれているようだった。隅田の警戒心が強いというのは、駐車場を見てもわかった。隅田のロールスロイスを中心に、十名ほどが配置についている。

ロングライフルで、四、五百メートルの距離からなら、狙える。しかしその距離になると、弾道は風の影響を受け、必ずしも一発で倒せるとはかぎらない。確率として、七割というところだ。それに、思った以上にボディガードの腕はいい。動きを見ていると、それがわかった。

殺しというやつには、方法はいくらでもある。攻撃する方がはるかにたやすく、守る方がずっと難しいのだ。一瞬の隙《すき》などというものは、どんな守り方をしてもしばしば出てしまう。

確かめることを確かめると、俺は横浜に戻った。

本牧の小さなビルの一室に、遠藤の事務所はある。六年前、ダーツの矢を耳のそばに投げつけられたものだが、コルク製のダーツ盤は、いくらか古びながら同じところにかけられていた。

「そろそろ、全部がはじまるよ、遠藤さん」

「もうはじまってるようだぞ」

事務所では、遠藤は缶入りショートピースを喫っていた。俺はダーツの矢を取り、ダーツ盤の中心にむけて投げた。狙ったところに刺さるのは当たり前だった。矢は、真直ぐ飛ぶように作られている。

「大崎田と群海には、やっぱり繋がりがあるな。大崎田が、第三諸国との関係を深めるのが、日本のこれからの道だ、という演説を九州でやった。そのためには、借款や無償援助などという金だけではなく、技術供与だとか共同経営だとか、さまざまな方法が必要だということを、演説の眼目にした」

「なるほどな」

「党の総裁選が絡んで、大崎田はいま注目されている。それを充分に承知の上で、そういう演説をやりやがったのさ」

遠藤が、ダーツ盤の矢を抜き、五、六歩離れると、肩越しに後ろむきで投げた。俺と同じところに当たった。暇にまかせて、いかにも練習を積んだという投げ方だった。

「あれはまだ、聴衆を前に喋ったって感じだが、これから親しい記者との内密の話ってやつが洩《も》れてくる」

「まあ、そっちは行くところまで行かせよう。秋田の方は、肚を決めてとりかかってるところだろう」

「自分で手を下さないだけ、おまえ悪質になったのかな」

「効率的な仕事をする。そういうことになっただけだよ」

「残りは、隅田だけか」

「こちらは、ちょっと手強い。想像した護衛とはだいぶ違っていた」

「だろうな。連中は、ＳＰあがりだよ。引き抜かれたやつもいれば、自分から行ったやつもいる。連携プレーに優れている。充分な訓練を受けているからな」

遠藤がまた後ろむきで、矢を投げた。同じところに突き刺さる。

ボディガードたちが、連携プレーに優れているというのは、動きを見ればわかった。まともにむかえば、隅田以外の人間をまず何人か殺すということになる。

「連中が警察あがりだってことを、よく知ってるね、遠藤さん」

「まあな。地獄耳の遠藤と、昔は言われたもんだ」

「その耳で、いまなにが聞える」

「くたばりかかって、呻《うめ》いているおまえの声さ」

俺は肩を竦めた。

「昼めしは、トト？」

「まだだ」

「出かけるついでに、俺は昼めしにする」

俺は頷き、遠藤と一緒に事務所を出た。

カレーライスを一緒に食い、俺はホテルに戻った。荷物を整理し、パッキングした。ひと月以上も暮していると、荷物は結構増えていた。

レンタカーで、別の小さなホテルに荷物を運びこんだ。そこで、もう無用だと思えるものは整理した。

ベッドとテーブルと椅子がひとつだけの、小さな部屋だ。

夕方のニュース特集で、大崎田が第三世界の国名をいくつか挙げ、日本の産業にとっても彼らの資源が必要になる、と語ったことが報じられた。資源とはなにかという質問にも、ニオブメントとはっきり答え、国名も挙げ、民間レベルでの商談は進んでいるのかもしれないと匂わせた。

七時少し前に、俺は店に出た。

看板に明りを入れると同時に、遠藤が入ってきた。カウンターに腰を降ろし、ビールを注文する。

「四人の組合わせの理由が、やっとわかってきたぜ、トト」

俺は黙って、グラスにビールを注いだ。理由はどうでもいいことだった。エージェントでは、理由も一応訊いて、調査した上で仕事を受けているが、俺はそれを聞きたいと言ったことは一度もなかった。理由を調べるところから、俺の仕事がはじまるのではない。

「俺が睨んだ通り、やっぱり中国さ」

客はまだ来なかった。BGMを低くかける。遠藤は、チビチビとビールを飲んでいた。

「大移住計画だ。それも人じゃなく、工場のな。中心になっているのは、久能と大崎田だ。五十万人の雇用を確保するという、遠大な計画らしい。中国側がどの程度動いているのかわからんが、鉄鋼業界と政界の一部は、実現にむけて動こうという段階らしい」

「隅田は？」

「そこにまず、巨大ホテルを建てる。そこを足がかりに、中国の主要部にホテルチェーンを展開するつもりなんだろう。基幹の産業が最初に移るのは抵抗が強過ぎる。それで、隅田は先駆けの役だろう。両方の利害が一致するわけだ」

ありそうなことだ、という気はした。しかし、どうでもよかった。

「久能は、ひそかに業界の意志を代行しているんだな。業界の意志というか、やりたいことは、コストダウンだ。本気でやらないと、競争力がなくなるという切実な状態であるらしい。将来的に見ると、人件費をどう削るかというところらしいが、労組がうるさい。たとえば五十パーセントのベースダウンを断行すると、とんでもない騒ぎになってしまう。人も、もう減らすのは限界だ。給料も減らせん。そこで、中国に工場を造って中国人労働者を使う。ほんのひと握りの技術者さえいれば、それで製品の水準も維持できる。つまりそれが、業界の、特に資本側の暗黙の意志なんだ。その根底には、海外に労働力を求めて、雇用の機会をなくしてしまうぞという、労働組合側への恫喝《どうかつ》もある。どうだ、わかってきたか？」

「はじめから、わかろうとは思ってない」

「まあ聞け。労働者の力が強いままでは、日本の産業は衰退すると考えている勢力もいれば、産業の空洞化を嘆いている勢力もいる。労働者の危機と思っている勢力も、当然いる。

しかし、海外に工場を造るのは、いまや常識に近くなってもいる。そこで、四人はなしくずしに進出を図ろうとしているわけさ。日本の将来を考えてじゃなく、四人が四人、自分の利害を考えてだと思うが」

ようやく空になった遠藤のグラスに、俺はビールを注いだ。

「この仕事の依頼は、いずれにしても日本からだな」

それがどういう意味がある、という言葉を俺は呑みこんだ。遠藤はなぜ、そういうことにこだわってばかりいるのか。情報の豊富さは、とてもひとりの仕事とは思えない。

「裏がいろいろあるぞ、トト」

「よしてくれ」

「だから、殺しの機会だって言うんだ」

音がした。遠藤のポケベルらしい。遠藤は、コートのポケットから携帯電話とポケベルを出した。どこかに電話をし、遠藤だと言ったきり、あとは相槌《あいづち》だけ打っていた。

「久能章成の動きだ」

携帯電話を収いながら、遠藤が言った。

「意外に早く、音をあげるかもしれんぞ。田端と、ホテルで会ってるそうだ。田端を消すにゃいいチャンスだが、秋田がそうはさせねえとなると、音をあげるしかねえ」

「予定通りさ」

「おまえ、なんでそう白けた顔をしてる。明日の朝にゃ、久能は引退しているかもしれんのだぞ」

「それでいいんだ」

遠藤が顔を顰《しか》めた。ショートピースに手をのばす。俺は、客にするように、ライターの火をそっと出した。

6

正午のニュースで、大崎田の発言が外交問題に発展している、と報じていた。勝手に資金協力や技術供与や共同事業をぶちあげられ、おまけに国家機密まで暴露されたと、相手国から強硬な抗議が来たらしい。

久能章成の動きは、わからなかった。田端と会ったというから、水面下でなにか進行しているのは確かだろう。

俺はいつもの運動をしただけで、ホテルから出ないようにした。ここにいることは、遠藤は知っている。

夕方まで、電話は一度も鳴らなかった。

七時前に、俺はホテルを出て店へ行った。

看板に明りは入れたが、客は来なかった。俺は、グラスを洗っていた。洗ったグラスを、麻の布で磨く。

電話が鳴った。

「久能は、年貢を納めたぜ。引退するそうだ」

秋田からだった。

「ちょっと守りにくかった。田端は半分怯《おび》えながら交渉していたし、久能は目立つところを通らなきゃならん場所を指定してくるし。仕方ねえから、俺はぴったりと田端に付いていた。二回目の会談が五時に終って、業界の代表から引退するということを、秘書が発表したばかりだ。病気のためってことで、久能はもう病院さ」

「これから田端が狙われる可能性は？」

「それがねえように、今度は俺が交渉する番でね」

「あとは、あんたの好きなようにやれよ」

「そうさせて貰う。おまえとも、もう会わねえよ。俺ひとりの実力でやった。そういうことにさせて貰う」

電話が切れた。

ひとつ、仕事があがった。そう思った。俺はグラスを磨きはじめた。仕事が成功して、祝杯をあげたことはない。成功するのが当たり前なのだ。

客がひとり入ってきたが、手持ち無沙汰になったのか、水割り二杯で席を立った。

俺はまた、グラスを磨き続けた。

エンジン音がした。チューンしたコルベット。まったく派手な音をたてる。

「ちょっとおかしいぞ、トト」

「なにが？」

「群海の動きがおかしい」

「どう動いたというんだい？」

「人を集めている。いまのところ、マスコミの矢面に立っているのは大崎田だけだ。その間に、病院の久能と連絡をとったかもしれん。隅田ともな」

「人というのは、どういう種類の？」

「右翼系の男たちだ。防備を固めようとしている。ということは、逆に狙われているという言い方もできる」

「何者だ？」

「わからんが、狙われてる、とやつは確信してるよ」

「俺が訊いてるのは、あんたが何者かということさ。いろいろと情報は詳しい。いろんなところの情報を、同時に摑んでいる感じもある。情報屋の百人でも、使っているのかね？」

「かもな。おまえに不利にならなきゃ、俺がどんな情報網を使おうと勝手だろうが」

「まあな。しかし、俺まで探ろうとは思うなよ。死ぬことになる」

「俺が、死ぬのを怕がってるとでも思うか。もう、あと何年かでくたばるさ。だから、好きなようにやる。といって、おまえを探りたいとは思わねえな。機械の中身を覗いて面白いわけはねえだろう」

頼まれる前に、俺はビールとグラスを出した。

「俺は、しばらくここで連絡を待つ。心配するな。携帯に入ることになってるよ」

ビールを注ごうとする俺の手を、遠藤が止めた。

「実によく、磨きこんである」

「暇なんでね。グラスを磨いてると、バーテンらしく見えるということもあるし」

「それだけじゃないな。輝きにこだわった磨き方をしてる。漫然と磨いてる、という感じじゃねえぞ」

「六年会わない間に、辛気臭くなってるね、遠藤さん。前は、もっとダイレクトな男だった」

「時間は人を変える。おまえも変ったはずだ」

「変らんね」

俺は、グラスにビールを注いだ。遠藤も、もう止めようとはしなかった。

十一時までに、四人客があった。四人とも、水割りを三、四杯飲んだだけだ。その間に、遠藤の携帯に二度連絡が入ったが、大したことではないらしく、遠藤は俺に伝えようとはしなかった。

十一時になり、看板の明りを消した。

「大名商売だな」

遠藤が言う。

俺は客が使ったグラスを洗い、水を切ってから麻の布で磨いた。キュッ、キュッという気持のいい音がする。遠藤は、俺の手もとをじっと見つめていた。

「東京へ行こうか」

煙草を消し、遠藤がポツリと言った。

「俺はここにいる。隅田は別として、三人は片付くはずだから、ここで待つよ」

「そう言うな。運転がしんどいんだ。もう歳だな。夜中になると、眼がしょぼつく」

遠藤は、カウンターに置いた煙草をコートのポケットに突っこんだ。

「それに、俺は酒を飲んでる」

遠藤が抛《ほう》ってきたキーを、俺は片手で摑んだ。結果を見るのは、どこにいてもできる、と思い直した。

外へ出ると、コルベットに乗りこみ、エンジンをかけた。しばらくメーターを眺め、シフトを確かめてから発進させる。前進六速のマニュアル・ミッションだが、俺がロスで転がしているフェラーリとは、かなり乗り味が違うようだ。

「飛ばせよ、トト。たまには、こいつのエンジンを思う存分回してやってくれ」

高速道路に入ると、遠藤が言った。

俺は四速で全開にした。すでに百五十を超えている。五速。イエローゾーンまで引っ張ると、二百二十に達した。六速にあげる。

「もういい」

「思う存分エンジンを回せと言ったじゃないか、遠藤さん」

「落としてくれ、限度ってやつがあるだろう」

スロットルを閉じると、直ぐに百五十ほどに落ちた。

「まったく、エンジンが飛び出すかと思ったぜ」

「エンジンは大丈夫だ。足回りも、しっかりチューンしてある」

遠藤は、煙草に火をつけた。

抜いていく車はいない。大抵は、百キロほどで走っている。

「速い車が、俺は好きでな。といって、ポルシェみてえにちんこいのは駄目だ」

「チューンまでしちまうとはね」

「いざとなったら、どんなのより速い。そう思っていたいんだ」

煙草の煙が、視界に流れこんでくる。煙いという感じではなかった。視野全体にヴェールがかかったような気分だ。それも、すぐに晴れた。

電話が鳴った。

おう、と言った遠藤の上体が、しばらくして前にのめったような恰好になった。短い受け答えを続けている。舌打ちも聞えた。

「白金へ行け、トト」

「永田町じゃなかったのか？」

「大崎田光円が、死んだ。ついさっきだ。射殺だそうだよ。急いでくれ」

押し殺したように、遠藤の声は低い。

「死んだのなら、筋書と多少違うが、仕事が成功したことに変りない」

「秘書が、まだ生きてる。とにかく急いでくれ」

百六十は出ていた。前方の数台のトラックを、スラロームで抜いていく。

「殺し損ねたのか？」

「拷問を受けているところに、警察が踏みこんだらしい。まだ喋れるそうだ」

「大崎田が死んで、なにを喋らせるのかね？」

誰かを、大崎田の家の前で張っていたのか。それとも警察の動きを張っていたのか。情報は早いし、やけに詳しい。

「念書があるはずなんだ。例の中国進出の話の念書さ。群海と久能と隅田が署名しているはずだ。進出計画には、香港の大物がひとり仲介に入っていてな。大崎田は、それを持って香港側と交渉した。香港側は、どういうかたちで中国と交渉したのかわからんが」

「それが必要なのか、遠藤さん？」

「手に入れたい」

「なぜ。俺の仕事にゃ必要ないのに」

「隅田も、倒せる」

「そいつは助かるな。隅田には、まだ手をつけてない」

前方をトラックが塞ぎ、俺はシフトダウンをして、速度を落とした。遠藤が舌打ちをする。

「念書には、利益の配分などが書かれているに違いないんだ。でかい芋《いも》ヅルを摑んだようなもんだぜ。隅田から、舞台裏で活躍していたやつらを辿《たど》れる」

「持ち去られていたら？」

「秘書が、拷問に遭っていた。まだ連中は手に入れちゃいねえさ」

環状線に入った。首都高二号線に出るまで、それほど時間はかからなかった。環状線では多かった車が、また少なくなった。天現寺ランプ。左だ、と迷わず遠藤は言った。

現場には、警察車が十台ほどいた。

「警部」

若い刑事らしい男が、駈け寄ってきて言った。

「警視正が来られています。警部が見えたら知らせろと」

「警部だって？」

「元の字が付いてるよ。退職したのは、十一年前だ」

それでも、警察に顔は売れているらしい。ロープをくぐっても、警官は咎《とが》めなかった。

「遠藤、大西は死んだぞ」

白髪の男が出てきて言った。

「まだ喋れると言ってたな、おまえ」

「息子に持たせてある、と言ったよ。紐で首にかけてあると。息子は、大西の実家だ。小田原だよ。いま、神奈川県警に保護を依頼したところだ」

「おまえに喋っただけじゃねえんだな、大西は。襲ってきた連中にも喋った」

「間に合えばいいが」

「小田原だ、トト」

遠藤が走りはじめた。俺は、先に車に乗った。

「わかってる」

「急げよ。子供が殺される」

「俺の知ったことじゃないんだが」

再び、首都高速に戻った。

「あの男、警視正と呼ばれてたな」

「俺と同期だ。情報は、全部あいつがくれる。俺も、あいつにやる」

環状線から、三号線、東名高速、小田原厚木道路、というのが一番よさそうだった。それでも、一時間はかかるかもしれない。

「俺は現役のころから、久能を狙っていた。大崎田もだ。手錠《ワッパ》ぶちこんでやろうと思ってたさ」

退職したあとも、久能のことを嗅《か》ぎ回っていたのだろう。でなければ、やめた秘書のことまで、すぐにわかるはずはない。

三号線から、東名高速に入った。

踏みこんだ。二百は出ている。

「河辺、あの警視正だがね、俺と同じように久能を狙っていた。二人で組んでいたと言ってもいい。逃げられたよ。ほとんど手錠をぶちこむところだったんだが、上からの圧力だった。十五年前だ。そのころ、俺は女房に死なれた。半分自棄《やけ》になって、鬼みたいに久能を追ったよ。しかし、もう無理だった」

二百十ほどになるが、長くは続けられなかった。前方を、しばしばトラックが塞ぐ。

「それでも、俺も河辺も諦めなかったさ。久能だけじゃねえ。権力のかげに隠れている悪党は、全員標的にした。四年で、小者を何人か挙げた。その間に、俺にゃ惚れた女ができてな。再婚しようと思った。そしたら、その女も、死んだ。殺されたのさ」

「久能か？」

「いや、久能に代表されるような、悪党ども全部さ。犯人《ホシ》はあがらねえ。俺は、警察をやめたよ。警官だから、法律に縛られた捜査しかできねえ。無抵抗だと、相手をぶん殴ることもできねえ。だからやめた。やりたいようにやりたかったんだ」

「それを、十一年ね」

「成果はあがったぜ、なにしろ、暴力も脅しも、使いたい時に使える。それで証言をとって、河辺に回すんだ」

「なるほど」

「河辺は止めたが、いまじゃ俺を利用しようと思ってるだろう。それでいいんだ。方法は増えたが、俺にゃ逮捕はできねえ。河辺が逮捕したところで、違法捜査にゃならん。違法をやってるのは、俺だからな」

「遠藤さん、家族は？」

「いねえよ」

「これから先、ひとりで老いぼれていくのか。病気になっても、看病する人間もいなくて、誰にも知られずにくたばっていくってわけだ」

「警察をやめた時、俺は死んだ」

「自分に、そう思いこませてるだけだろう」

「かもしれん。それならそれでいい」

二百を超えている時も、遠藤は平然としていた。電話が鳴った。日本の無線電話の状態は、アメリカやヨーロッパと較べると、かなり遅れていた。圏外という表示がでることがしばしばある。しかし、高速道路上の感度はいいようだ。

遠藤は、しばらく話していた。

「襲ってきた奴らの中に、気になるのが二、三人いたらしい」

「警視正殿の、昔の部下か」

「群海のところに集まった連中だけじゃないな。隅田のところからも、何人か来ているんだろう。これは、やはり念書がやつらにとってどれだけ大事か、ということだ」

俺には、どうでもいいことだ。いまの状態なら、ここで仕事を切りあげても、四人とも死んだり潰れたりだろう。

「大西って秘書は、八年ばかり大崎田に付いていた。その前は建設省の役人でな。大崎田との関係は、二十年になるはずだ。爺さんが、一番信頼していた秘書さ」

「喋ったんだろう、拷問で」

「ひでえ状態で、それでも息子を助けてくれと言ってたそうだ。家は中目黒だが、今度の件でマスコミが殺到するかもしれないと読んで、実家にやったんだろう。実家の方は、婆《ばあ》さんひとりらしい」

「大西の女房は？」

「一年前に、死んでる」

「それで、息子ってのは、いくつなんだ？」

「十一歳というから、小学五年か。哲夫というそうだ」

ありふれた名だ。そして、遠い昔に、一度は友だちだと思った男の名だ。遠藤は、それには気づいていないらしい。続けざまに、煙草を喫い続けていた。

小田原厚木道路に入っていた。東名高速ほど照明がなく、俺はハイビームに切り替えた。ほかの車は、ほとんどいない。

7

市街から、かなり離れた山の中だった。小さな集落で、二十軒ほどが点在しているようだ。すでに、パトロールが三台来ていた。

遠藤に続いて家の中に飛びこんでいくと、うつぶせになった老女の屍体に、鑑識課員がカメラをむけているのが見えた。

「子供は？」

「逃げたか、攫《さら》われたかわかりません。悲鳴を聞いた人間は、何人かいます。犬が、上の方で哮《ほ》えていたのも、聞かれています。車が、三、四台来たようです。便所の窓から覗いていた老人は、全部外車だったと言っています」

「凶器《どうぐ》は？」

「わかりません、まだ。強く打たれているようですが、出血はありません」

掌底《しょうてい》だな、と俺は思った。掌底でこめかみを打てば、頭蓋がズレて即死する。首の曲がり具合から見て、ほぼ間違いない。叫ぶのをやめさせるために、そうしたのだろう。凶器も残らなければ、血も出ない。

「箱根へむかう道路の封鎖を要請しろ。犬ってのは、なんだ？」

「子供が、東京から連れてきたものらしいです。雑種で、柴犬よりちょっとでかい犬だという話です」

刑事や警官は、遠藤を警視庁から来た刑事と思っているようだった。

俺は、家の造りを見ていた。古い農家の造りで、玄関と並んで縁がある。老女が倒れているのは、玄関のそばの部屋で、その奥の部屋に蒲団が二組並んで敷いてあった。寝たあとはある。

台所の戸。開いていた。

そこから大西哲夫が犬と一緒に逃げた、と断定するには証拠が足りない。しかし、俺は迷わなかった。攫われたのなら、すでに殺されているか、警察が追いついた時点で殺す。犬と逃げた、と仮定して追うしかないのだ。

俺は家の裏へ回り、台所の出口と背後の斜面の雑木林を交互に見た。裏にも警官がひとり立っていたが、俺を刑事だと思ったようだ。しゃがみこんでいると、懐中電灯の光を地面にむけてきた。

「いや、光はいい」

眼を閉じた。そうすれば、闇に眼が馴染《なじ》んでくる。夜目は利いた。

一万メートルの高さから、夜間に落下傘降下をしたことがある。飛行機が飛び去ってから着地まで、できるかぎりタイムラグを稼ぐためだ。パラシュートを開くのは地上五百メートルの空中だった。そこまで、酸素マスクを付け、パラシュートなしで降下していく。高度計を見ながら降下していた大佐が、パラシュートを開くと、三十名の隊員もパラシュートを開いた。大佐が、何度も高度計を覗きこむのが、闇の中でもよく見えた。

立ちあがると、俺は雑木林にむかって歩いていった。

小径《こみち》がある。大人なら、枝で躰を打たせながらでなければ、とても進めはしない。

躰をかがめて雑木林に入ると、俺は走りはじめた。

星だけではなく、月の光もあった。十分ほど、雑木林の中を進むと、畠《はたけ》ばかりの平地に出た。冬である。畠は、耕されているだけだった。

犬のものらしい糞を見つけて、俺はそれを握りこんだ。かすかに、暖かさが残っている。乾いた空気の中で、湿り気は充分にあった。ここを、せいぜい一時間前に犬が通った。俺はそれを確信した。

地面を這い回った。畠に、小さな靴跡らしいものがあった。それを辿った。雑木林の中。俺は腰を屈め、しゃがんだまま進んでいった。手で、雑木林の地面を探る。枯葉ばかりで、足跡などなかった。

音をたてないよう、気配を出さないように、慎重に進んだ。風むきにも、注意した。大西哲夫は、犬を連れている。

雑木林は急な斜面になり、下の枯葉の層に、足を滑らせたらしい跡を、俺は何カ所か見つけた。

闇の中を、進んだ。もう集落は遠く、明りのひとつも見えはしなかった。

哲夫という少年は、祖母が殺されるところを見ていたのか。それとも、自分を殺すために人が襲ってきている、と知っているのか。子供が、闇の中をこれだけの距離移動するのは、並大抵のことではないと思えた。

そして、襲ってきた連中は追っているのか。追っているとすれば、哲夫が逃げた方向の見当はついているのか。

三十分ほど進むと、かすかに人声が聞えたような気がした。道路に出た。舗装もない林道だが、車は通れる。そして、遠くに車が停まっていた。男がひとり、車の脇《わき》に立っているのも見える。

しゃがんだまま、俺は林道を横切った。こんなことは、散歩のようにたやすくやれる。タイミングなど測らなくても、躰が自然に動く。

林道の上もまた、雑木林だった。人がいる。それも三人はいる。距離をとり、蟻《あり》が這うように林の中を進んでいるようだ。

追っている。しかも周到なやり方だ。闇と林には不馴れなのだろうが、網は拡げ、徐々にだがそれを絞っている。やってきた三台の車は、多分この近辺にいるのだろう。いや、新しい仲間も呼んだかもしれない。

少なくとも二キロ。それぐらいの長い網で、山全体を少しずつ浚《さら》おうとしている。そして哲夫が網の中にいるだろうことも、ほとんど間違いはない。

空を見、時計を見た。夜明けまで、あと一時間弱。闇が味方をしている間に、実行可能な作戦。すぐに決断はついた。走りはじめる。ほとんど音もなく、俺は走ることができた。枯葉や草の上で、足音を消す方法も知っていた。

時々、故意に足音をたてた。枝を折る音もさせた。次第に、俺を取り巻くように、人の気配が集まってくる。走った。枝を折った。枯葉を蹴散らした。山にかかっていた網が、俺にむかって絞りこまれてくる。さすがと思わせる迫力があった。集団戦の訓練を受けた者が、何人か混じっているのだろう。

足音をたてずに、走った。しばらくして、小枝の折れる音をたてた。何度か、それをくり返した。水の流れる音。ずっと前から耳に入っていたが、近づかなかった。四十分、走り続けている。網も、五、六十メートルの距離にまで縮まっている。水音にむかって走った。躰に当たる小枝を、全部折った。崖にぶつかった。三十メートルの高さはありそうだ。俺は地面を這い回り、子供の頭ほどの石を三つばかり抱えあげた。網がさらに絞られてくる。

崖の淵の土を、靴で押し出した。崖の下に、土が音をたてて落ちていく。石を三つ、さらに落とした。次の瞬間、俺も崖から跳んだ。途中に足場がある。十メートルほどのところだ。そこに足をつき、石を少し崩し、横に進んだ。崖に張りついて、横に移動していくという恰好になる。人の小走りほどの速さで、俺はそれができた。遠くで、人の声がしている。俺が崖を這いあがった時、ようやく夜が明けようとしていた。

走った。地上のなにひとつも見落とさないようにして、走り続けた。靴で蹴った跡。枯葉の層の上に、かすかだが残っている。眼を近づけた。俺の足より、ずっと小さい。斜面を登るためについた跡だ。

走った。二キロほど、斜面を登っただろうか。周囲は、すっかり明るくなっている。

俺は足を止めた。

躰から、あらゆる敵意の気配を消した。ゆっくり、踏みしめるように、斜面を登っていく。茶色の犬が立っていた。耳を伏せている。構わず、俺は歩いていった。犬が、二、三度前脚を動かした。耳は伏せたままで、垂れた尻尾は動いていない。

「大西哲夫か？」

藪《やぶ》にむかって、俺は声をかけた。

「おまえを、どうこうしようという者じゃない。助けに来た。俺ひとりだ。夜中におまえを追っていた連中は、崖の方にいる」

近づいた。犬は、低い唸り声をあげながら後退した。

藪の中でうずくまり、少年がこちらを見ていた。怯えてはいない。怯えを通り越して、放心しているという感じだ。

「犬に声をかけてやれ、哲夫。どうしていいかわからずにいるぞ」

哲夫は、口だけ動かした。

「聞えない。おまえ、男か」

「コンタ」

哲夫は、声を出せた。犬が、哲夫の方へちょっと顔をむけた。放心しているが、哲夫はまだ自分を失っていない。

「コンタという名だな、犬は。よし、座らせろ」

「コンタ、お座り」

犬が座った。

俺は藪の中に入り、哲夫のそばに腰を降ろした。

「俺は、トトと呼ばれてる。ひとりだ。お前を哲と呼ぶぞ、いいか？」

哲夫が、かすかに頷いた。

「して欲しいことは、沢山あるだろう。しかしいまおまえがやらなきゃならんのは、追っている連中から逃げることだ。逃げきったら、おまえがなにをやりたいのか、訊くことにする。いいな」

また、哲夫が頷いた。コンタは、哲夫のそばに伏せた。

「俺はひとりだが、おまえが頑張れば、逃がしてやれると思う」

アフリカの、小さな国の戦場に行った。十数歳の少年まで、徴集されていた。その国には、軍隊らしい軍隊もなかった。大佐以下全員で、百十名の部隊だった。その国の戦争の相手は、五万ほどの軍隊を持つ、隣国の小さな州で、いわば部族抗争のようなものだった。

俺たちの仕事は、たった二万で、装備も極端に劣るその国に、勝たせることだった。まず、迫撃砲を大量に空輸した。あとは自動小銃と手榴弾だ。四輪駆動車が二十台。トラックが四十台。

どうやって勝てと言うのだ、とは思わなかった。勝つのが仕事だったのだ。

俺は、五十人ほどの小隊を受け持った。敵には、戦車も機関銃もある。

迫撃砲の使い方だけは、完璧に教えこんだ。自動小銃は、セミ・オートに固定して持たせた。一発ずつ、引金を引き直さなければならなくしたのだ。その方が、弾の無駄がなかった。

三度ほど、大佐の指揮下の一隊で実戦に出て、二人死んだ。

あの時、少年のような兵士たちは、いまの哲夫のような表情をしていた。

「走る時は、死ぬまで走る。動かない時は、なにがあっても動かない。いいな、哲。いつも俺がそばにいられるとはかぎらん」

哲夫が頷いたようだった。

「はっきり返事をしろ。聞えたかどうかわからんぞ」

「はい」

「おまえは、死なない。死ぬわけがないんだ。俺がついているんだからな。きわどいところを、くぐり抜けることになる。しかし、おまえが死ぬまで走るという気でいたら、死なんよ。俺が助けられないのは、お前が走りたくないと思った時だ」

少年のような兵士たちに、頭ごなしになにか言ってもはじまらなかった。放心していたら、死なないという思いだけを流しこめ、と大佐に言われた。命令に従いさえすれば、絶対に死なない。迫撃砲を、命令通りに発射していれば、死なない。放心しているといっても、戦場にいるのだ。そんな言葉は、かえって兵士の心に入りやすい、と大佐は言った。

あの戦争は、戦車を破壊できるかどうかだった。四輪駆動車の後ろに対戦車砲を装備し、戦車隊の中に突っこんで駈け回った。こまねずみのように動く四輪駆動車を、戦車の砲塔は追えなかった。三十輛《りょう》ほどの戦車を先頭に攻めこんできた敵は、戦車が破壊されるのを見て、浮足立った。そこに、トラックで攻撃をかけ、国境まで押し返したのだった。

「哲、まだ足が立たないか？」

「立ちます」

「じゃ、走ろうか。なにか考えているより躰を動かした方がいい」

「おばあちゃん、どうしたんだろう」

「死んだよ。俺が到着した時、すでに連中に殺されていた」

哲夫がうつむいた。俺は、コンタという犬を呼んだ。哲夫になついているらしい。哲夫が走れば、一緒に付いてくるだろう。

「おまえの親父も、連中に殺された。警察が到着した時、まだ生きていて、おまえのことを心配していたそうだ」

「わかりました」

「ひとりっきりだな。生き残っても、おまえはひとりっきりだ」

気にしたまま走らせるより、教えた方がいいと俺は判断した。

「行くぞ。しっかり走れよ、哲」

俺は立ちあがった。走りはじめる。ゆっくりだった。哲夫は、俺の後ろを走ってくる。ふりむかなかった。気配だけを感じていればいい。コンタが俺の前に出てくる。

周囲には、気を配っていた。連中は、とりあえず谷に降りて、哲夫を捜さざるを得ないだろう。落ちても怪我をしなかったのか、トリックなのか、判断も迷うに違いなかった。何人いるのかわからないが、半数は谷間を追っていくはずだ。

どこで、連中にぶつかることになるのか。連中の武器はなんなのか。俺はそんなことを考えながら、雑木林の中を走り続けた。哲夫は、まだ付いてきている。弾んだ呼吸が、背中にぶつかってきそうだった。

8

三時間ほど、走った。

方向は、失っていない。どれぐらい走ったのか、距離も摑んでいる。

前方に、明らかな気配を感じた。足を止める。哲夫は、倒れこんで動かなくなった。コンタが、心配したようにそばに座った。

「ここを動くな。連中がいるようだ。俺はちょっと様子を見てくる」

哲夫は、俺をみつめていた。小さな肩が上下している。

俺は走りはじめた。姿勢を低くし、ほぼこれまでの二倍のピッチだった。斜面で、ずっと登り続けてきていた。

林道のようなものがありそうだった。枯葉の上に伏せて、俺はしばらく音を聞いた。それから、屈みこんで進んでいった。猟銃を持った男が二人。猟ができるような場所ではないはずだ。身なりも、ハンターという感じではなかった。

俺は、跳躍して林道に飛び出した。二人が銃をむけてきたが、構わず転がった。ナイフ。刃渡りが六センチほどあるガーバー製のホールディングナイフだ。転がりながら、二度横に薙《な》いだ。二人は、糸を切られた操り人形のように倒れ、呻きをあげた。

「この先に、何人いる」

ひとりののどにナイフを突きつけ、俺は言った。二人とも、アキレス腱《けん》を切断してある。この仕事をはじめてから、身につけた技だった。やられた方は、はじめなにが起きたのかわからない。いきなり、脚が動かなくなってしまうのだ。痛みも、ひどいものではないらしい。

もうひとりが、銃口を俺にむけてこようとした。顎を蹴りあげる。それで動かなくなった。

「言え。それとも、死ぬか？」

「十五、六人」

「大西の息子がこっちだと、どうしてわかった？」

「地図を見て、決めたやつがいる」

「どこのやつらだ？」

「隅田。隅田正之のガードをしているやつらだ」

「おまえは？」

男が言い淀んだので、俺はナイフの先を顎の下に刺しこんだ。一センチほどだ。急所ではないが、男の躰は痙攣《けいれん》したようにふるえた。

「群海先生のもとに、集まった」

右翼系の人間がかなり集まっている、と遠藤は言っていた。右翼系の連中は、この分では大して手強くない。

「群海精一郎のところからは、何人出てきている」

「十五、六人」

血が、のどを伝ってシャツを赤く染めていた。男の額には、汗がびっしりと浮かびはじめている。

「全員、猟銃を持っているのか？」

「猟銃は、六挺《ちょう》しかない」

「あとは？」

「日本刀と、匕首《ドス》」

「隅田のところから来ているのは？」

「五人。そいつらの指示に従え、と群海先生に言われた」

「五人の武器は？」

「わからねえ。そいつら、俺たちに武器も見せようとしねえ」

地図を見て決めた男というのも、その五人の中に入っているのだろう。

「おまえらは、どう展開している？」

「林道に。地図にある林道の大きなのには、必ず二人か三人ずつ展開している。見つけたら、撃ち殺してもいいと言われている」

男の顎から、俺はナイフを抜いた。血は、流れ続けている。男が息を吐いた。

「移動は、車か？」

「俺たちは一台に五人ずつ乗ってきた。あいつらは、二台もベンツを持ってる」

「連絡は？」

「トランシーバー。俺たちは三台だけだが、やつらはひとり一台だ」

「それで、五人はどこにいる？」

「わからねえよ。俺たちに、どこにいろと言うだけで、あいつら、ほかのことは言おうとしねえんだ」

　これ以上、訊くことはなさそうだった。

　俺は、地中に消えるように、二人から離れた。

　哲夫は、コンタを抱くようにしてじっとしていた。呼吸の荒さは収まったようだ。俺は、次にどう移動するか考えていた。林道に人を配置しておくというのは、こうなれば一番いい方法だろう。山の中の、大抵の動きはそれで摑める。

「行くぞ、哲」

　斜面を横に移動しよう、と俺は決めていた。その方が、林道に出会《でくわ》す確率は少ないと思えた。

　哲夫は、ついてきていた。走っているわけではない。隅田のところから来た五人が相手なら、急ぐことにそれほど意味はない、と思えたのだ。

　腹が減っていた。哲夫がなにも言おうとしないのは、空腹を感じる余裕がないのか。それとも、諦めているのか。

　水場を見つけた。岩肌に滲《にじ》み出している水。どこへ流れ去るでもなく、土の中に消えてしまっている。

　ひと口飲み、大丈夫かどうか判定した。きれいな水だった。水をこうやって手に入れるのはよくあることで、躰に悪いものは舌が教えてくれる。

「いいぞ」

俺が言うと、哲夫は岩肌に口を押しつけるようにして、しばらく飲んでいた。コンタも、足もとの水溜りに鼻さきを突っこんでいる。

方向からいって、真鶴《まなづる》の方へ出そうだった。あるいは、湯河原だ。俺の位置の測り方にも、それぐらいの誤差は出ているはずだ。磁石も地図もなく、闇の中をだいぶ進みもした。

歩きはじめた。哲夫は、まだ一度も弱音を吐いていない。

「潮の匂いがしてくるはずだ。もっとも、あと一日歩かなけりゃならないかもしれん。ずいぶんと、山の深いところまで入ったからな。それも、道じゃなく、林の中を掻き分けながらだ」

哲夫は、黙々と付いてきていた。

「海で、行き止まりだ」

俺は哲夫の顔を見て言った。

「おまえが首からぶらさげているものを持っているかぎり、逃げ続けなけりゃならない。連中が欲しいのは、おまえの命ではなく、その鍵なんだからな」

哲夫が、じっと俺を見ている。

「逃げるのがいやになったら、それを放り出せ。連中に分かるかたちで放り出せば、助かるかもしれん」

「逃げるの、いやなんですか、トトさん？」

哲夫はもう俺を見ていなくて、足もとの枯葉を見ながら歩いていた。

「おまえが、つらいだろうと思っただけだ」

「ぼくは、平気です」

「めしも食えないのにか。逃げた先に、あたたかいめしなんかないんだぜ」

「ぼく、平気だから。どこまでも、歩けるから」

「おまえ、ずっと東京で育ったんだろう？」

「だから、歩けないと言うんですか。歩き続ければ助かる、と言ったの、トトさんです」

「言ったよ」

小径に出た。わずかな踏み跡というところで、それでも人ひとりはそれほど木に邪魔されずに通れる。横切った。時間を稼ぐのも、方法のひとつだった。そのうち、遠藤や、友人の警視正が、逃げなくてもいい状況を作ってくれるかもしれない。その時は、なにかで俺に知らせようとするだろう。たとえば、ヘリコプターが頭上を飛ぶ。拡声機で山に呼びかけてくる。

「おまえが逃げようと思い続けるかぎり、俺は助ける。絶対に、死なせない」

群海精一郎や隅田正之に手錠をかけるには、もっと時間がかかるのかもしれない。いろいろなもので、守られている連中だ。

「トトさんは」

歩きながら、哲夫が言った。段差のある斜面で、土の肌が見えないところが、ずっと続いている。

「さんはいらん。トトでいい」

「警察の人、トトは？」

「違う」

「なぜ、ぼくを助けるの？」

「わからんよ。たまたまおまえがいた。俺の眼の前にな」

「助ける理由が、あるんでしょ？」

「ないな。誰に頼まれたわけでもない。大崎田という政治家の秘書だった、おまえの親父とも会ったことはない。俺が大崎田の家に到着した時、おまえの親父も、もう死んでいたんだ」

「そう」

「理由があるとかないとか、そんな次元じゃないな、哲。俺が、放っておけば殺されるかもしれないやつに出会った。それだけだ。黙って見ていたくはなかった」

「わかります、なんとなく」

歩き続けた。時々、哲夫は遅れる。気力が萎《な》えたのではなく、単純に俺が跳び越えられる段差を、跳び越えられなかったりしているのだ。遅れた分を取り返すために、哲夫は小走りになり、呼吸を乱したりしている。放っておいた。俺が生きるための闘いではなく、哲夫が生きるための闘いだった。

少し方向を変えた。いやな感じ。戦場でも、それが生死を分けることがある。夕方近くになって、またいやな感じが襲ってきた。コンタの耳が、ピンと立った。いくらか怯えているような感じもある。

「登れ、哲」

枝を拡げた常緑樹があった。かなり大きい。地上から七、八メートルのところまで、登らせた。犬の啼《な》き声。大型犬だろう。近い。

「おまえは逃げろ、コンタ」

コンタの尻を叩き、俺も木に登った。

「動くな。声もたてるな」

哲夫が頷いた。

ドーベルマンが一頭、木の下まで走ってきて、しばらく匂いを嗅ぎ、コンタが走った方へむかいはじめた。すぐに、二人の男の姿も現われた。

俺は、哲夫の肩に手を置いた。じっとしていろと、もう一度仕草で示す。

男たちが、真下に来た。迷わなかった。右手にナイフを握り、俺は飛び降りた。着地した時、ひとりの肩とアキレス腱を切断していた。起きあがりながら、もうひとりの拳銃に足を飛ばした。ナイフが、下から突きあげてきた。かろうじてかわし、むかい合った。半端な相手ではない。専門家《プロ》だろう。二つ、三つと、俺は呼吸を測った。踏み出した。次の瞬間、横へ跳んだ。男は、俺の動きについてきた。見事なものだ。しかし、技は見事でも、実戦の経験はあまり積んでいない。横へ跳んだ俺が、前へむかって倒れてくることは、計算に入っていなかったようだ。俺が立ちあがった時、男の片方のアキレス腱は切断していた。

「降りてこい」

哲夫に声をかけ、呻いている二人の男のこめかみを蹴りつけて、黙らせた。ポケットを探る。四五口径のオートマチックが一挺出てきた。弾倉を抜き、スライドを引いた。薬室《チンバー》にも一発入っていて、飛び出してきた。もう一度装塡《そうてん》し直して、セーフティをかける。

ドーベルマンが戻ってきた。低く唸っている。俺は四五口径をむけた。跳躍したドーベルマンの胸のあたりが、宙で弾《はじ》けた。

「死んだの？」

哲夫が言う。犬の方のことを訊いたようだ。黙って、俺は頷いた。

「コンタ」

哲夫が、呟いた。次には、大声を出して呼んだ。四度、五度と呼び続ける。藪の中で音がして、コンタが飛び出してきた。哲夫が、抱きとめる。俺と会って、哲夫がはじめて見せた感情だった。

「こいつらの車がある。それほど遠くはないだろう。歩けるか、哲」

「大丈夫」

「暗くなるぞ」

「トトが守ってくれる。それがわかったから、大丈夫」

「よし、音をあげるなよ」

腕っこきが、あと三人はいるはずだ。銃声は聞いただろう。

走った。闇の中では、哲夫は走れないだろう。明るいうちに、できるだけ進むことだ。

哲夫が叫んだ。木の根に足をとられて転んだようだ。コンタが、哲夫のまわりを鼻を鳴らしながら動いている。

「大丈夫だから」

駈け戻った俺に、哲夫が言う。

「ぼくは、走れるから」

哲夫の額に、汗が滲み出しはじめる。

「行くぞ」

俺は言った。立とうとして、哲夫は呻き声をあげて倒れた。それを見ながらも、俺は走りはじめ、それから引き返した。

「命がかかってるんだ。おまえは、まだ生きてるじゃないか。走れ」

哲夫の足首が、折れていることはわかった。額の汗の粒は、悪心《おしん》に襲われているからだろう。すぐに手当てをせずになぜそんなことを言っているのか、俺は自分でもわからなかった。

「先に行くぞ。走れなきゃ、這ってでもついてこい」

俺は走りはじめた。百メートルほど走ったところで、適当な木の枝が見つかった。手刀で叩き折る。それから、ナイフで削った。コンタが走ってきては、哮えながら戻った。

俺が枝を削り終えたころ、哲夫がほんとうに這ってきた。顔は、涙と汗で濡れている。口のあたりには、唇を、嚙みしめすぎたのか、血が滲んでいた。

「生きたいのか、哲。くたばりたくはないんだな」

哲夫は、呼吸を乱していた。

俺は革ジャンパーを脱ぎ、シャツも脱いでアンダーシャツの上に革ジャンパーを着直した。シャツを、細かく裂いた。それから、哲夫のジーパンの右の裾を、ナイフで膝まで裂いた。

靴も靴下もとった。哲夫の足首のちょっと上が、内出血を起こし、腫れていた。

哲夫の膝を押さえ、足首を摑んで引いた。哲夫が叫び声をあげる。曲がった感じになっていた足が、元に戻った。削った枝をそこに当て、裂いたシャツをしっかりと巻きつけた。

「骨が折れてる。これは応急処置で、ほんとうは医者へ行ってギプスに入れて貰った方がいい。歩くのは、無理だな」

「トト、歩くよ、ぼく」

「空を飛べってことと同じさ。歩けなくなったら終りだ。俺はそう言ったろう」

なにを言っているのだ、と俺は思った。こんなところで、ことさら苛《いじ》めるようなことを、なぜ言ってしまうのか。

「間違ってるとか間違ってないとか、そんなものはどうでもいい時がある。ただひとつ、自分の脚で立てるかどうか。男の勝負は、それで決まったりするんだ」

「ぼく、立てるから」

立とうとする哲夫の肩を、俺は押さえた。

「我慢するよ、トト。痛くても我慢するから、ぼくを置いていかないで」

「歩けもしないくせに。おまえは負けてるんだ。こうやって転がってるのが、負けてるってことなんだよ」

自分がどうして素直になれないのか。俺はそれを考えていた。言葉では、素直なものは出てきそうもなかった。

俺は哲夫を抱えあげ、背中を出した。

「早くしろ。いまのおまえは、赤ん坊と同じなんだ。背負ってやるしかないだろう」

哲夫の手が、俺の肩にかかった。

背負い、俺はすぐに歩きはじめた。次第に、背中が暖かくなってくる。

暗くなり、一時間ほど早足で歩いたが、まだ林道にもぶつからない。それでも、二人の男と犬が歩いた跡は、なんとか見分けることができた。

「ほんとは、やさしい人なんだ、トト」

不意に、呟くように、哲夫が言った。おまえが哲夫という名前だったから、魔がさしただけだ。そう言おうとした。十年前、俺は死にかかった哲夫を担いで、マリーナに運んだ。ヨットの上で、哲夫は死んだ。死ぬ前に、ひとりが嫌いなのだ、と言っていた。

同じ名前とはな。俺は呟いた。

「なに？」

「なんでもない。やつらの車がありゃ、なんとかなるぞ、俺たちは。もうそんなに遠くじゃないはずだ」

「俺たち、だよね、トト。ひとりじゃなくて、俺たちだよね」

「そうさ、戦友。死ぬ時は、一緒だ」

さらに四、五十分歩いた。

不意に、平坦な場所に出た。林道のようだ。

「トト、あれ」

哲夫が指さした。黒い車が、闇の中にうずくまっていた。

9

東名高速に入ったところで、二台追ってきた。それがすぐに四台になった。ベンツは、チューンしたコルベットほど走らない。それでも、二百を超えた。四台のうちの二台は、追ってきている。途中からパトカーも加わったようだが、すぐに遅れた。

「怕いか、哲？」

「平気だよ。でもコンタが酔ってる。吐いてるよ」

コンタは、後部座席だった。

「放っておけ。死にやしない。高速で走ってるから、窓は開けられないぞ」

「わかった。ぼくは、平気だから」

車で山を降りると、コンビニに飛びこんで、サンドイッチと水を買った。それで、のども腹も落ち着いた。

「躰を縮めてろ、哲。シートに、背中と頭をしっかり押しつけてるんだ」

二台。百八十ほどに落とすと、距離を詰めてきた。一台が抜こうとしてくる。右のゆるやかなカーブ。内側に俺は入り、スロットルをかすかに開いた。外側に並んでくる。さらにスロットルを開く。並んだ。テイルが流れそうなほどのスピードだ。一瞬、俺はスロットルを閉じ、軽くブレーキを蹴った。テイルが外へ流れる。並んでいた車にぶつかる。それで、俺の車は立ち直った。

俺が当ててやった車は、そのままスピンし、後ろから来た車がそこに突っこんだ。

「いいぞ、哲。二台とも片付けた」

ミラーの中からも、もうぶつかった車は消えている。百三十ほどにスピードを落としたが、後続車は見えない。二台の事故が、車線を塞いでしまっているのがわかった。

横浜で降りた。

店へ行った。二階まで、哲夫を担ぎあげる。蒲団を敷いて寝かせた。

「ここにいろ、おまえ」

「どこか行くの、トト？」

「やることが、残っているんでな」

「これ、いるんでしょ？」

首からかけた鍵を、哲夫がはずして言った。

「持ってなくちゃいけないと思うんなら、おまえが持ってろ。それを必要としている人はいる。しかし、俺は必要としていない」

「あの人たちでしょう？」

「それを必要としている人、警察関係の人だがな。そっちに渡ると困るから、連中は追いかけてきたんだ。おまえの親父は、保険みたいなつもりで、おまえに持たせていたんだろうと思う」

「パパは、ほんとに死んだんだね?」

「死んだ」

「じゃ、ぼくはこれはもういらない。パパのために、持っておかなくちゃならない、と思ってたんだ」

「そうか。じゃ、俺が必要としてる人に、渡すぞ」

「東京駅の、ロッカーの鍵だって」

「わかった」

俺は、哲夫の足首をちょっと調べ、ちゃんと固定されているかどうか確かめた。

「病院へは連れてって貰え、哲」

「トトが連れてってくれるんじゃないの?」

俺は黙っていた。ここへ帰ってくるつもりは、なかった。

「おまえ、よく頑張ったじゃないか」

立派な兵士になれる。そう口に出そうになったが、哲夫には関係のない世界だった。

「行っちゃうの、トト?」

「おかしなおっさんが来るはずだ。来なけりゃ、俺が来る。おまえをどうするかは、その時に話すことになる。俺か、遠藤って名前のそのおっさんか」

「行くんだね、トト」

哲夫が、泣きそうになっていた。

「おまえ、男らしく頑張ったが、泣くところがガキだな。いいか、哲。男ってのは、いつもひとりなんだ。ひとりだとわかった上での、友だちだ。おまえは、俺の友だちだよ。生きてりゃ、必ず会える。そう思える友だちがいるってのは、いいもんだと俺も思いはじめた」

盛り上がってきた涙を、哲夫が乱暴に手の甲で拭った。

「泣かない男になる。そう思って生きろよ。泣かない男になるってな」

俺は腰をあげた。

もう、哲夫の方は見なかった。

店へ降りていくと、カウンターにポツリと背中があった。

「なにか飲むかね、遠藤さん？」

「いらねえよ」

「じゃ、俺は出かける」

「待てよ、トト」

俺は、遠藤と並んでスツールに腰を降ろした。遠藤が差し出したショートピースを、一本とった。遠藤が火を出してくる。

「群海精一郎と隅田正之の逮捕状は出た。もう持っていかれてるぞ。国会の会期中じゃなかったんで、群海の方もスムースに運んだようだ」

「そうか」

「おまえの仕事、一応終ったな」

逮捕要件がなにかによっては、群海も隅田も、すぐに復活するだろう。

「息の根を止めたいんだろう、あんた」

「俺は、どうでもよくなったが」

「警視正殿か」

「今度のことがうまく運べば、あいつは警視長だ。その上が警視監。そして警視総監。下手すると、あいつはそこまで行く」

「どうかな。あんたとつるんでるようじゃな」

「俺の方から、手を切るよ。今度のことで、よくわかった。歳さ」

俺は、ショートピースの灰を灰皿に落とした。

「おまえ、今度の仕事じゃ、結局ひとりも殺さなかったな」

「最後の手段まで行かずに、簡単に終った仕事だ」

「いや、違う。おまえは変った」

「どうかな」

「自分でも、気づいてるはずだぞ」

「わからんよ。俺は、もう行くぜ、遠藤さん」

「待てよ」

「仕事は、終ったんだ。二人の息の根を止めるには、こいつが必要なんだろう」

俺は、紐についた鍵を遠藤の前にぶらさげた。

「大人しく、渡してくれるのか？」

「俺が持っていてもどうにもならん。だけど、大人しく渡す気もない」

「どういうことだ？」

俺は、にやりと笑って二階を指さした。

「大変だね、遠藤さん。老いぼれちゃいられないよ。結構性根が据ったガキを、あんたが育てていかなくちゃならないんだ」

「おい、冗談だろう」

「いや、本気さ。交換条件だ。これは、哲夫が躰を張って守ったもんだ。あんたや警視正殿が、黙って受け取れるわけはないもんだよ」

「あの子供は、おまえを慕ってるんだろうが」

「そのうち、あんたを親父と呼ぶようになるさ」

「待てよ、おい。俺は、悠々自適の老境に入ろうと思っていたんだ」

「虫がいいぜ、遠藤さん」

「しかし、なぜだ？」

「あんたに、老いぼれて欲しくない。それもひとつあるな」

「なあ、トト。俺とおまえと二人なら、あのガキ一匹は育てられるんじゃねえか」

「俺は行く。海外に兄貴がひとりいて、いつか帰ってくる、と教えてやってくれ」

遠藤が、俺を見つめてきた。

「本気か。ほんとに、行くのか？」

「ああ」

「いつ、帰る？」

「さあ。日本に帰ってくるにゃ、資格ってやつがいると思う。パスポートとか、そこに押してあるスタンプとか、そういうもんじゃない資格がな」

「帰ってくるよな」

「わからんよ、それも」

俺は、鍵を遠藤の手に握らせた。

「約束したぜ」

遠藤は、俺を見つめているだけだ。

足もとで、コンタが鼻を鳴らしていた。

「じゃあな、コンタ。おまえ、哲夫のいい兄弟だ。ほんとにいい兄弟だぜ」

腰をあげると、遠藤の手が俺の腕を摑んだ。黙って、俺はそれをふり払い、店を出た。

遠藤の声は追ってこなかった。

解説

郷原　宏

「アメリカ西海岸育ちのハードボイルドは、日本の湿潤な風土には適さない」などと言われたのは昔の話。いまやハードボイルドは、国産ミステリーの最も美味で収穫量の多い優良品種になった。その証拠に、日本推理作家協会賞長編賞の最近十年の受賞作を見ると、十一作のうち実に八作までが広い意味でのハードボイルドである。しかも注目すべきことに、そこには高村薫、桐野夏生という二人の女性作家の作品が含まれている。後世の文学史家は、この時代を「ハードボイルドの黄金時代」と名付けることになるだろう。

この「黄金時代」の覇者は、衆目の見るところ、北方謙三である。北方氏は一九四七年十月、佐賀県唐津市で生まれた。中央大学法学部在学中から小説を書き始め、七〇年に同人雑誌に発表した『明るい街へ』が文芸誌「新潮」に転載され、これが文壇デビュー作となった。それから十年余、もっぱら純文学作品を書きつづけたが、文名を確立するまでには至らなかった。そこで思い切って作風を転換し、「書きたいものを、書きたいように」書いてみることにした。こうして第二のデビュー作『弔鐘はるかなり』（一九八一）が世に送り出され、北方氏はたちまちハードボイルドの新鋭として注目されるようになった。
ところが、面白いことに、作者自身には、自分の書いているものがハードボイルドだという自覚はなかった。北方氏はのちに当時を回想して「それがハードボイルド小説と言われたのは、小説に手を染めはじめたころに感じとった時代の匂いというものが、無意識のうちに影響していたのかもしれない」(生島治郎『追いつめる』光文社文庫版解説)と述懐している。春秋の筆法をもってすれば、七〇年安保から十年という時代の推移が、この純文学作家を無自覚なままに比類なきハードボイルド作家に育てていたのである。

こうして再出発した北方氏は、八三年に『眠りなき夜』で第一回日本冒険小説協会大賞と第四回吉川英治文学新人賞をダブル受賞したのを手始めに、『さらば荒野』『檻』『友よ、静かに瞑れ』などの力作や話題作を矢つぎばやに発表した。そして八五年には『渇きの街』で第三十八回日本推理作家協会賞長編賞を受賞して、名実ともにハードボイルドの第一人者となった。八〇年代初めの日本のミステリー状況を「冒険小説の時代」と名付けたのは文芸評論家の北上次郎氏だが、「冒険小説の時代」はすなわち「北方謙三の時代」であったといっても過言ではない。

この作家が日本のミステリーに新しく付け加えたものは多いが、何といっても最大の功績は日本語によるハードボイルドの文体を確立したことだろう。国産ハードボイルドは、一九六〇年代に生島治郎、河野典生らによって創始されて以来、細々と、だが絶えることなく書きつがれていた。その文学的な質量は、同時代のスパイ小説や警察小説をはるかにしのいでいたと言っていい。しかし、七〇年代に入ると、それは早くも日本的な変質を余儀なくされる。すなわち、感傷的な中年男が妙にキザっぽいセリフを吐く私立探偵小説と、威勢のいいスーパーヒーローがむやみに銃をぶっぱなすタフガイ小説に両極分解し、後者はさらに官能小説と合体して「ハードロマン」「スーパーバイオレンス」と呼ばれる新しい流派を作り出した。いずれも広義のミステリーには違いないが、ハードボイルド本来の姿でなかったことは言うまでもない。

そこにはさまざまな理由が考えられるが、いちばん簡明な理由は、日本ではそもそもレイモンド・チャンドラーやロス・マクドナルドの作品が「感傷の文学」として受容されたこと、そしてミッキー・スピレイン流のタフガイ・ストーリーが同じハードボイルドの名で紹介されたことだろうと思われる。ハードボイルドとは本来、小説の文体《タッチ》のことであって、ジャンルや形式の名称ではなかったのだが、日本ではそれが「カッコいい私立探偵小説」として受容されたために、無用の混乱と誤解が生じたのである。

チャンドラーの最後の長編『プレイバック』（一九五八）の第二十五章に、ベティ・メイフィールドという女性と私立探偵フィリップ・マーロウが、次のような会話をかわす場面がある。

「あなたのようにしっかりした人が、どうしてそんなにやさしくなれるの？」彼女は信じられないというように言った。
「しっかりしていなかったら、生きてはいけない。やさしくなれなかったら、生きている資格がない」
"How can such a hard man be so gentle?" she asked wonderingly.
"If I wasn't hard, I wouldn't be alive. If I couldn't ever be gentle, I wouldn't deserve to be alive."

マーロウのこのセリフは、チャンドラーの「男の美学」を集約した名言として、広く人口に膾炙《かいしゃ》している。最近は結婚式のスピーチなどでも、強さとやさしさを兼ね備えた理想的な男性像として引き合いに出されたりするので、誰でも一度や二度は耳（目）にしたことがあるはずだ。だが、残念なことに、引用者の多くは、その意味を誤解している。それはおそらくhard（しっかりした）をtough（たくましい）と取り違え、「健全な肉体に健全な精神が宿る」というギリシャ哲学（？）と混同してしまったせいだと思われるが、これはそんなに「健全な」話ではない。

この場合の「hard man」は「gentle man」の反対語で、「強い男」というよりむしろ「抜け目のない男」というニュアンスに近い。日本語ではよく半分非難の意味をこめて

「あの野郎、しっかりしてやがる」などと言うことがあるが、まさにその「しっかりした野郎」なのである。その意味で、「How can such a hard man be so gentle?」を「あなたのようにしっかりした男がどうしてそんなにやさしくなれるの?」と訳した清水俊二の訳は名訳にして正訳だと言っていいのだが、ハードボイルドは冷酷非情なタフガイがときどき感傷的なセリフを吐く小説のことだと信じて疑わない読者が、「しっかりした男」を勝手に「強い男」だと思い込んでしまったのである。

日本のチャンドラー・ファンにとって、清水俊二訳は永遠に不滅である。もしその名訳がなければ、チャンドラーがこれほど多くの読者に愛されることはなく、したがっておそらく「冒険小説の時代」や「ハードボイルドの黄金時代」も到来しなかったに違いない。そのことを前提にして言えば、その余りにも上品でしっとりとした名訳が、多くの日本人読者にチャンドラーを「感傷の文学」と誤解させてしまった責任は大きい。フィリップ・マーロウはどう考えても、そんなに上品な男ではなかったはずだからである。

たとえば、この場面。昨日までどこのウマの骨とも知れなかった女に正面からおだてあげられて大いに照れたマーロウが、いわば照れ隠しのために大見得を切って見せる場面なのだから、もう少し下品に、もう少し芝居がかりに訳したほうが感じが出るように思われる。清水節ならぬ西洋浪花節風の一試案。

「女の情にほだされていたんじゃ、この稼業はやっていけない。しかし、惚れた女に情けのひとつもかけてやれないようじゃ、男に生まれた甲斐がないってもんさ」

場所柄もわきまえずチャンドラーを持ち出したのはほかでもない。北方謙三と俗流ハードボイルドとの違いを明確にしておきたかったからである。と言えば、もうおわかりのように、この作家が一連の初期作品を通じてやったことは、国産ハードボイルドを本来の軌道に引き戻し、タフガイ小説でもなければ感傷過多の私立探偵小説でもない「大人のハードボイルド」の文体を確立したことである。

いや、そう言ってしまっては不正確だ。北方氏はただ「書きたいものを、書きたいように」書いてみただけなのだが、七〇年安保という名の苛酷な世代体験と、純文学で培われたすぐれて感覚的な文体が、図らずも大人の鑑賞に耐えるハードボイルドを生み出してしまった。そして人々はそれを国産ハードボイルドの新しい正統として認知したのである。その場合、北方氏が先行する国産ハードボイルドをほとんど読んでいなかったという事実は、チャンドラーが作家として売り出すまでは始祖ハメットの名を知らなかったという挿話と思い合せて興味深い。形式が文体を決定するのではない。文体が形式を作り出すのである。

さて、この『彼が狼だった日』は、雑誌「ジャンプノベル」の第四、第六、第八号に分載されたあと、一九九五年六月に四六判ハードカバーの単行本として集英社から刊行された。厳密に言えば、これはハードボイルドではなくタフガイ小説に属するだろうが、正確で抑制のきいた文体と、掘り下げのきいた性格描写で読ませる北方ハードボイルドの威力はここでも健在で、この作品を途中で読み差しにするのは、セックスを中断するのより難しい。だから、明日、大事な予定のある人は、今日は読み始めないほうが無難だろう。

私は何度でも同じことを言うが、ハードボイルドは文体が生命である。文体そのものだと言ってもいい。だから、ハードボイルド作品の面白さを、まだ読んでいない人に語って聞かせるほど無意味で不毛なことはない。そっと黙って差し出すのが、同じ北方謙三ファンの仁義というものだろう。

この作品の結末近くに、主人公の「俺」が何日か生死を共にした十一歳の少年に、こう言って別れを告げる場面がある。

「いいか、哲。男ってのは、いつもひとりなんだ。ひとりだとわかった上での、友だちだ。おまえは、俺の友だちだよ。生きてりゃ、必ず会える。そう思える友だちがいるってのは、いいもんだと俺も思いはじめた」

本はひとりで読むものだが、読んでいる間はひとりではない。この本を読んでいるとき、きみは一匹の「狼」である。

集英社文庫　目録（日本文学）

集英社文庫　目録（日本文学）

集英社文庫　目録（日本文学）

熊谷達也　氷結の森
熊谷達也　銀狼王
倉阪鬼一郎　ブラッド
倉阪鬼一郎　ワンダーランドin大青山
栗田有起　ハミザベス
栗田有起　お縫い子テルミー
栗田有起　オテルモル
栗田有起　マルコの夢
黒岩重吾　女の氷河(上)(下)
黒岩重吾　落日はぬばたまに燃ゆ
黒岩重吾　黒岩重吾のどかんたれ人生塾
黒岩重吾　闇の左大臣　石上朝臣麻呂
黒木瞳　母の言い訳
桑原水菜　箱根たんでむ　駕籠かきゼンワビ疾駆帖
見城徹　編集者という病い
小池真理子　恋人と逢わない夜に

小池真理子　いとしき男《アダム》たちよ
小池真理子　あなたから逃れられない
小池真理子　悪女と呼ばれた女たち
小池真理子　蠍《さそり》のいる森
小池真理子　双面の天使
小池真理子　死者はまどろむ
小池真理子　無伴奏
小池真理子　妻の女友達
小池真理子　ナルキッソスの鏡
小池真理子　倒錯の庭
小池真理子　危険な食卓
小池真理子　怪しい隣人
小池真理子・藤田宜永　夫婦公論
小池真理子　律子慕情
小池真理子　短篇セレクション サイコ・サスペンス篇I　会いたかった人
小池真理子　短篇セレクション 官能篇　ひぐらし荘の女主人

小池真理子　短篇セレクション 幻想篇　命日
小池真理子　短篇セレクション ミステリー篇　泣かない女
小池真理子　短篇セレクション ノスタルジー篇　夢のかたみ
小池真理子　短篇セレクション サイコ・サスペンス篇II　贄肉
小池真理子　肉体のファンタジア
小池真理子　柩《ひつぎ》の中の猫
小池真理子　夜の寝覚め
小池真理子　瑠璃の海
小池真理子　虹の彼方
小池真理子　午後の音楽
小池真理子　熱い風
小泉喜美子　弁護側の証人
小泉武夫　うわばみの記
河野啓　よみがえる高校
河野美代子　新版 さらば、悲しみの性　高校生の性を考える
河野美代子・永田由紀子　初めてのSEX　あなたの愛を伝えるために

集英社文庫　目録（日本文学）

五條瑛　プラチナ・ビーズ
五條瑛　スリー・アゲーツ
御所見直好　誰も知らない鎌倉路
小杉健治　絆
小杉健治　二重裁判
小杉健治　汚名
小杉健治　裁かれる判事
小杉健治　夏井冬子の先端犯罪
小杉健治　最終鑑定
小杉健治　検察者
小杉健治　殺意の川
小杉健治　宿敵
小杉健治　特許裁判
小杉健治　不遜な被疑者たち
小杉健治　それぞれの断崖
小杉健治　江戸の哀花

小杉健治　水無川
小杉健治　黙秘　裁判員裁判
小杉健治　疑惑　裁判員裁判
小杉健治　覚悟
小杉健治　質屋藤十郎隠御用
小杉健治　冤罪
小杉健治　からくり箱　質屋藤十郎隠御用 二
小杉健治　贖罪
古処誠二　ルール
古処誠二　七月七日
児玉清　負けるのは美しく
小林紀晴　写真学生
小林光恵　気分よく病院へ行こう
小林光恵　12人の不安な患者たち
小林光恵　ときどき、陰性感情　看護学生 理実の青春
小檜山博　地の音

小松左京　一生に一度の月
小松左京　明烏《あけがらす》落語小説傑作集
小森陽一　DOG×POLICE　警視庁警備部警備第二課装備第四係
小森陽一　天神
小山明子　パパはマイナス50点
小山勝清　それからの武蔵（一）（二）（三）（四）（五）（六）
今東光　毒舌・仏教入門
今東光　毒舌 身の上相談
今野敏　惣《そう》角《かく》流《る》浪《ろう》
今野敏　山嵐
今野敏　琉球空手、ばか一代
今野敏　スクープ
今野敏　義珍の拳
今野敏　闘神伝説Ⅰ～Ⅳ
今野敏　龍の哭《な》く街
今野敏　武士猿《ブサーザール》

集英社文庫　目録（日本文学）

今野敏　ヘッドライン
斎藤栄　殺意の時刻表
斎藤茂太　イチローを育てた鈴木家の謎
斎藤茂太　骨は自分で拾えない
斎藤茂太　人の心を動かす「ことば」の極意
斎藤茂太　「ゆっくり力」ですべてがうまくいく
斎藤茂太　「捨てる力」がストレスに勝つ
斎藤茂太　「心の掃除」の上手い人 下手な人
斎藤茂太　人生がラクになる 心の「立ち直り」術
斎藤茂太　人間関係でヘコみそうな時の処方箋
斎藤茂太　人の心をギュッとつかむ話し方81のルール
斎藤茂太　すべてを投げ出したくなったら読む本
斎藤茂太　「断わる力」を身につける！
斎藤茂太　先のばしぐせを直すにはコツがある
斎藤茂太　落ち込まない 悩まない 気持ちの切りかえ術
斎藤茂太　そんなに自分を叱りなさんな 心のモヤモヤ退治法99

齋藤孝　数学力は国語力
齋藤孝　親子で伸ばす「言葉の力」
佐伯一麦　遠き山に日は落ちて
三枝洋　熱帯遊戯
早乙女貢　会津士魂一 会津藩 京へ
早乙女貢　会津士魂二 京都騒乱
早乙女貢　会津士魂三 鳥羽伏見の戦い
早乙女貢　会津士魂四 慶喜脱出
早乙女貢　会津士魂五 江戸開城
早乙女貢　会津士魂六 炎の彰義隊
早乙女貢　会津士魂七 会津を救え
早乙女貢　会津士魂八 風雲北へ
早乙女貢　会津士魂九 二本松少年隊
早乙女貢　会津士魂十 越後の戦火
早乙女貢　会津士魂十一 北越戦争
早乙女貢　会津士魂十二 白虎隊の悲歌

早乙女貢　会津士魂十三 鶴ヶ城落つ
早乙女貢　続会津士魂一 艦隊蝦夷へ
早乙女貢　続会津士魂二 幻の共和国
早乙女貢　続会津士魂三 斗南への道
早乙女貢　続会津士魂四 不毛の大地
早乙女貢　続会津士魂五 開牧に賭ける
早乙女貢　続会津士魂六 反逆への序曲
早乙女貢　続会津士魂七 会津抜刀隊
早乙女貢　続会津士魂八 甦る山河
早乙女貢　わが師山本周五郎
早乙女貢　竜馬を斬った男
酒井順子　トイレは小説より奇なり
酒井順子　モノ欲しい女
酒井順子　世渡り作法術
酒井順子　自意識過剰！
酒井順子　おばさん未満

集英社文庫　目録（日本文学）

酒井順子　紫式部の欲望
坂口安吾　堕落論
坂口恭平　TOKYO一坪遺産
坂村　健　痛快！コンピュータ学
佐川光晴　おれのおばさん
佐川光晴　おれたちの青空
さくらももこ　ももこのいきもの図鑑
さくらももこ　もものかんづめ
さくらももこ　さるのこしかけ
さくらももこ　たいのおかしら
さくらももこ　まるむし帳
さくらももこ　あのころ
さくらももこ　のほほん絵日記
さくらももこ　まる子だった
さくらももこ
土屋賢二　ツチケンモモコラーゲン
さくらももこ　ももこの話

さくらももこ　ももこの宝石物語
さくらももこ　さくら日和
さくらももこ　ももこのよりぬき絵日記①〜④
桜　井　進　夢中になる！江戸の数学
櫻井よしこ　世の中意外に科学的
桜沢エリカ　女を磨く大人の恋愛ゼミナール
桜庭一樹　ばらばら死体の夜
佐々木譲　冒険者カストロ
佐々木譲　帰らざる荒野
佐々木譲　仮借なき明日
佐々木譲　夜を急ぐ者よ
佐々木良江　ユーラシアの秋
定金伸治　ジハード1　猛き十字のアッカ
定金伸治　ジハード2　こぼれゆく者のヤーファ
定金伸治　ジハード3　氷雪燃え立つアスカロン
定金伸治　ジハード4　神なき瞳に宿る焔

定金伸治　ジハード5　集結の聖都
定金伸治　ジハード6　主よ一握りの憐れみを
佐藤愛子　憤怒のぬかるみ
佐藤愛子　死ぬための生き方
佐藤愛子　娘と私と娘のムスメ
佐藤愛子　戦いやまず日は西に
佐藤愛子　結構なファミリー
佐藤愛子　風の行方(上)(下)
佐藤愛子　こたつの人　自讃ユーモア短篇集一
佐藤愛子　大黒柱の孤独　自讃ユーモア短篇集二
佐藤愛子　不運は面白い　幸福は退屈だ　人間についての断章326
佐藤愛子　老残のたしなみ　日々是上機嫌
佐藤愛子　不敵雑記　たしなみなし
佐藤愛子　自讃ユーモアエッセイ集　これが佐藤愛子だ1〜8
佐藤愛子　日本人の一大事
佐藤愛子　花は六十

集英社文庫　目録（日本文学）

佐藤愛子　幸福の絵
佐藤賢一　ジャガーになった男
佐藤賢一　傭兵ピエール(上)(下)
佐藤賢一　赤目のジャック
佐藤賢一　王妃の離婚
佐藤賢一　カルチェ・ラタン
佐藤賢一　オクシタニア(上)(下)
佐藤賢一　革命のライオン　小説フランス革命1
佐藤賢一　パリの蜂起　小説フランス革命2
佐藤賢一　バスティーユの陥落　小説フランス革命3
佐藤賢一　聖者の戦い　小説フランス革命4
佐藤賢一　議会の迷走　小説フランス革命5
佐藤賢一　シスマの危機　小説フランス革命6
佐藤賢一　王の逃亡　小説フランス革命7
佐藤賢一　フイヤン派の野望　小説フランス革命8
佐藤賢一　戦争の足音　小説フランス革命9

佐藤賢一　ジロンド派の興亡　小説フランス革命10
佐藤正午　永遠の½
佐藤正午　カップルズ
佐藤正午　きみは誤解している
佐藤正午　アンダーリポート
佐藤多佳子　夏から夏へ
佐藤初女　おむすびの祈り　「森のイスキア」こころの歳時記
佐藤初女　いのちの森の台所
佐藤真海　ラッキーガール
佐藤真由美　恋する短歌　22 short love stories
佐藤真由美　恋する歌《カ》音《ノン》　こころに効く恋愛短歌50
佐藤真由美　プライベート
佐藤真由美　恋する四字熟語
佐藤真由美　恋する世界文学
佐藤真由美　恋する言《コト》ノ葉《ハ》　元気な明日に、恋愛短歌。
佐野眞一　沖縄　だれにも書かれたくなかった戦後史(上)(下)

佐野藤右衛門／小田豊二　櫻よ　「花見の作法」から「木のこころ」まで
沢木耕太郎　天涯1　鳥は舞い光は流れ
沢木耕太郎　天涯2　水は囁き月は眠る
沢木耕太郎　天涯3　花は揺れ闇は輝き
沢木耕太郎　天涯4　砂は誘い塔は叫ぶ
沢木耕太郎　天涯5　風は踊り星は燃え
沢木耕太郎　天涯6　雲は急ぎ船は漂う
沢木耕太郎　オリンピア　ナチスの森で
澤田瞳子　泣くな道真　大宰府の詩
サンダース・宮松敬子　カナダ生き生き老い暮らし
三宮麻由子　鳥が教えてくれた空
三宮麻由子　そっと耳を澄ませば
三宮麻由子　ロング・ドリーム　願いは叶う
椎名篤子・編　凍りついた瞳《め》が見つめるもの
椎名篤子　親になるほど難しいことはない
椎名篤子　新凍りついた瞳《め》　「子ども虐待」のない未来への挑戦

集英社文庫　目録（日本文学）

- 椎名誠　地球どこでも不思議旅
- 椎名誠・選　素敵な活字中毒者
- 椎名誠　インドでわしも考えた
- 椎名誠　全日本食えばわかる図鑑
- 椎名誠　岳物語
- 椎名誠　続・岳物語
- 椎名誠　菜の花物語
- 椎名誠　シベリア追跡
- 椎名誠　ハーケンと夏みかん
- 椎名誠　零下59度の旅
- 椎名誠　さよなら、海の女たち
- 椎名誠　白い手
- 椎名誠　かつをぶしの時代なのだ
- 椎名誠　パタゴニア
- 椎名誠　草の海
- 椎名誠　フィルム旅芸人の記録
- 椎名誠　喰《くう》寝《ねる》呑《のむ》泄《だす》
- 椎名誠　地下生活者／遠灘鮫腹海岸
- 椎名誠　アド・バード
- 椎名誠　はるさきのへび
- 椎名誠・編著　蚊學ノ書
- 椎名誠　馬追い旅日記
- 椎名誠　麦の道
- 椎名誠　麦酒《ビール》主義の構造とその応用胃学
- 椎名誠　あるく魚とわらう風
- 椎名誠　南洋犬座《なんよういぬざ》 100絵 100話
- 椎名誠　春画
- 椎名誠　風の道 雲の旅
- 椎名誠　かえっていく場所
- 椎名誠　メコン・黄金水道をゆく
- 椎名誠　砂の海 風の国へ
- 椎名誠　砲艦銀鼠号
- 椎名誠　草の記憶
- 椎名誠　ナマコのからえばり
- 椎名誠　大きな約束
- 椎名誠　続 大きな約束
- 椎名誠　本日7時居酒屋集合！ ナマコのからえばり
- 椎名誠　コガネムシはどれほど金持ちか ナマコのからえばり
- 椎名誠　人はなぜ恋に破れて北へいくのか ナマコのからえばり
- 椎名誠　下駄でカラコロ朝がえり ナマコのからえばり
- 塩野七生　ローマから日本が見える
- 志賀直哉　清兵衛と瓢簞・小僧の神様
- 篠田節子　絹の変容
- 篠田節子　神鳥 イビス
- 篠田節子　愛《めで》逢《あ》い月《づき》
- 篠田節子　女たちのジハード
- 篠田節子　インコは戻ってきたか
- 篠田節子　百年の恋

集英社文庫　目録（日本文学）

集英社文庫

彼《かれ》が狼《おおかみ》だった日《ひ》

2000年8月25日　第1刷
2014年10月6日　第9刷

定価はカバーに表示してあります。

著　者　北方謙三《きたかたけんぞう》
発行者　加藤　潤
発行所　株式会社 集英社
東京都千代田区一ツ橋2-5-10　〒101-8050
電話　【編集部】03-3230-6095
【読者係】03-3230-6080
【販売部】03-3230-6393（書店専用）
印　刷　株式会社 廣済堂
製　本　株式会社 廣済堂

フォーマットデザイン　アリヤマデザインストア　　マークデザイン　居山浩二

ISBN978-4-08-747224-0 C0193